Kakizono Rangyu to sono nakamatach

柿園嵐牛とその仲間たち

加藤定彦
Kato Sadahiko

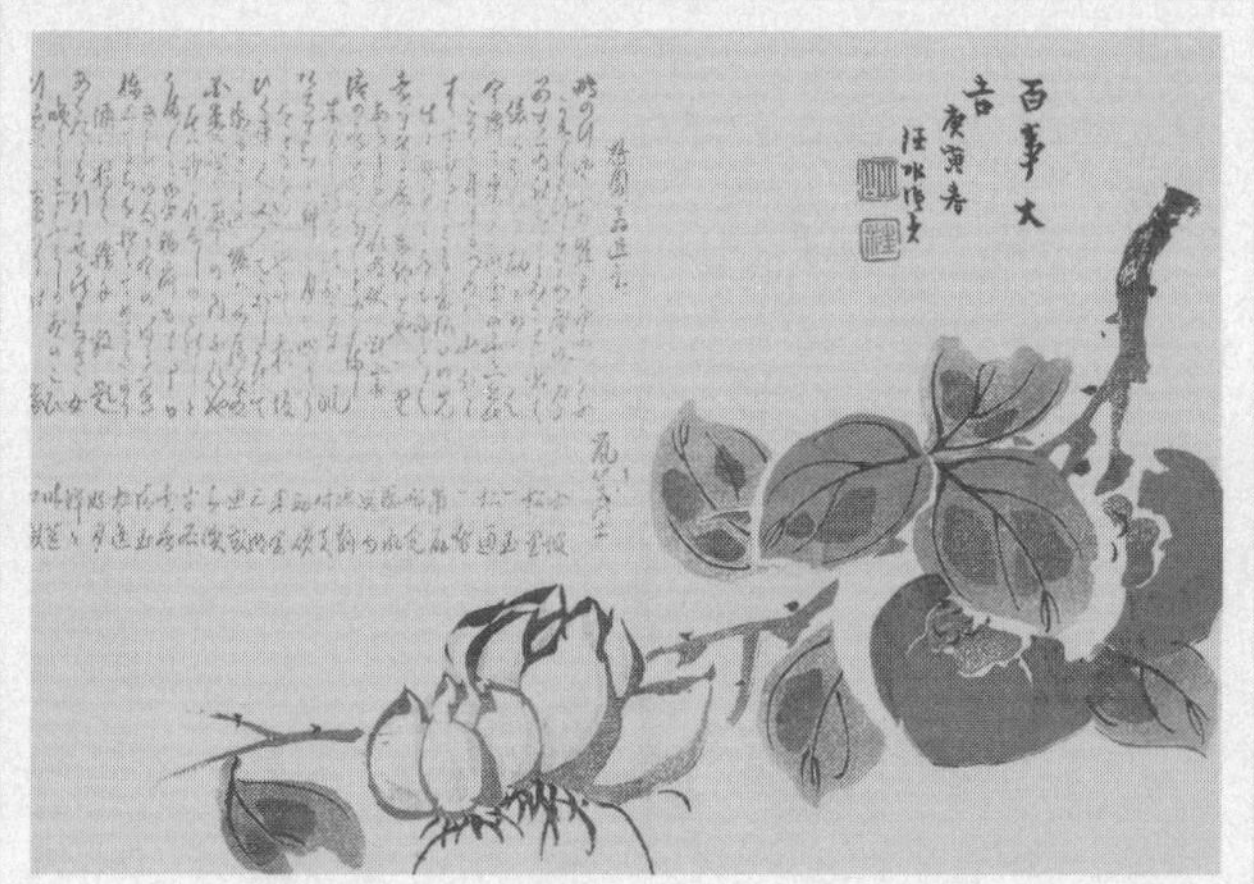

新葉館出版

肖像

嵐牛翁唫風末味道謹書（印「味」「道」）

《上部賛》（関防印）輝を追ひつゝ昇る初日かな

＊

柴田尚氏蔵。春隆画の原本は洋々孫、伊藤良次氏―東京都文京区小石川―の所蔵だったが、関東大震災で焼失。それ以前の模写。

類句「かゞやきをおうて出かゝるはつ日かな」が後輩拾山の明治三年日記に見え、その別案。味道については未詳だが、門人であろう。

短冊1～3

かもめなく田づら一日かすミけり　嵐牛

＊別案「鶴がなく……」（春興摺物「みつ組」）。

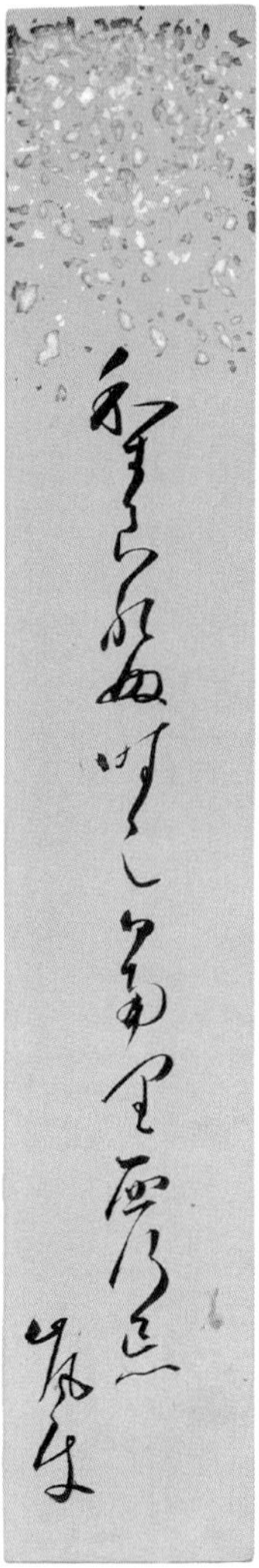

わすられぬ時也日なり西行忌　嵐牛

身にかふるもの
なかりけり
とはむかしもいまも

ひなひとつそふや捨子の枕もと　嵐牛

短冊4～6

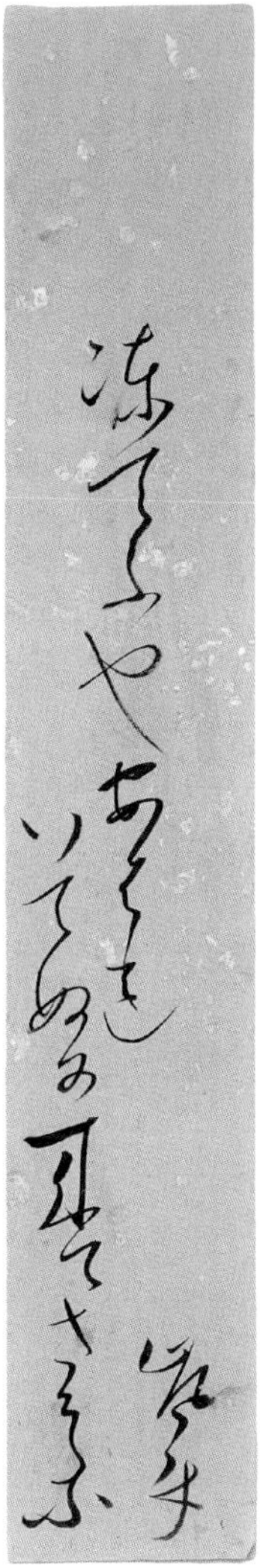

凍てふやあはれいてぬが来てさそふ　嵐牛

いなづまや斯てハ闇も美しき　嵐牛

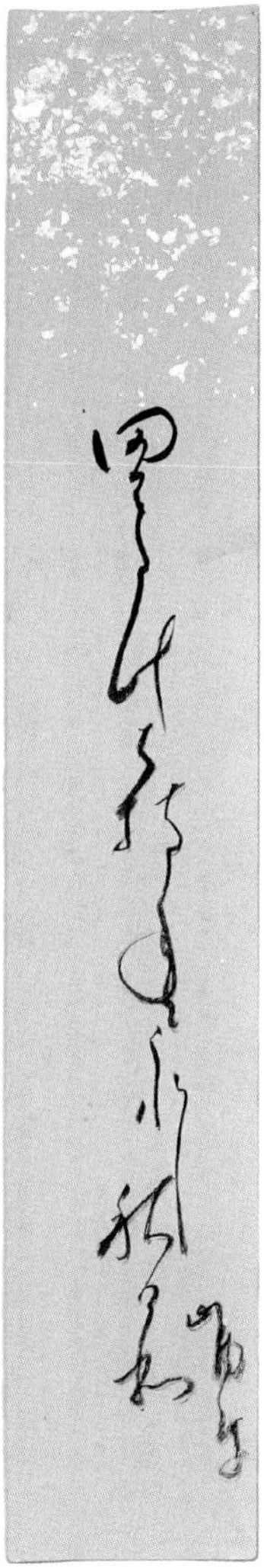

田はたけは持ねどうれし秋日和　嵐牛

聯1〜4　**四季発句聯　大竹裕一氏蔵**

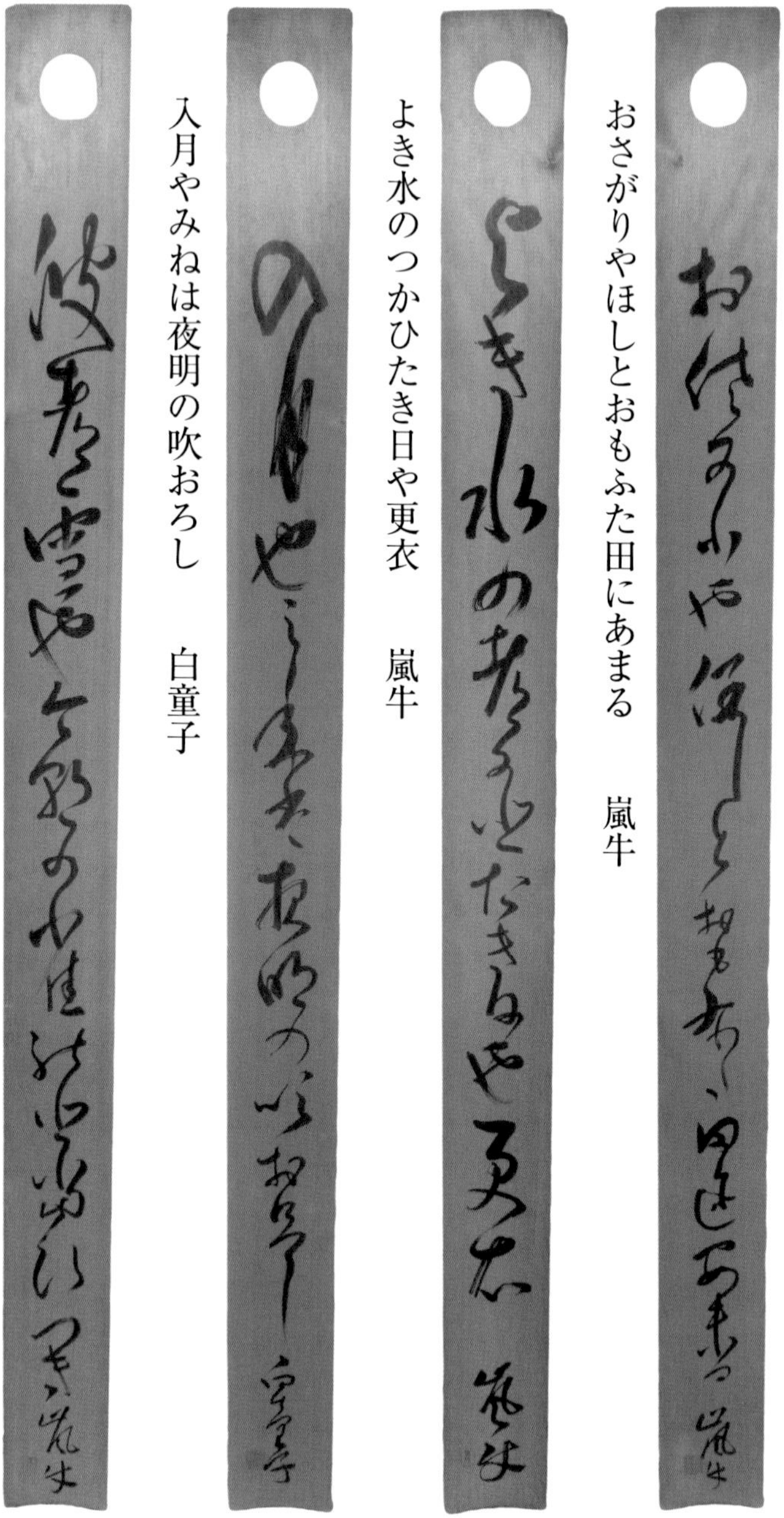

おさがりやほしとおもふた田にある　嵐牛

よき水のつかひたき日や更衣　嵐牛

入月やみねは夜明の吹おろし　白童子

はつ雪や今朝の雀のひたひつき　嵐牛

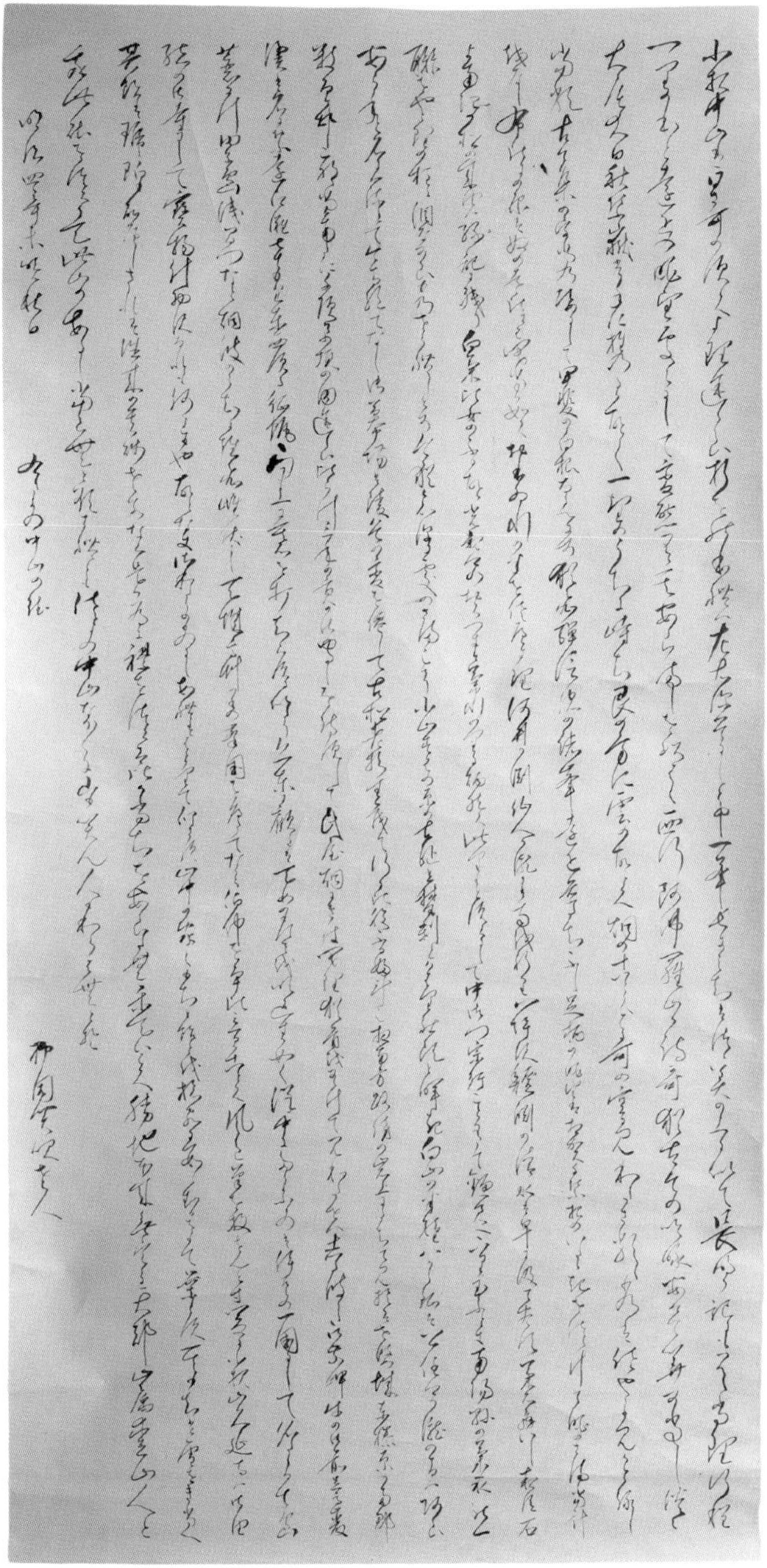

縦幅1　「小夜中山ノ賦」　明治辛未晩秋日　柿園買咲老人

＊本文は「嵐牛文集」一に所収。

縦幅2　「安政六年神無月祖翁忌発句正式会之序」

＊本文は「嵐牛文集拾遺抄」五に所収。

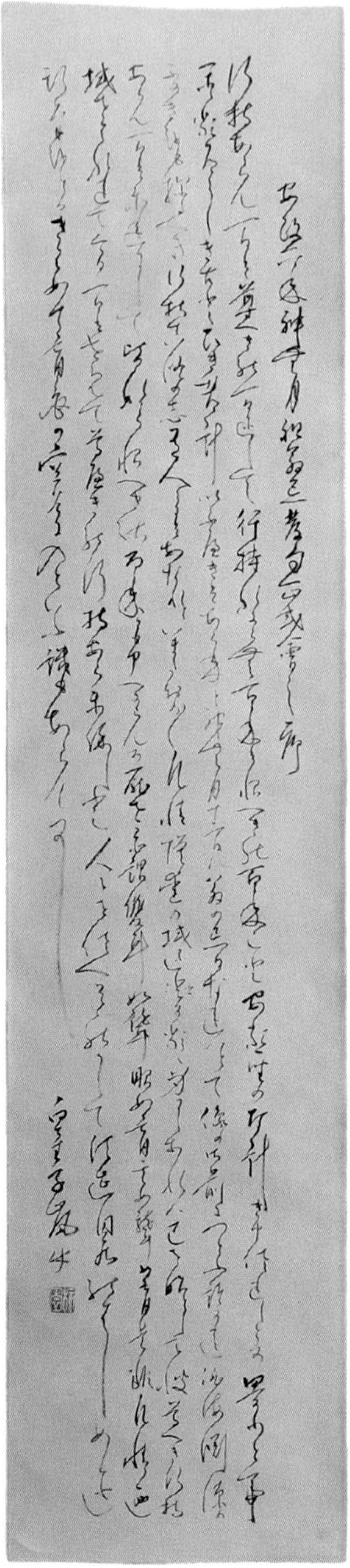

縦幅3　「すくひあぐる」句文

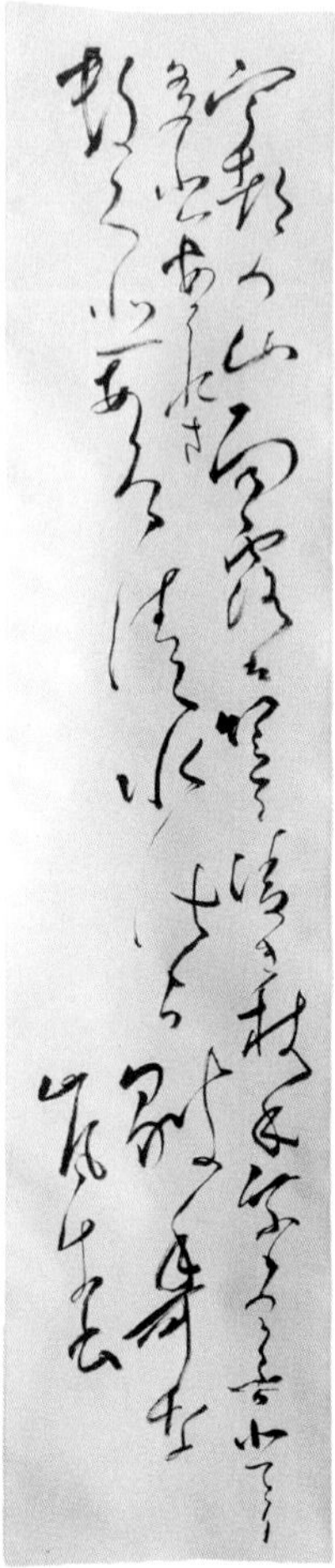

宇つの山雨露は笠に
凌ぎ、杖を乗もの
かふるひとりたび
あはれさ

すくひあぐる清水皆もる皺手かな　　嵐牛書

句碑拓1　掛川市十九首東光寺門前　明治二十年　平台松夫社中建碑

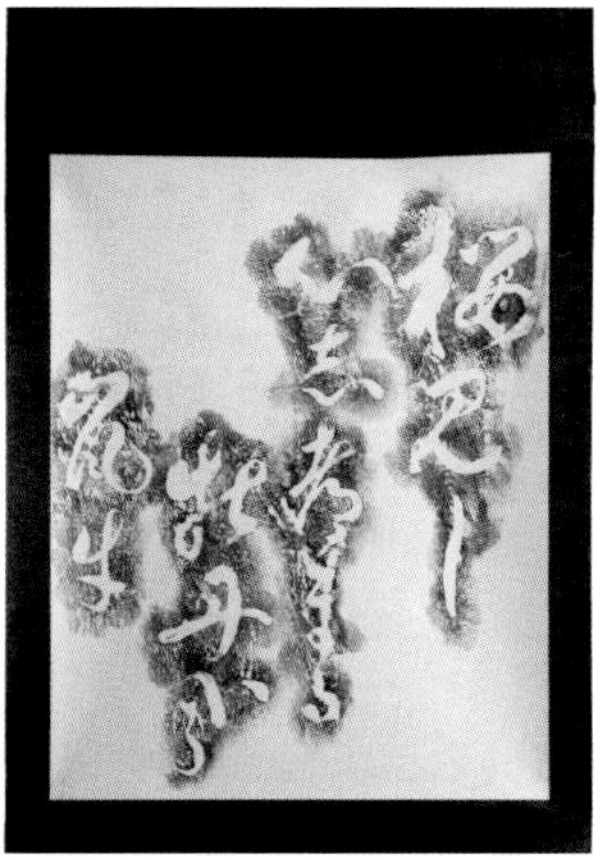

桜見し
心しづまる
牡丹哉
嵐牛　＊詳しくは『嵐牛友の会便り』第五号の倉島利仁稿参照。

句碑拓2　磐田市鎌田医王寺境内

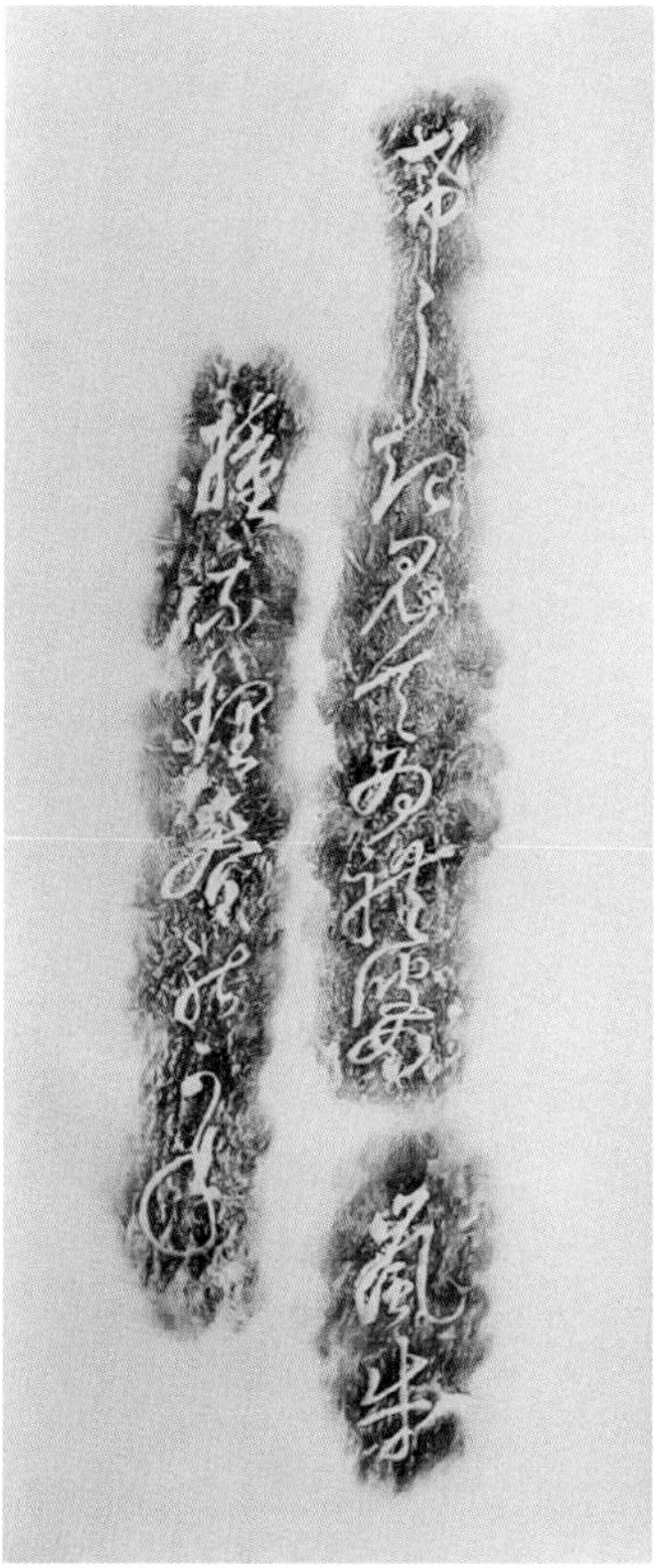

けしき見てゐれば　嵐牛
撞なり春のかね
＊『花供養』（安政五年版）所収。

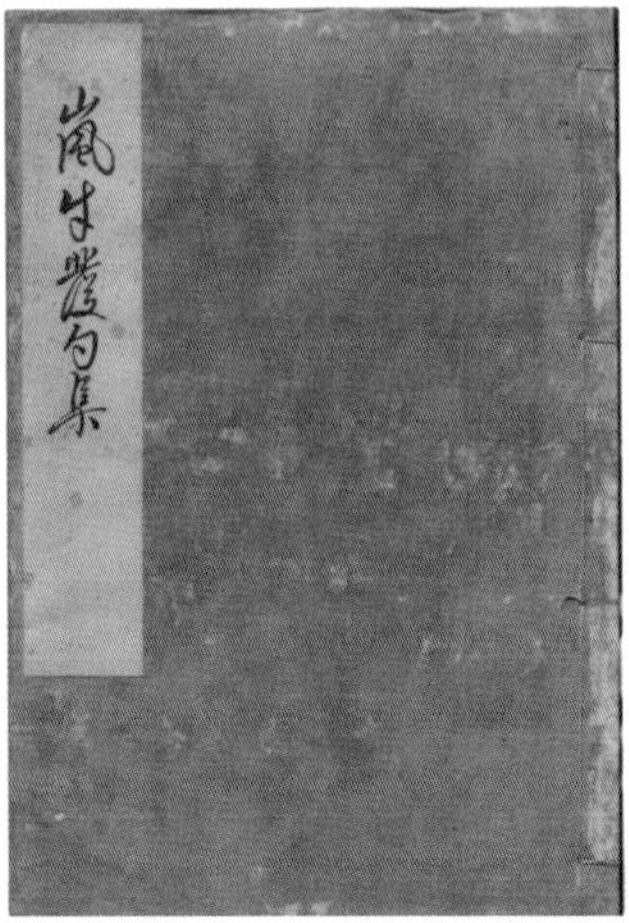

嵐牛発句集

益御清雅奉㆓欣然㆒候。偖、嵐牛居士発句集、今般上木仕候ニ付、御一覧被㆑下候ハゞ、幸甚之至ニ候。尚其内御作御もらし可㆑被㆑下、余は申残、匆々頓首

辰三月　　　　柿園社徒

―洋々・平台・湛水・知碩・十湖各二句略―

貴評可㆑給候。

文音所　東京深川佐賀町壱丁目　小築庵春湖

遠江国佐野郡八坂村　伊藤清一郎

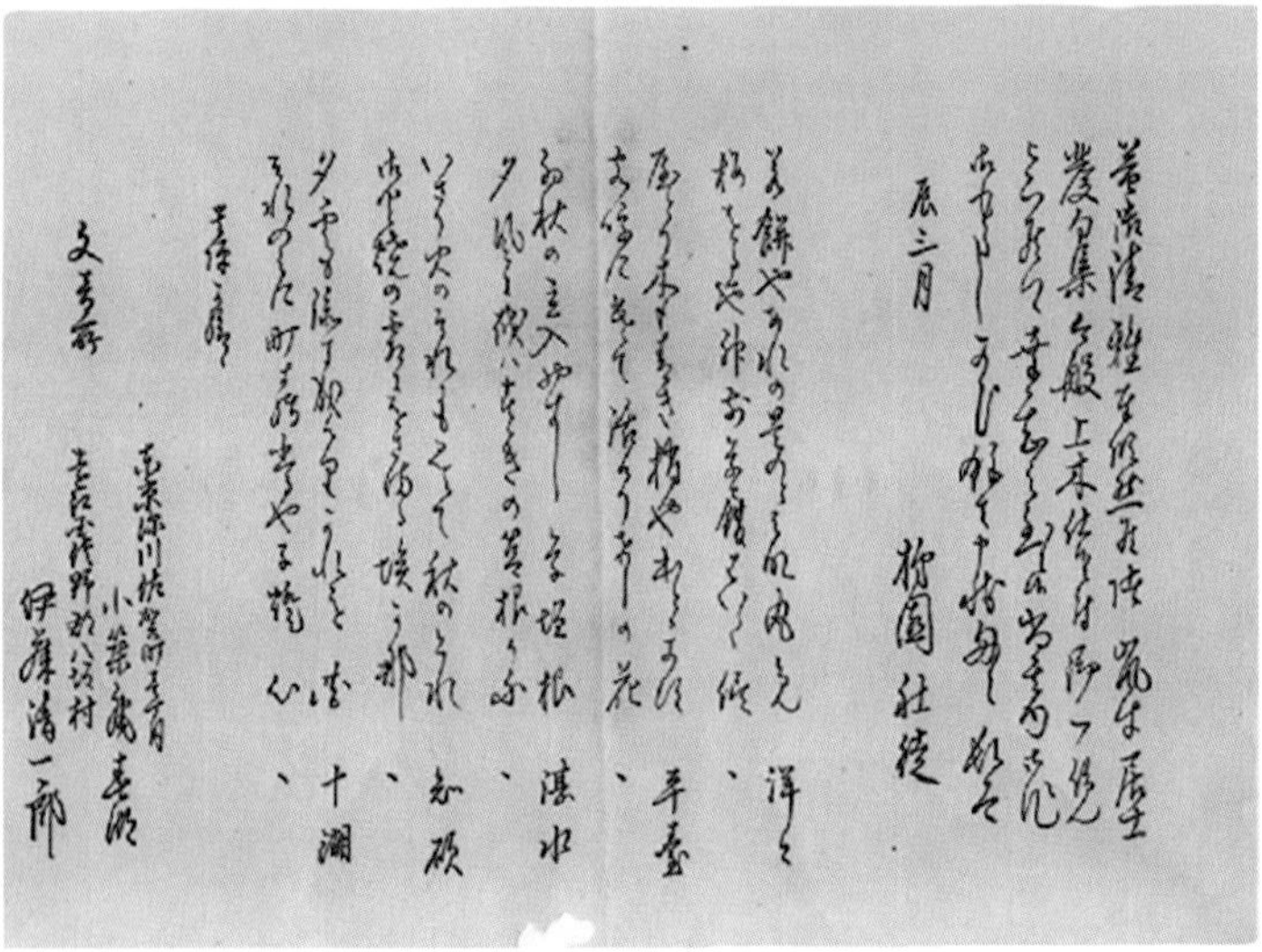

同　送り状

柿園嵐牛とその仲間たち ■ 目次

はじめに……13

Ⅰ 始発期の嵐牛……19
（1）北元評月並句合の露川……19
（2）初学びの師、鴉山坊……25
（3）駿遠の月並句合と壮年期の嵐牛……30
（4）蒼虬の来遊と風交の反響……35
（5）卓池評・大巣評「月次五題」と嵐牛……47

Ⅱ 国学との出会い……51
（1）豊蔭、依平に師事……51
（2）歌人・大和絵師、春隆の来遊……56
（3）春隆画作一覧……61

Ⅲ 卓池に入門……91
（1）情の人……91
（2）俳諧の骨法を伝受……98

Ⅳ　没後処理と門流継承……112

(1) 水竹と追善『夕沢集』……112
(2) 塞馬と『青々処句集』・句碑……118
(3) 門流の拠点、完伍の涼石居……136
(4) 後輩拾山、漂泊と庵住と……142

Ⅴ　柿園の仲間たち……156

(1)『俳諧どめ』の開始……156
(2) 伴走者、鳳嶺……160
(3) 門下の古老、貫一……167
(4) 門下の白眉、知碩……189
(5) 入門第一号、芦清(晴笠)……209
(6) 二俣連の加入、石坡・石翠・くに女……231
(7) 四天王の殿、水音……235
(8) 雪香と島田嚶々連……244
(9) 生前最後の交詠、十湖……260

Ⅵ　竹里、墓参と『錦木』譲渡……268

(1) 詞友竹里、始発期の活動……268
(2) 蒼虬・卓池の風交とその余響……271
(3) 柿園墓参と『錦木』譲渡……281

あとがき……伊藤鋼一郎……286

「俳人伊藤嵐牛翁出生地」碑

はじめに

東海道を日坂宿から事任《ことのまま》八幡宮（誉田《ほんだ》八幡宮とも）を経て八坂、塩井川原に至ると右手の伊藤家を背に写真の「伊藤嵐牛翁出生地」の碑が立っている。私が小夜の中山や淡々山《あわわやま》（粟ヶ岳）に遊んだ時は掛川駅までバスに乗ったので、碑を目にしたのは、後年のことである。

伊藤家には嵐牛時代の墨蹟や俳書、その他の古典籍が遺存し、田中明氏が調査に通い、目録の作成に当って居られる噂を耳にしたが、完成を見ないで物故された。目録作成を手伝っていた、教え子倉島利仁から目録作成につき相談されたので、案内されて蔵書の現状を視察に伊藤家を訪問した。

談話の折、「こんなものがあるのですが」、といって見せられた巻子は、まがうことのない芭蕉の真筆であった。『奥の細道』の旅のハイライト、須賀川の等躬に問われ、「風流の初やおくの田植うた」の句を披露し、以下、等躬・曽良で付けた表六句を詩箋に揮毫した逸品で、等躬と曽良が揮毫した詩箋との三点セットになっている。何の前触れもなく、重文クラスの文化財が目の前に出現し、腰を抜かした。お訊ねしたところ、同家では言い伝えもなく秘蔵（死蔵？）してきた由で、恐らく半信半疑のまま所蔵されていたのであろう。

私は倉島と早速調査を開始、その結果を学会誌『連歌俳諧研究』第百十四号（平成二十年三月）に連名で「芭蕉・曽良・等躬「三子三筆」巻子の出現」のタイトルで、発表した。

問題の巻子は等躬から須賀川の晋流の手に渡り、他の芭蕉関係資料とともに所有されていたが、晋流没後流出する。幕末・維新の激動期に江戸（東京）を経由し、幾つもの芭蕉真筆が再び研究者、一般読者の前に出現し、『芭蕉全図譜』（岩波書店刊）に図版が掲載されているけれども、大方伝来の追跡は困難となっている。

その一つ芭蕉・曽良・等躬「三子三筆」巻子は、幕末・維新期、暫く所蔵者の手元に留められた後、掛川八坂の嵐牛の柿園にもたらされる。当時の俳人の動静を探ってみると、幕末維新期、遠州に来遊し、本間契史《けいし》（越後の豪農）と共編で『十州紀行』（明治四年奥）を出しているいる江戸の小築庵春湖あたりが仲介し、巻子を引き取ることになったのではあるまいか。

田中明氏が調査された時、蔵書の目玉として巻子も目に触れた筈だが、あまりにも出来すぎの染筆三点セットなので、さして検討することもなく、偽物の烙印を押されたようである。学会誌に発表後、巻子は「須賀川市風流のはじめ館」に譲渡され、漂泊の日々に漸くピリオドが打たれたけれども、私どもには「嵐牛とはどんな俳人か」を明らかにする課題が残された。伊藤家のある掛川の八坂は、現在では辺陬《へんすう》の地というイメージで捉えるけれども、かつては東海道の日坂と掛川の途中に位置し、隣村伊達方には石川依平《よりひら》という国学者が居り、嵐牛は入門して指導を受け、漢学も近隣の然るべき人物に指導をうけている。嵐牛の俳諧や文章を読んでも、間違いや瑕瑾に気付いた経験はなく、相当のインテリである。

嵐牛が業俳となる契機は、家督を息洋々に譲り、長期にわたって出杖し、「座の文芸」である俳諧の対面指導が可能になったことにあるが、並行して幕末に流行した月並句合の判者も務め、その勝句摺（返草）の軸に据える判者吟に清新な秀句が多く、また選句も的確で――判者の斧正が入った句が多い――、「発句上手」と定評、人気を博した。正岡子規（『俳諧大要』）により「月並調」は駄目なものというレッテルを貼られ、「月並句合」も一顧だにされず放置されているが、本書がそうした通念の誤りを是正する一助となれば幸いである。

柿園嵐牛と
その仲間たち

《参考》俳諧番付に見る嵐牛の評判

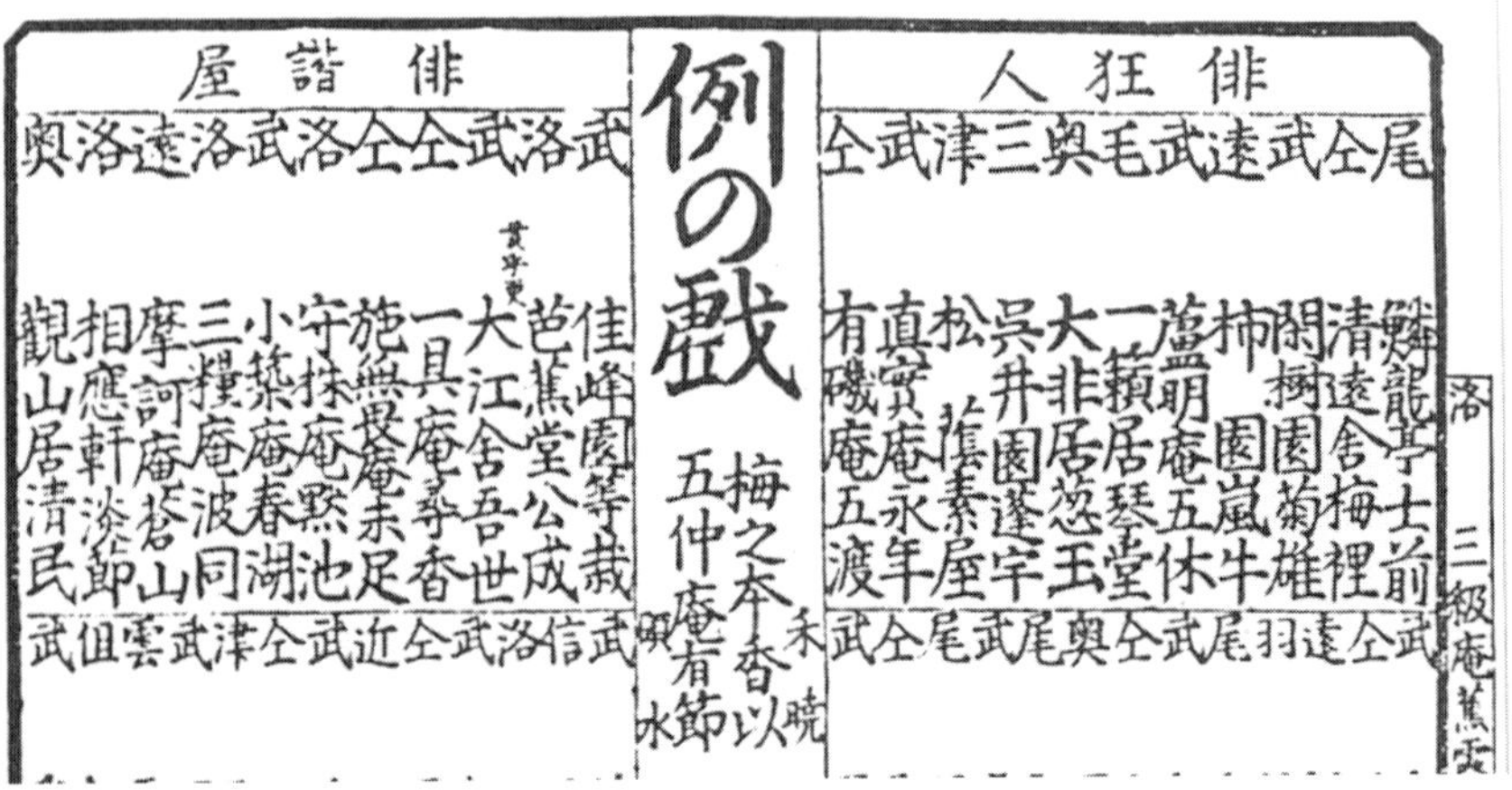

俳諧番付「**例の戯**」（慶応三丁卯年正月新刻、滑稽山人蔵）

＊東方「俳狂人」の最上段右側から四人目に「遠　柿園嵐牛」を載せる－下部は省略－。

他に以下の番付に嵐牛が登場する。

○「**大日本誹諧高名競**」（嘉永三戌年・1850改正）の東之方二段目、後ろから二人目に「同（前頭）　インシウ　嵐牛」

○「**正風／段付　無懸直**」（万延元年、東都　鬼遊堂蔵販）の東方二段目の二人目に「同（前頭）　遠江　嵐牛」

○「**角觝鑑**《すもうかがみ》」（慶応元年、勧進元松里・古勢・布谷）に柿園嵐牛と呉井園蓬宇が行司。

Ⅰ　始発期の嵐牛

(1) 北元評月並句合の露川

† 嵐牛号は初めからか？

管見によると、嵐牛の句の初出は、文政八年（一八二五）の雪亭麻陵編『百人一句』に載る肖像画賛、

霞しもまたこのごろや秋の凪　遠塩井河原　城国亭　嵐牛

と、同年の池守（鉄斎、掛川住）編『若葉帖』に載る

石灰のけぶり匂ふや雲の峰　嵐牛

である。

『百人一句』は文政八年三月、希陶陳人の序、度外散人無腸子の跋、「文政八歳望前一日刻成／雪亭麻陵輯並彫（印「雪」「亭」）」の刊記がある。編刊者の麻陵は江戸麻布辺に住む雪門

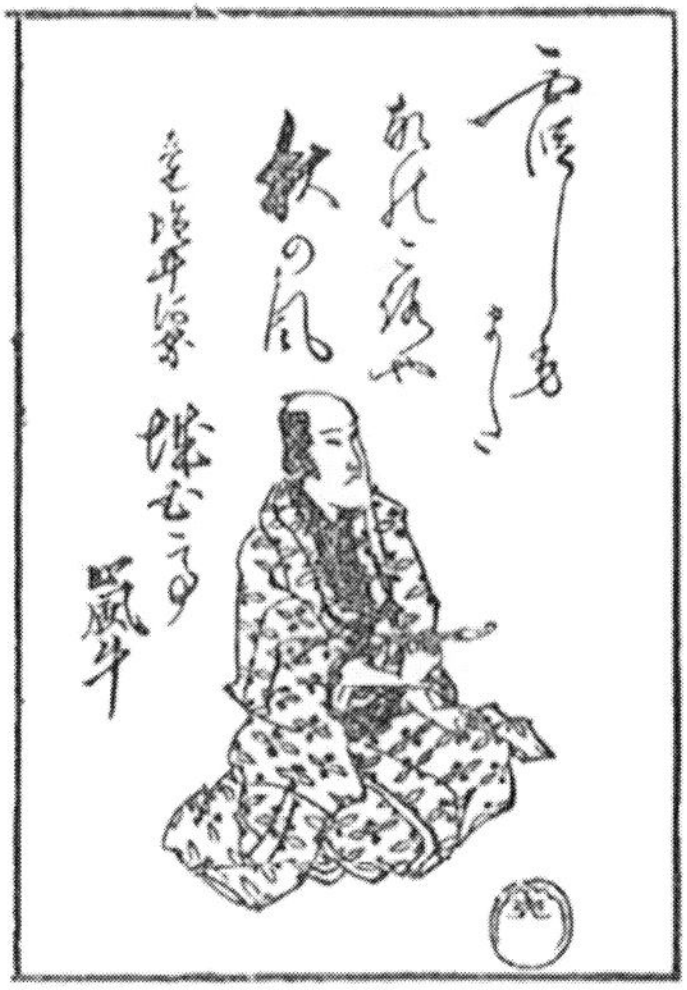

―『百人一句』(麻陵編)より―

系の俳人らしく、序に次いで雪門の宗匠、黒駱、雪万、北元、梅立巣主人、池守、対山の句を模刻し、口絵の後に百人の肖像と賛句を模刻で収録する。それらは信州・越後・豆州・甲州など諸国にわたるが、江戸麻布笄橋《こうがいばし》辺の作者が九名、金谷の曙山、麦児、完潮、金波、六雅、日坂の杜公と塩井河原の嵐牛、と東遠の作者が何故か目立つ。それらはグループで世話人が纏めて編者に原稿を届けたものであろう。集中一番多く描く画者は、嵐牛を含め二十人ほどの肖像に同じ印を捺しているが、何者かは不明。中にあって嵐牛二十八歳はいかにも初々しい姿で描かれている。

卓池研究の権威大礒義雄（故人）は、嵐牛の卓池入門を文政八年（一八二五）、二十八歳の時と「卓池年譜」（『青々卓池と三河俳壇』平成元年、所収）や「鶴田卓池年譜」（『俳人鶴田卓池』本阿弥書店、一九九六年刊）のなかで明記されている。その根拠についての言及はなく、どうも『百人一句』の入集を根拠とされたようだが、二十八歳で入門し、いきなり肖像賛を載せることがあり得るのか、という素朴な疑問を感じる——肖像賛を載せるにはそれなりの入集料を出さなければならない——。

今一つ気に掛かるのは、対山編『旦暮帖』（見返し題「歳旦／歳暮」、文政六年）に、遠州日坂の吐鳳らに次いで、

御降《おさがり》や春といふべき夜になりし　仝シホ井川原 露川改 嵐岱
さつそくに雨にもならずはるのつき　、
見聞《みきく》ものすべて師走に成にけり　、

と号の近似する塩井川原の嵐岱が登場することで、その前後の俳書を調査したところ、改号した嵐岱は尾張の大巣評月並句合に塩井川原、もしくは本所の所書きで出て来るだけであった――塩井川原は現在、八坂の小字とされている――。

†

「葎雪庵北元評」の露川

そこで、嵐岱の改号前の露川号の句を、その時期の資料を手当たり次第チェックしてみると、西駿田中藩に勢力をもつ葎雪庵二世北元(1)が文政元年から開始した「葎雪庵北元評」に句を寄せていたらしく、その勝句摺(返草)に、

＊作者の住所肩書きの国名「遠(ヱン)」は省略した。

さゝ鳴や宇都の山辺のむかし道　シヲイ露川」(文政二年十月分)

鳩はよく勤てゐるよ冬木立　塩井川原露川
物おもひたへず千鳥も啼やまず　仝」(以上、文政二年十一月分)

花を出て花に日の入るよしの哉　シヲイカハラ露川
駒鳥や薬種の匂ふ格子さき　シヲイカハラ露川」（以上、文政三年二月分）
ほとゝぎす啼や慈鎮がかひともし*　塩井川ラ露川」　＊掻灯。清涼殿の四隅に灯す油火。
かん子どりなくや木の根に僧ひとり　山ハナ東寿
五月雨や竹をたわめし薯蕷のつる　仝」（以上、文政三年四月分）
ほとゝぎすなくや切火のうつる時　山ハナ東寿
すゞ風やから〳〵とたつわくの糸　仝
かやに月届かば寝るもおしき夜は　シホ井川露川」（以上、文政三年五月分）
下駄かりて蓮をみに行月夜哉　シホ井川ラ露川」（文政三年七月分）
ほすゝきやまたぐ計の山の川　シホ井川原露川
垣間見や菊の伝授の一大事　山ハナ東寿」（以上、文政三年八月分）
行年のうみに残るや帆かけ舟　東寿
あさ風をいたゞき来りうばら哉　露川」（以上、文政三年十一月分）
菊苗やはきおろしたる上ぞうり　シホ井川露川」（文政四年一月分）
治聾酒や今鳴《なる》鐘は東海寺　山ハナ露川

花の雲立や初せ《はつ》の山かづら　　　東寿」（以上、文政四年二月分）

といった露川の句を見出し、山鼻の東寿と並んで句が載っているケースが多い。

東寿は『柿園嵐牛俳諧資料集』（以下、『資料集』と略記）所収の「嵐牛文集拾遺抄」三・四の文章にも明らかな通り、初学の頃からの詞友。露川の住所が「山ハナ」として東寿と並んで入句するのは、東寿が一括して投句したためで、月並句合では各地連中の世話人が仲間の分をまとめて送り届けることが多く、開巻後、勝句摺（返草）の版下を書く時、各地連中の句を書く場合、補助者（世話人）の住所で統一して書き、連中個々の住所は煩雑なので書き分けないケースが多かった。

†

完梁の虫生温泉行

文政三年（一八二〇）秋、田中藩の完梁《かんりよう》は虫生《むしゆう》温泉に湯治する。『葛の栞《しおり》』（文政五年刊）はその折の紀行だが、江戸に帰る対山を大井川畔で見送った後、金谷から日坂を経て山鼻の里に遊び、法多山《はたやま》観音などを巡拝して一泊、翌日、島田に渡り家路を辿る。その後に載せる「秋興」の諸家吟には嵐牛の旧友、山鼻の東寿、伊達方の亀兆も入句する——『資料集』に嵐牛・東寿・亀兆連名宛の蒼虬書簡を所収するが、三名は初学時代からの俳諧仲間だった——。

少し離れて日坂連の吐鳳・仏卵(栗杖亭、大須賀鬼卯)、その直後に収める塩井川原連三名のトップに、

かたざとや盆の踊のむかし染　　シホ井川原露川

の句が見える。嵐牛俳諧資料館(以下、「資料館」と略記)には、

こゝの主人の清らかに庭築く、めでたくも
すみなし給へる家の繁栄を賀して

塵置《おか》ぬ常の心や夏住居　　完梁

の短冊が遺されていて、『葛の栞』の旅は秋季であるから別の時かもしれないが、完梁の働きかけによるのであろう、五年後の『花のさち』(文政十年奥、『田中藩叢書　第五篇』翻刻所収)にも嵐牛は東寿・亀兆とともに句を寄せている。『葛の栞』や「葎雪庵北元評月並」に入句する露川は嵐牛の前号と判断してよい。文政六年の『日暮帖』に「露川改」として登場する「嵐岱」の号は、既に文化五年(一八〇八)の完来編『日暮帖』に東都桂廬連に属する嵐岱の三節句が見え、号のダブりに気付いて改号し直した、極めて短命な号だったと思われる。

†

北元評句合の露川は嵐牛

この判断に従うならば、北元評『葎雪庵眠虎集』（文政九年・一八二六奥）に嵐牛の句、

芳しくなりけり艸も鳥の音も　エンシホ井川原嵐牛

が載っていても奇異な現象でなく、露川が嵐牛と改号した文政六年以降も暫く北元評の月並に投句、眠虎印を得たことになる――因みに、同集及び『玉函集』には露川句は見出せない――。また、露川が嵐牛の前号だとすれば、嵐牛の俳歴が文政初年まで遡ることになり、『百人一句』（文政八年）に肖像賛が載っていても不思議でないキャリアとなる。一挙に十句ほど新出句を加えることが出来、しかもそれらの作風が試作の時期で、作風も焦点の定まらない、漫然とした境地に止まっていたことが判り、興味深い。

(2) 初学びの師、鴉山坊

†

鴉山坊の素性

『資料集』収録の「嵐牛文集拾遺抄」（「俳文の部」所収）の三に、嵐牛らが初学のころ、指導を仰いだ鴉山坊のユニークな教説、「嘉永二年酉七月廿八日／東室鴉山坊追善」と表題する文章を収録する。訃報を耳にした嵐牛らが、報謝・追慕のため成滝《なるたき》（掛川市）の阿弥陀寺で

催した追善会のときの句文である。

鴉山坊は、近世後期の遊俳柏翠が筆録した『諸国俳士録』（綿屋文庫蔵）に当たってみると、「江戸下谷三橋御かち《（徒）》町　田中善兵衛弟」と記される。

宮尾敬三編著『藝備俳諧摺物集』（藝南文化研究会、平成十年刊）を閲読していたところ、鴉山編の絵入り俳諧摺物二二九「名月や」の写真図版が目に付いた。句は広島の楳笑《ばいしょう》・かなめ・鷹鳶・雪峰・閑事（彫工）、瀬野の墨虎（龍善寺住職）・久女の各一章、軸が鴉山の三章

　葉《は》喜《ぎ》伝《で》羅《ら》越《を》登《と》辺《へ》婆《ば》斗《と》奈《な》利《り》母《も》波《は》宜《ぎ》迺《の》天《て》良《ら》

　蓬莱に月のはつ汐にほひけり

　歌をよむ女房得たり今日の月

となっていて、「東武 半時庵鴉山志」と署名、芭の挿絵に「芳」「喜」の印を捺す。

宮尾の解説には「鴉山は、江戸の人で、将軍家の臣（旗本の隠居か）俗称・田中半二道昌。二鐘庵。行脚として文政八年（一八二五）仲冬、安芸西条四日市（現、東広島市）の野坂柴籬(2)を訪ね、その添書を持って瀬野の墨虎を訪れている――墨虎の表徳は鴉山が付ける――。」

「旗本の隠居か」の部分はいささか疑問で、『諸国俳士録』の記す住所「下谷三橋御かち町」からすると、大身の旗本ではなく、御徒町に多く住んだ御徒目付、百俵五人扶持クラスの幕

臣の次男ではなかろうか。

† 鴉山坊の作風

資料館に所蔵される、下掲図版の扇面、

千本せうえう（逍遥）

（印）簀子から掃《はく》のを見てもさくらかな　東室老人　鴉山（印）

文政六未の春やよひ廿の三日

によると、漂泊早々、憧れの吉野山の千本桜を歎賞したらしい。その後、西国をさすらい、天保二年（一八三一）には甲斐国中巨摩郡藤田の豪農五味家を訪問、近詠吟を披露、当主蟹守《かにもり》の俳諧書留『幸草集《さちぐさ》』（池原錬昌編『可都里と蟹守』二〇〇四年刊、所収）に、

天保二年菊月／藤田村に及《およぶ》途中、

鴫の飛《とぶ》調子に小橋はづし鳧《けり》　東室　鴉山

道問度《とひた》くもあたりに人の見えねば、

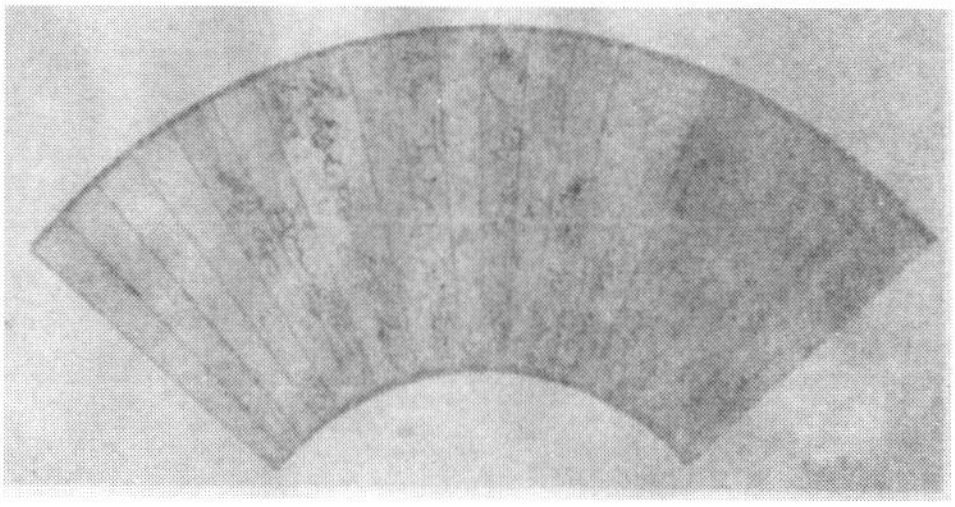

かゝし殿としばらく背中合せかな　　、

廓へ金 捨た顔せず菊作る　　、

隠居して加増にあひぬ菊畑　　、

柚や柿の日和が能《よき》ぞ仏様　　、

京へ金遣ふた沙汰に菊の友　　、

など三十四句が書き留められており、飄逸で人間味の漂う句が好もしい。

　嵐牛の追善会での文章中に「此国に始て来た」のは「早廿年（「近く」を挿入）になん成にける」と記されており、執筆した嘉永二年（一八四九）の二十年前は天保元年（一八三〇）なので、恐らく甲州から富士川を船で下って遠州に来遊し、二、三年滞在したのであろう。天保三年の「松風園蘭英（蘭英堂少風）評句合」に、

　　　葉ざくらの下に衣をふるふ

子規三句合　ほとゝぎす啼て虱に別けり　　行脚鴉山

六月　虫ぼしや屏風ざかひの秋の風　　東室鴉山

八月　きり〴〵す蟵《かや》はづしたがさむしい欤　　行脚東室

九十月　十六夜やがらんとしたる柿明り　　行脚鴉山

少風編『三節帖』（翌四年）に、

鵜の声欤おぼろの上の朧月　行脚 鴉山

の句が見え、その後、他郷へ漂泊して句を見なくなる。

総じて鴉山の作は、素材・対象は平凡でもユニークな視点で捉え、感覚も鋭敏・新鮮である。僧（修験者では？）の洒脱な精神から来るのであろう、卑小な生き物に注がれる共生のまなざしは一茶に近い。短期間の交流であっても、こうした鴉山坊の精神や感性は、庶民詩俳諧の本道をいくもので、若い嵐牛らに血となって流れ込んだに違いない。

なお、嵐牛の『自筆発句集』（初稿）には、

行脚鴉山坊身まかりぬと人の告たるに、其告たる人も

いづこにてといふ事はしらざれば、

去年の秋とかた便りきく夜寒哉

と記される。

追善の句文は『資料集』の「嵐牛文集拾遺抄」の三を参照されたい。

(3) 駿遠の月並句合と壮年期の嵐牛

嵐牛が活躍した近世末期の駿遠、特に東遠の地にどんな月並句合が存在したかを、嵐牛門の古老、岡崎の鈴木貫一旧蔵の句合返草(勝句摺)合本により概観したい。

【貫一旧蔵句合返草合本I】より抜萃

1 松風園(蘭英)評月並五句合　文政十二年?〜天保二年
蘭英堂少風評月並五句合　天保三年八月〜同四年五月
2 噋斎《とんさい》(鉄文)評月並　文政十二年二月
3 皆至亭(松賀)評月並　文政十二年六月〜天保元年五月
4 雪望亭(曙山)評月並五句合　文政十二年七月〜同十三年六月
5 灯雪斎(完梁)評月並五句合　文政十一年九月、十一月
6 黄昏斎夷白評句合　文政十一年?
7 三井園(鉄斎)評待受夏五句合　文政十三年五月
8 木谷庵橘童評月並五句合　文政十三年三月〜天保二年三月
9 雪中庵(対山)評月並三題句合　催主丈雨・甫山・松欣・卓斎・丁河・半笠・李堂・処六

・淇園・如萍・達斎・ともえ・葛所・雲臥・凡鳥・対岳・魯生改清可・涼泉・畔柳の内
各月二名　天保元年〜慶応三年
雪中庵（対山）評月並二句合　催主翠鶴・翠玉・翠雪更丁河、雪月亭下翠鶴更対我・翠玉
・丁河　天保元年十二月〜天保二年正月
10 養老庵（丈雨）評三会目角觝《すもう》月五句合　天保四年秋
養老庵評月並三句合　天保七年三月〜四月
11 柿園嵐牛評夏乱五句合　催主日坂青年　天保末？
軸　石菖や奥へ風とる開口　嵐牛
柿園評月並三四月分　催主応山　(天)ミホハマ御園　嘉永
軸　取次もせうじ一重や菊の花　嵐牛
加茂社奉額発句集　催主士口・古因　柱刻「一　癸丑（嘉永6）年」「二　戸綿村」
軸　蝶〳〵や己が羽風に吹れ行　嵐牛
大頭龍奉額柿園嵐牛撰花鳥句合　催主松雄
軸　遙（か）往て水影さしぬ暮の鴫　嵐牛
大頭龍奉額　柿園嵐牛評　催主栗山ら四名

軸　夕凪や空からもどる炭けぶり　嵐牛

柿園嵐牛評秋季乱四句合　催主素来・応山

人のつれなき頃

軸　眠られぬ我に似てなくまつ虫か　嵐牛

柿園嵐牛評月並（嘉永六年）四月分～十月分　当季乱五句合　催主桂堂・素来・応山

軸　ひとにごり来て澄《すむ》くちや流れ苗　嵐牛　ほか

柿園嵐牛評月並（嘉永七年）正月分～閏七月分　当季乱四句合　催主桂堂・応山

軸　何せうと毎にちおもふ長閑哉　嵐牛　ほか

12　嵐牛曙山評三千句合　催主学中　(天)竹里／梅月　弘化頃？

軸　青晴に朝〳〵さむき穂麦哉　嵐牛

13　青々処卓池評錦雨斎荷葉評高天神奉額千六百吟　催主学中ら六名　〃

14　守中庵（守中）評月並句合　嘉永二年七月～十月

†

相良連、雪門の古老少風

合本の最初に綴じられる「松風園評月並五句合三月分」の判者蘭英は、榛原《はいばら》郡相良町横町の人。俗名は長野治郎右衛門。雪中庵対山門で、はじめ松風園蘭英、のち蘭英堂少風と改号。文政六年(一八二三)の『旦暮帖』では「遠相良連」のリーダーとして三節句を載せ、以下、「相良」九名、「ス、キ」二名、「タナクサ」「白井」「中西」「横地」各一名の小グループだった。天保四年(一八三三)の『旦暮帖』になると、

とんとんとかぐらまはせるしはす哉　蘭英改少風

の発句と、

正朔　遠江相良蘭英堂連

我門もことしになりぬ松の風　対鴎

以下、琴斎・一毛・文一・風菫・久国・愛山・蘭秋・少風の句を一括収録、それとは別に巻末の「他邦老俳」の部に、

梅にくし山葵《わさび》のきかぬ雨の音　少風

の春興句が載る。

貫一旧蔵合本Iの1「松風園評月並五句合三月分」は催主旦雪・卜人、一丁の摺物で、匡郭外に、「来月より十日限御出句可ㇾ被ㇾ下候。且五点之部ハ一章ヅ、板面に致候」とあって、判者披露の興行と判明、年記はないけれども遺存状況から判断すると天保二年(一八三一)と推

定され、以後、東遠の判者（詞宗）となり、露光・峨月・投轄・文一・芦鶴（角）・愛山・久国らがほぼ二名ずつ交代で催主を勤め、月並句合――のち「蘭英堂少風評」、「海老庵少風評」――を天保十三年五月分まで続刊する。天保四年、少風へ改号、それを機に『三節帖』（芳春帖）も出刊、同八年（一八三七）まで継続し、嵐牛も句を寄せる。しかし、寄る年波には勝てず、晩年病みがちとなり、海老庵と別号、安政六年（一八五九）に亡くなる（81）。翌「万延元申のとし」（柱刻）、雅碩評により、「海老庵少風居士追福四季発句合」が催された（田中明旧蔵返草合本Ⅳ）。

　右のほか年代不明の寺社奉額句合などに卓池評のものが集中的に見えるのは、天保六年（一八三五）秋、吉田（豊橋）へ来遊した蒼虬と卓池らが風交、それが大評判となった余韻であろう――次章参照――。

　それはともかく、宗匠連の世代交代とともに、はじめ不定期の単発であった「柿園（嵐牛）評句合」が清新な軸句により「発句上手の嵐牛」の評判が立ち、次第々々に寺社奉納とは無縁の、「柿園評」を正面から謳う定期の月並句合に成長していったのである。

(4) 蒼虬の来遊と風交の反響

洛中東山双林寺境内の芭蕉堂は、中興期の俳人として知られる闌更が初世の堂主。寛政十二年(一八〇〇)、同じ加賀金沢出身の蒼虬《そうきゅう》が二世を継いだ。天保五年(一八三四)十月、蒼虬(74)は江戸の札差守村抱儀に二百両の路銀をもって招かれ、墨田の別墅《べっしょ》に九ヶ月ほど起臥、抱儀ら江戸の諸家と風交を重ね、翌六年秋、可大(兵庫須磨の人)・荷堂(近江長浜の人)・とせ女(京都の人)を伴って帰京、その途中、七月二十一日から二十日間ほど吉田(豊橋市)に滞在、廿九日、岡崎から駆け付けた卓池や吉田・牛久保連中に歓迎され、連日のごとく俳筵に臨み、その風交の成果は写本で瞬く間に転写を重ね、周辺俳壇に一大反響を呼んで、蒼虬を核とする連句ブームを惹起した。

†

雪守稿本が伝える時代状況

筆者蔵の稿本(逸題、大本一冊)は、その頃の俳壇の空気を次のように伝えている。

芭蕉堂蒼虬・梅室素芯の二叟を、今、俳諧の神のごとく、世人こぞって是を崇《あが》め、国中二派にわかれて其旗につく事、治承の源平にひとし。名ある老人・秀才の風士ありとも、我旗をたつる事あたはず。風調は、只『炭俵』によるの一調子也。嗚呼《ああ》、元禄の翁、七たび流行して祖神となり、其冊子、今に朽ず。其光を見ずして、此道に遊ぶもの一人もあらじ。たゞこの平和なる二《(話)》叟の一調子にあそばゞ、妙ありとも七世過て七部なるべきなれば、其一世の風調を悉く記し置て一部の助けになさむと、禾木《くわぼく》が『芳艸』(3)のもれたるをこゝに記(す)。

天保申(七年)の師走　　田龍舎雪守

芭蕉晩年の「炭俵」調を流行の到達点と見、それを習得する蒼虬・梅室を崇め、彼らが出座して詠んだ連句を、芭蕉らの『俳諧七部集』を継ぐ規範とすべく、諸処より拾い集めて一書と成し、後世に遺すとの主旨だが、右の筆者雪守の素性・流派などについては明らかでない。

雪守が拾集し得た連句を、出現順にアラビア数字を付して発句と連衆を以下に列挙する。

(1)礼いふて松明《まつ》に別るゝ夜寒哉　　卓池
—下略、塞馬・田鳳・蒼虬・波文の五吟歌仙—
＊『今人付合集』(天保十一年刊)付録にも収録。

(2)物かげは常よりくらしけふの月　　蒼虬

—下略、波文・卓池の三吟歌仙—

(3)村口へ入れば後ロのきぬた哉　蒼虬

—下略、秀外・岱年の三吟歌仙—

4をり尽し〳〵さく野梅かな　蒼虬

—下略、岱年との両吟歌仙—

(5)一こゑは鶏《とり》もうとふや初時雨　蒼虬

—下略、悠々との両吟歌仙—

＊『今人付合集』中巻・『蒼虬翁俳諧集』(弘化四年刊)下巻(3)にも収録、後者には「天保五年午冬」と前書き。悠々は江戸永田馬場上屋敷、大村丹後守様内(卓池人名録)。

6薮山の薺《なづな》しづかにはやしけり　蒼虬

—下略、三蔦との両吟歌仙—

(7)なれるまで手の組にくき紙子哉　蒼虬

—下略、抱儀との両吟歌仙—

(8)用もなき《のない》野に出て戻る月夜哉　蒼虬

—下略、塞馬との両吟歌仙—

＊『今人付合集』付録・『蒼虬翁俳諧集』下巻（9）にも収録、小異（傍記）がある。

(9)をれさうな風をり〳〵や女郎花　卓池

—下略、蒼虬・三岳・筌露の四吟歌仙—

＊『今人付合集』下巻にも収録。

(10)鵜の道もひとすぢ出来る枯野哉　蒼虬

—下略、孤米（常陸住）との両吟歌仙—

＊孤米には寿堂・抱儀との三吟歌仙、卓郎との両吟歌仙、抱儀との両吟歌仙が『今人付合集』（上・中巻）に見える。

(11)跨《また》がねばゆかれぬ処《とこ》に砧かな　田鳳

—下略、蓬宇・卓池・蒼虬の四吟歌仙—

天保流行

(12)塵掃て又活《いけ》て置柳かな　蒼虬

—下略、桐堂・朝陽・抱儀（途中から）の四吟歌仙—

＊『今人付合集』下巻にも収録。

(13)薮はいて望たりたる小春かな　蒼虬

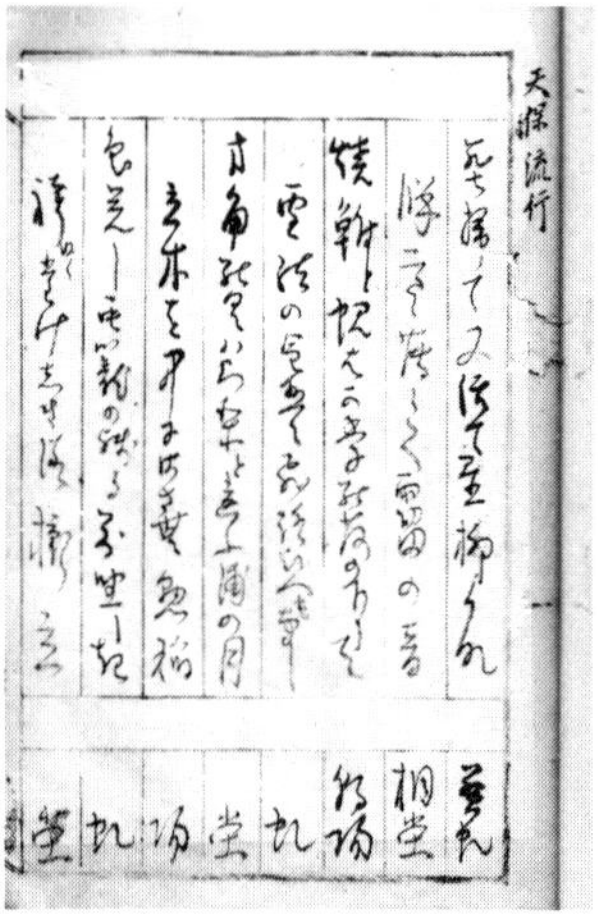

―下略、松什との両吟歌仙―

⒁嶺だけはさすがに見《得》えて雨の月　蒼虬

―下略、卓池・水竹の三吟歌仙―

＊『蒼虬翁俳諧集』下巻（7、小異あり）・『今人付合集』下巻にも収録。

⒂まだ声も古葉の下の蛙かな　蒼虬

―下略、可大・丁知・桐堂・抱儀（途中から）の五吟歌仙―

＊『今人付合集』付録にも収録。

といった蒼虬出座の歌仙が十五巻筆録されている。数字が括弧入りになっている巻は、蒼虬が江戸に往来・滞在した期間内に巻かれたと判断される連句で、ほかの二巻はその前後の作である――12以降の四巻は、最初のノドの余白に「天保流行」と書き込みがあり、料紙も筆勢も異なる――。

†

天保前半の梅室出座連句

雪守稿本の後半には、禾木ら『今四哥仙』（天保二年・一八三一刊）所収の、

鶏の声もきこえず蝉しぐれ　禾木

―下略、桐雨・梅室、小圃の四吟歌仙―

ほか同連衆の四巻、小圃編『栗柿集』（天保三年・一八三二跋）所収の、

酒盛の最中氷る鱠かな　　小圃

―下略、桐雨・梅室の三吟歌仙―

ほか同連衆の三巻、その後に記される、

天保三年四月於大椿舎興行

春の田へすゝんでゆくや山の水　　素芯（梅室）

―下略、一兆（常陸住）との両吟歌仙―

など五巻を加え、梅室（素芯）が出座する歌仙十二巻（うち二巻のみ半歌仙）は、文政末から類焼に遭って江戸を去る天保五年二月までに巻かれた連句で、いずれも平明・率直な作風を広め、江戸の読者に支持された。

同じ金沢出身で闌更門の後輩梅室――蒼虬より八歳年下――は、文化四年、三十九歳の時上京、近畿各地を遊歴後、文政三年（一八二〇）からは大坂を拠点とし中国地方などへの遊歴を続けたが、江戸の抱儀に招かれて伊勢・尾張・三河と風交を重ねつつ、翌六年四月江戸に着く。爾来、天保五年（一八三四）二月までの十二年間、江戸に居を卜《し》めて平明・率直な作風をもって

抱儀ら諸家と風交（連句唱和）、愛好家たちにも歓迎され、人気を博した。意外に関西での梅室人気は高く、天保四年（一八三三）十月、河内屋儀助を版元に大坂の三書肆相版で『付合双玉集』（中本二冊）が刊行される。巻末に版元河内屋儀輔（助）の「俳諧発句集書目録」二丁が付され、その二丁目表の上下段の初めに、

　梅室　蒼虬　護物
　　寄淵　寥松
俳諧発句今様五子稿　小本全二冊
　此書は左につらぬる五名の四季類題、文政
ゟ今天保に至る迄の名句をゑらみ小冊とす

　梅室　蒼虬　西月　一肖
　鴬笠　卓池　世南　林曹
付合双玉集　中本全二冊
　此書は左に記す宗匠の付合を文政の初ゟ今天
保の風調を専らとし殊に梅室の付合多くす

とあって、下段には続けて、

　梅室素芯発句集　林曹編　近刻　中本全二冊
　同　文　集　　全

の近刊予告がある。『付合双玉集』の広告には「殊に梅室の付合多くす」と特筆する通り、梅室出座の連句十九巻を収録している。

梅室が江戸に下って五年後、文政十一年（一八二八）、江戸書肆七軒の相版で、脇・第三・四句

目などの付け方を具体的に示した『梅室付合集』(菊所編、中本二冊)を刊行し、評判となった。それが天保四年、大坂にも伝播、出版業界に各種梅室ものを手掛ける気運が高まる。右の近刊予告に見えているが、天保七年(一八三六)、門人校の『梅室家集』が江戸の書肆七軒の相版で出され、林曹校と記す天保十年版、『増補方円発句集』と増補・改題した同十三年版などの諸版によりすこぶる流布した。雪守稿本の冒頭に《蒼虬・梅室の二叟を俳諧の神のごとく崇め》と伝えるのもあながち誇張ではなかった。

†

『今人付合集』の梅室と蒼虬

天保四老人の一人卓池と編者禾木の両吟、

天保元年興行

寝処のふとりしまりや春の鴈　卓池

種つけそめて濁る溝川　禾木

—下略、両吟歌仙—

を巻頭に収める『今人付合集』(天保十一年・一八四〇刊)は、天保七年の序文によると、『今四哥仙』の売れ行きに気を良くした仙鶴堂が編者禾木に働き掛け、江戸書林十軒の相版で、天保十一年に刊行した当代の連句集成である。横小本全四冊から成り、上巻の本文は百三十五丁、中巻が百四十丁、下巻が百三十八丁、付録が八十九丁、計五百二丁からなる。当面の関心から梅室・蒼虬に絞ってチェックしたところ、収録巻数は、

梅室出座連句――（上）十一巻　（中）七巻　（下）二巻　（付録）二巻
蒼虬出座連句――（上）一巻　（中）九巻　（下）十八巻　（付録）八巻

となり、大凡、梅室出座連句は上巻に集中し、蒼虬出座連句は下巻に集中、中巻の出座数は折半し合っている。こうした現象は、同じ天保期であっても、二人の活動の場と時期が後輩の梅室が前期、先輩蒼虬が後期、梅室が江戸、蒼虬が京、と微妙にずれていることに原因している。

梅室が郷国を後に上京したのは文化四年（一八〇七）で、同六年、年次集『己巳四時行』を出し始め、その序に楳室雪雄と署名し、先輩蒼虬も交えた、

いつの代のけしきなるらん月と梅　武陵
　木の葉に雪をかこふ前栽　蒼虬
春の鴨一ふねばかり宿かへて　雪雄

以下の歌仙と発句二章を収録しているので、それなりの援助があったと思われ、後年刊行さ

れた『対塔菴蒼虬句集』（天保十年・一八三九刊）に梅室は序を寄せ、

（前略）やつがれ、いと少《わか》かりし頃よりをぢと、もに師（闌更）の傍に侍りて教を受る事としあり。壮年にしてともに花洛にあそびて推敲すること、またとしあり。此ゆへをもてはじめに一ことを記する事しかり。／於平安僑居／梅室書

と回顧している。

†

連句ブームと『蒼虬翁俳諧集』の出版

話題を蒼虬に戻すと、天保六年末、蒼虬は江戸から帰京した後、体調を崩し、高齢の故もあって、天保十三年（一八四二）、享年八十二歳で亡くなる。その五年後の弘化四年（一八四七）、麦慰舎梅通によって『蒼虬翁俳諧集』半紙本二冊の刊行を見た。芹舎序に次いで編者梅通の「蒼虬翁俳諧集之弁」が二丁半にわたってある。

曰く、《芭蕉が『猿蓑』『炭俵』によって「俗談平話」の「風雅のまこと」を具現した。ところが、遷化後、新風を興そうとして奇怪の風を好み、邪路に陥る者が出て百年ほどを経過した頃、加賀に闌更や尾張に暁台などが登場、蕉風の復興をやや果たしたかに見えたが、蕉風前期の『冬の日』『春の日』の高調に倣って、生硬の風に陥りがちとなった。

加賀出身の蒼虬翁は、闌更の跡を継ぎつつ祖翁の骨髄を伝え、幽玄体の発句に四海を感動させ、匂い付けの俳諧に名人の誉れを顕し、終に正風の基、『万葉集』の趣きである「俗談平話」、「風雅の誠」を専一とし、仰ぎ学ぶべきである。

蒼虬翁に発句集は出版されているけれども、連句の方は諸処に散在したままで、連句集は出版されていない。それを惜しんで、出座連句を拾い集め、この度、漸く全二冊の刊行を見た。早い時期のものを序盤に置いたのは導入のためで、翁の骨髄は天保三、四年以降の作品に具現されているので、それらを味読、骨髄を会得すべきである。初学のためにそれを断っておく》と記す。

上巻は三十八丁で、文政期を中心に十九巻を収める。下巻は三十八丁、十七巻を収め、「天保五年午春」と前書きする梅通・蒼虬・南渓・芹舎の四吟歌仙で始まり、最後の一巻のみ百韻となっている。雪守の稿本に収録される十五巻と同時期の作品は多く下巻に見え、既述した通り5・8・14の三巻と、

4寒菊やふむとひつ込溝のへり　　　　蒼虬

―下略、雨郁・抱儀の三吟歌仙―

8ひかく〳〵と干潟をふくや秋の風　　　　蒼虬

—下略、水竹との両吟歌仙—

10花少し散るより萩のさかり哉　　蒼虬

—下略、三岳との両吟歌仙—

＊『今人付合集』にも収録。

11花すこしちるより萩のさかり哉　　蒼虬

—下略、蓬陽・鶴叟・木仙の四吟歌仙—

12中折のしてからのびる紫苑哉　　蓬陽

—下略、蒼虬との両吟歌仙—

の五巻、計八巻が収録される。

かくして、天保三年（一八三二）以降、蒼虬らの連句情報は迅速に俳諧愛好者たちのネットワークに乗って伝播されたが、『蒼虬翁俳諧集』（弘化四年・一八四七刊）という出版物に定着したのは、ブームの起きた十年後、蒼虬が亡くなった五年後のことであった。

(5) 卓池評・大巣評「月次五題」と嵐牛

管見では卓池評(撰)の「月次五題」は天保六年正月からのようだが、遺存分では七年までの作者は尾張と三河のみ。早稲田大学図書館雲英《きら》文庫蔵の八年分(目録通し番号２０６４)はチラシ用に摺った一丁が巻首に合綴され、匡郭の中を仕切って「天保八丁酉歳月次五題」と題し、年間の月次五題、「青々処卓池宗匠撰」、景品・締切日・補助者・出詠所・巻元などを告示、補助者は「遠州見付千成《ちなり》」と「〻袋井松雨」を除き尾三両州のみ。出詠所(四軒)も同様。句合に入句する遠州作者は片瀬の竹里、見付の千成・都水(後号杜水)、角丸《かくわ》の可月、天ノ宮の五岳ら十名。同文庫蔵の九年分にもチラシの一丁が巻首に合綴され、前年分と照合すると補助者の「〻袋井松雨」が「、カタセ竹里」に交代、出詠所に「遠州見付宿浜田屋周次(俳号千成)」の一軒が加わる。遠州作者は年間四十三名と一気に増え、注目すべきは、「戌九月五題」に、

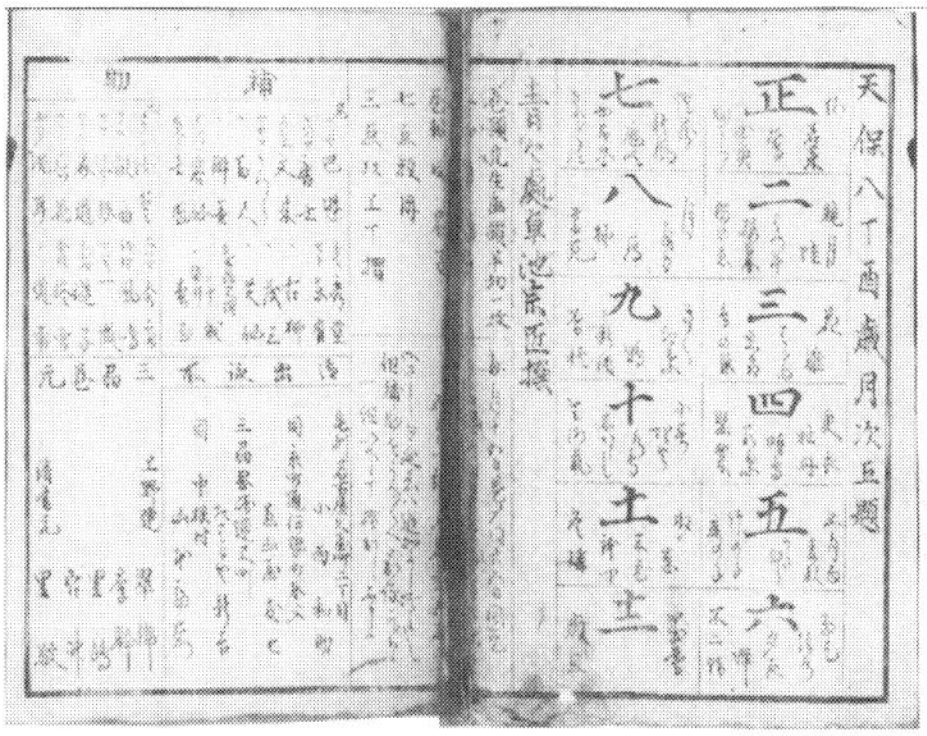
『天保八丁酉歳月次五題』巻首見開き
—早稲田大学図書館雲英文庫蔵—

沙魚《はぜ》の能う釣れる日和や汐だるみ　遠中ノ知石

「戊十月五題」に、

くれる迚家内《とていへうち》出るや大根引　中ノ鳳嶺

と、柿園の主力となる両名が登場することである。

しかし、句合本文を通覧しても、文政八年卓池入門説のある嵐牛は登場せず、名古屋の大巣評「月次五題」の「乙未（天保六年）四月五題」に、

見龍　庭中にむかしからあるぼたんかな　ヱン嵐牛

〃　町衆のぶら〳〵ありく袷かな　ヱン山ハナ東寿

「未六月五題」に、

誹龍　手に汲て呑水うまし雲のみね　ヱン塩井川原としを

「天保七年丙申月次　正月五題」（草木庵撰）

見龍　結構な天気にとれる白魚哉　ヱン応山

などの句に逢着、筆者蔵返草合本（仮称『つきごと集』）に続けて綴じられる、大巣没後の「酉九月（〜十二月）五題」（千里閑人選）、「天保九年戊正月（〜二月）五題」（千里閑人選）の丁摺でも、

勝角力《かちずまう》人の後へすわりけり　遠州掛川在応山（天保八年八月分）

何処やらで蟹やく嗅《かざ》や浦の月　塩井川原嵐牛（〃）
七点　山内でひと夜鳴《なき》けり雨の鹿　遠州嵐牛（天保八年九月分）
〃　鹿笛や十日の月の入《いる》木の間　遠州嵐牛（〃）
十点　簑むしと並て咲や帰花　遠州塩井川原嵐牛（天保八年十月分）
七点　二階から風の来る也鴨の声　遠州塩井川原嵐牛（天保八年十一月分）
七点　椽側へ羽織もほうる接木哉　遠州塩井川原応山（天保九年二月分）

といった句に出会い、戸惑わざるを得ない。

「千里閑人」は狂俳選者として著名な千里亭芝石なので、冨田和子著『尾張狂俳の研究』（勉誠出版、二〇〇八年刊）を参照したところ、第二部第一章「名古屋天保期の狂俳点者とその狂俳」に、「彼（千里亭）は狂俳の点者をしながらも、俳壇との繋がりを保ち、竹有・大巣の後を継いで俳書「月次五題」（月次高点句集寄）の点者を天保八年からすくなくとも嘉永元年正月まで務めた」との指摘があり、大巣から千里亭の推移は了解された。

前出『つきごと集』は大巣評月並句合の天保六、七年の返草合本で、巻末には同じ士朗門の卓池評「月次五題」も「未（天保六年）三月（〜十二月）」の五題、「申（同七年）正月、四月）五題」の二十八丁が付録されるけれども、嵐牛の句はやはり登場しない。大巣は士朗 - 竹有（塊翁）の系譜に繋がる俳人だから、いわば叔父と甥といった関係で、嵐牛らは士朗直系で門人も多い大巣評に参加したのだろう。とすれば、嵐牛は当時まだ卓池には入門していなかったことになる。

天保八年（一八三七）四月、大巣が亡くなった後、遺編『ちまちだ集』が刊行される。それには、

おも入《いれ》の倍も入りけり鳴子縄　　嵐牛

小座頭の無理にわり込火燵《こたつ》かな　　〃

の二句が見え、嵐牛は実績のある大巣のもとに、月並句合だけでなく、普段から自作を寄せ、批評を仰いでいたのだろう。

注

（1）拙稿「葎雪庵と西駿田中藩の俳諧――句合と抜萃集の流行――」（『東海近世』第三十二号、令和六年五月）参照。

（2）柴籬は下垣内和人著『芸備俳諧史の研究』（赤尾照文堂、昭和四十九年刊）「㈣芸備各地の俳人」に「西条」の代表俳人として取り上げる。医師で、俳諧は広島の篤老門。西条は山陽道の要衝で、職業上交遊範囲がすこぶる広い。

（3）禾木編『芳艸集』（横本二冊、文政十二年・一八二九刊）。

Ⅱ　国学との出会い

(1)　豊蔭、依平に師事

伊藤鎌次郎著『柿園嵐牛翁』(昭和三年刊)の冒頭に、

嵐牛は通称伊藤清左衛門豊蔭といい、寛政十年、佐野郡汐井河原(現、掛川市八坂《やさか》)に生れた。家は農を業とし、鍛冶を兼ねていた。幼い時から業を励み、俳諧を好み、長じて三河の岡崎の青々卓池《せいせい》の門に入り、研鑽した。毎日俳句を百句ずつ作り、師に送って評を請い、三ヶ月にして始めて師の賞する一句を得たという。よく努めたものである。

三十二才の時、伊達方《だてがた》の石川依平《よりひら》について和歌・国学を学び、更に博覧多聞、諸学を深く学んだので、語法・仮名遣いの正確さは、当時の俳人の遠く及ばぬ処であった。嵐牛は、毎日、家業の鍛冶をよくつとめ、業を終えてから俳句を勉強し、門人に教えたので、大いに家産を興した。常に「俳諧は太平の余波、句を作るより田を作れ」と門人に諭《さと》した。屋敷内の柿の落葉を拾い集め、それに句を書いて推敲したと伝えられる。
*原文の仮名遣いは新旧混じっているが、引用に当り現代仮名遣いに統一し、句読点も補った。

嵐牛の人となりを的確に纏めた好文章である。
入門するとき提出した名簿《みょうぶ》（名札）によって記したと思われる門人録（『歌人石川依平』昭和四年刊ほか所収）に、「伊藤清左衛門　豊蔭　汐井川原　文政十二年」とあって、「多陰」は諱《いみな》豊蔭《とよかげ》を別字で表記したもの。寛政十年（一七九八）生まれで、入門時には数え三十二歳、依平は寛政三年（一七九一）元旦生まれなので、七歳の年齢差であった。
門人が纏めた依平の『柳園雑記』の巻末に、
さて、門人に与えられたる学則あり。其書目、
万葉新採百首　岡部翁（真淵翁）著　同続編　先師抄出
同後編　八木美穂《よしほ》抄出　古書序表　先師抄出
祝詞式　姓氏録
　右　素読
古事記　古語拾遺　神代紀葦牙《じんだいきあしかび》　六国史《りっこくし》　律令格式等
　右　温読

云々と門人が記していて（明治十三年奥）、講義の概容が知れる。資料館の蔵書仮目録（田中明・倉島利仁共編、未刊）に当たってみると、

341　明治4　万葉新採百首　大一

明治4、塩井川原伊藤佐陰十二才之書

440　祝詞之巻　大一

の二点がまず目に付き、ほかに服部菅雄著『篠屋文詞』、近藤芳樹著『ごうなの歌がたり』（天保13）、『韻鏡聴書』（天保15）、八木美穂著『磯の松』（嘉永3）、『助字訳歌』（嘉永5）、内山真龍《たつ》著『遠江国風土記伝』（巻第十、寛政11）、源氏注釈『夕顔』ほか五点、本居宣長著『玉勝間』書抜（一〜四）、同『石上私淑言《いそのかみささめごと》』抄言、同『みの、家づと』、同『玉あられ』（寛政4）などの国学・歌学・随筆の基本書ほか多岐にわたる書名が見える。

生前、依平は「学問は怠ってはいかん。歌ばかり作っているより、本をよまなければいかん」と門人に言って聞かせ、さながら蔵書の豊富さは小図書館を思わせるほどだったと伝えるが、晩年、掛川侯から終身三人扶持を賜い、名簿を提出した門人十余国、三百余名と伝える師依平の学識の淵源は豊富な蔵書に裏打ちされたものであった。

依平が隣村に住む豊蔭をどのように教導したか、その雰囲気をよく伝える依平自筆の歌文

稿が資料館に遺存するので、以下に引用する。

霜月十日の夜あらしはげしう、月おもしろうさえわたりけるに、篠《しの》のやの翁、懸河(掛川)よりのかへるさ、我窓のもとにたゝずみて、哥ひとつふたつよみ捨《すて》て、いなんとしけるをしひて引とゞめて、何くれとかたらひけるに、をりしも伊藤豊蔭とゝもに、月次の兼題かうが(考)へをるほどなりければ、いでそれよまむとて、もろともに火桶によりゐてよめる哥

松雪　寄風恋

ふりおもる軒端の松の梢より　こぼるゝ雪もおもしろきかな
依平

君があたり吹だにかよへなげきつゝ　独うき身をこがらしの風

吹風のちからのよわくなるまゝに　雪こそおもれ庭のまつがえ
豊蔭

待人はおとづれもせで夜もすがら　のきばの荻にかぜさやぐなり

ふりはへてとふ人もがなやまざとの　雪もてゆへる松のそでがき
菅雄

おもふこのまつらむ閨のたまくらの　すきまの風となるよしもがな

「篠のやの翁」は服部菅雄の別号で、島田の住。松村博司著『**服部菅雄伝の研究**』（昭和三十一年刊）によれば、菅雄は文政元年（一八一八）から文政九年（一八二六）に掛けて信州・東北に流寓、天保五年（一八三四）から東北を再訪、同八年（一八三七）の正月九日、酒田で客死している（63）。従って、豊蔭が依平の柳園で「篠のやの翁」と一期一会の機を得た年次は、文政末から天保初年にかけての四、五年間に絞られる。

岡本春一著『国学者歌人石川依平』（平成八年刊）には、「内容から見て若い時のものと思われ、和歌の他に俳諧などにも興味を示してい」て、「余暇に出来た俳句を嵐牛に送って添削を依頼している」と付言し、

○おそきのがありてさわぐや磯の雁
○とんぼうや二つになつて遠走り
○はすのうえ都の空をながめけり
○皆までは日傘開かぬ女かな
○日の恩やかげりても飛ぶ冬の蠅

右、御加筆御願い上げ奉り候。以上

先生様尊下

柳園（依平）拝

と翻刻・紹介し、「まことに写実的にその情景がありありと描き出されており、見る人の心もよくとらえた作となっている。やはり和歌の道を心掛けているだけに着眼点もよく、俳句としても立派なものである」と好意的な評が添えられている。和歌の「雅」に対して俳諧の「俗」を弁えた確かな詠みぶりだが、それ以上に、敢えて門人嵐牛にジャンルが異なるとは言え、「添削」を仰いだ謙虚な姿勢は真似が出来ない。岡本は「若い時のもの」と推定しているけれども、嵐牛が名声を得、業俳になってからのものではなかろうか。

なお、豊蔭の国学・和歌方面の詳細な事績については、資料館で刊行を予定している、依平国学資料の調査報告書（高松亮太執筆担当）を待ちたい。

⑵　歌人・大和絵師、春隆の来遊

†

春隆伝記と遠州流寓

資料館に初めて訪れ、豊富な墨跡類を拝見して印象に残ったのは、羽鳥春隆の筆になる画

作品の多さである。その代表が、国学・和歌の師、石川依平の肖像画幅で、右裾に春隆の落款があり、

ながらへて六十《むそぢ》のはるの花も見つ　老はうれしきものにぞ有ける

依平

と還暦を自祝した依平の和歌賛であった。同じ肖像賛が島田市の石川浩二家（ご子孫）と掛川市立大東図書館佐都加文庫に所蔵されていて、前者により『掛川市史　中巻』（昭和五十九年刊）の口絵に肖像部分のみの写真が掲載される――ただし、画者の落款はカットされている――。恐らく、門人たちが師の還暦を祝った折、遠州に仮寓中の春隆に副本ともども描かせ、各自が所持したのであろう。

資料館には、ほかに春隆の大和絵の軸八点を蔵し、ご当主が整理保存された短冊のファイルに含まれる十点ほどの春隆下絵の短冊も目に付いた。しかし、絵師「春隆」に就いてはまるで私の予備知識にはなく、ご当主からも何人かのご説明はなかったので、そのまま伊藤家を辞するほかなかった。

帰宅後、インターネットで検索してみると、春隆は尾張国熱田住の歌人・大和絵師らしく、早速『名古屋市史』に当ってみると、「学藝編」（大正四年刊）に、

羽鳥春隆は彩園と号す。津島の祠官なり。少《わか》くして和歌を熊谷直好《くまがいなおよし》に学び、直好没後、八田知紀《とものり》（ともに香川景樹門）に業を受く。又、浮田一蕙斎《いっけいさい》の門に入りて、画法を学ぶ。性剛愎、勢家に阿付せず、其長官と争ひて、職を放たれ、郷を辞して各地を彷徨す。終《つい》に元治元年の頃、熱田に来りて、政林寺《しょうりんじ》の宜慶禅師の許に寓して画を描く。名声甚《はなはだ》高し。終に居を茲《ここ》に占め、歌道を教へ、画を以て業とす。明治十七年（一月二十日）没す。年六十八、（一行院中区裏門前町に葬り、唫翁彩園と諡《おくりな》す。歌集に彩園遺稿あり。）（彩園遺稿）

とあり、『名古屋市史』「人物編 二」（昭和九年刊）の絵画の項目にもほぼ同文の略伝を収める――異同を（　）で示した――。

門人の小貝諸文《もろふみ》が刊行した春隆の歌集『彩園遺稿』（明治三十二年刊）に収録される和歌作品や序跋に目を通し、既刊の文献類に見える春隆の伝記はすべて諸文の跋文に依拠していることが判明した。その跋文には、「こゝ（津島）にはすまじとおもひ定めて、家を立いで、、遠つあふみのわたり、あるはみやこ、津の国に長きとし月を送られき」とあって、資料館などに伝わる画作は、多く遠州に流寓中の筆らしいことが判った。

その出自・経歴から国学・和歌の縁故で、依平を頼って来遊したと目されるけれども、諸文の編纂した『彩園遺稿』収録歌には遠江もしくは依平に触れた作は皆無で、依平側が遺した『柳園詠草』の版本（明治十四年刊）や稿本（資料館蔵、嘉永期成、四冊ほか）にも春隆の経歴に触れた歌文は見出されない。

戦後、歌人で研究者でもある熊谷武至氏が春隆の和歌短冊を入手した際、鑑定の必要上、『彩園遺稿』も購入、その諸本や所収歌について検討を加え、短歌誌『水甕』（昭和四十三年九月号）の「続々歌集解題余談」の連載コラムで「六九、羽鳥春隆傍註」の短文を発表された。その後、春隆への関心は氏の教え子鈴木園子に継承され、「羽鳥春隆」と題する論攷（『東海学園国語国文』昭和五十六年十月）に発展し、春隆の略伝と業績、『彩園遺稿』やその他の歌集、短冊・懐紙などの和歌作品が二段組5ページ余に集約された。しかし、そこでも遠州流寓期については言及されず、闇のままとり残され、画業についての言及もなかった。

†

資料館蔵の春隆画作

依平肖像の賛歌と画作が同時だとすれば、依平の六十歳は嘉永三年（一八五〇）なので、肖像画もその頃の制作となる。ほかに年次が判明する肉筆の画作はなく、『愛知県史 資料編20 学芸』（平成二十四年刊）の868〜869ページに掲載される「837（安政五年）三河吉田聖眼寺詩歌連俳書画会案内」（チラシ）の「諸国賓客 補助」の「遠州」四十一名中に嵐牛と春隆の名が見える。

春隆が当日出席したかどうかは不明だが、その頃（一八五八）までは遠州に仮寓していたようだ。嵐牛の『俳書贈答文通控帳』（仮称、以下『控帳』と略記）によると、文久二年（一八六二）の二月には名古屋から春隆画が数々届き、同年八月には京に戻った春隆に送金、翌三年六月には伊勢参宮者に託し、名古屋中継でまとまった額を京の春隆まで送金している。翌元治元年（一八六四）六月には京俳人への幸便に文通した記事が見えるけれども、同年七月十九日、禁門の変で焼け出される。

　元治元年の七月、みやこの兵乱をさけて、しばしは宇治に住けるを、長月二十日あまりに尾張にくだらむとて、草津の駅にやどりて、暁がたやどをたちいづる時、

たゞひとり山路をめぐるわが袖を　あり明の月にみるがゝなしさ

（『彩園遺稿』）

と詠んだ春隆は、尾張に下って宮（熱田）の政林寺《しょうりんじ》宜慶のもとに身を寄せる。

春隆の遠州漂泊はほぼ十年に及んだようだが、その間に遺した画業の多くは、出自・経歴柄、和歌・国学・神道・俳諧を背景とする依平‐嵐牛師弟の人脈を利用し、遠州各地の富裕層や有力な社寺を巡って展開されたのであろう。依平没後も春隆の遺作は依平の遺族から嵐牛が託されて知友・門人に譲渡され(1)、嵐牛自身もかなりを引き受けている——門人が依平

に宛てた書簡も含まれる――。結果、資料館の襲蔵する画作も、直接春隆から入手したものと、依平経由のものとが混在することになった。

(3) 春隆画作一覧

以下は資料館所蔵の春隆画作のリストだが、外に所蔵される画作も若干加えた。

［A］軸装の1～7は比較的早い時期に表装。［B］マクリには依平の和歌賛が一点含まれ、遺族から引き取った依平遺品も交じるか。絵柄は大和絵らしい歌枕や山水、花鳥・草木、史上人物などを画題とする(2)。反面、［C］春隆下絵の短冊は、嵐牛と晴笠が遠州仮寓中の春隆に描かせたものと判断される。卑俗な絵柄は殆どなく、多くは嵐牛の自信作、もしくは代表作の染筆だが、老衰を感じさせる晩年のものも交じる。［D］摺物は制作年次のはっきりするものが大半で、仮寓後期の安政六、七年はもちろん、帰京後の文久期や熱田に移ってからの慶応期にも及んでいる。明治期に入ると、嵐牛自身の高齢化に加え、門人の自立により、嵐牛手ずから催す摺物が減少し、春隆挿絵の摺物も見えなくなる。

＊アラビア数字を○で囲んだ［A］～［F］の画作と落款印一覧は、末尾にまとめて図版を

掲載した。翻字は読みやすいように通行の字体に改め、句読点・濁点・ふりがなを施し、誤字には正字を（ ）入りで傍記した。図版掲載のものは番号を○で囲み、掲載しないものは番号のみとした。

［A］**軸装**　＊1～7は資料館蔵。

①**石川依平肖像　自賛**　竪幅　113.0×39.3センチ

落款　「春隆」（印1、難読）

賛歌　「ながらへて六十のはるの花も見つ　老はうれしきものにぞ有ける　依平」（『柳園詠草』上・春歌）

所蔵者　資料館のほかに石川浩二氏・大東図書館佐都加文庫蔵。

②**「粟津義仲寺三十六俳仙」図**　竪幅　134.3×59.3センチ

落款　「春隆」（印1）

備考　『芭蕉堂歌仙図』（蝶夢編『施主名録発句集』明和七年・一七七〇刊、上巻の改題本）や伝蕪村画『俳諧三十六歌僊』（寛政十一年・一七九九刊）を参照して描いたもの。

③**山野管笛吹奏図**　竪幅　95.5×36.0センチ

落款　「春隆」（印1）

4雨後貴人対月図　横幅　34.2 × 43.0 センチ
落款・印　欠
備考「むらさめは山路にはれて柞《ははそ》ちる　いはたの小野の月をみるかな」（『柳園詠草』上・秋歌）

5綱敷天神図　竪幅　69.1 × 26.8 センチ
落款　署名欠（印2「春隆」）
備考「明治十四年七月訂正　東壁堂製本目録」（岸雅裕著『尾張の書林と出版』所収）に挙げる「菅公肖像　服部春隆」は一枚摺と目される。類似の絵柄かどうかは不明。なお、春隆の本姓は「服部」。

⑥賀茂祭女房女童図　竪幅　129.9 × 30.2 センチ
落款「春日之詞徳春隆」（印3「羽鳥」）

賛歌「うのはなの白かさねして神やまの　みあれ見に行けふにもあるかな　知紀」（『しのぶぐさ　二』所収、題「まつりの日」）

備考　京都の賀茂祭（葵祭）は、もと四月中の酉日《とりのひ》が当日で、三日前の午日《うまのひ》の深夜に、祖神が出現した近くの神山《みあれやま》からその神霊を上賀茂の社殿に迎える。絵柄は賀茂の社叢を背景に、女房二人とお供の女童。
なお、『袖珍歌枕』（元禄三年・一六九〇刊）の第二「**神山** 峯松 山城」に、「卯花 金葉 神山の麓に咲るうの華は　誰しめゆひし垣ねなるらん 実行」を収録。

7葛花上弦月図　竪幅　115.6×53.5センチ
落款　「春隆絵」（印4「羽鳥」）
備考　「葛花のさけるをみて／賤が手にひきのこされて七草の　数にとらるゝ野べのくず花」（『柳園詠草』上　・秋歌）

⑧海浜老松図　竪幅　寸法未詳
落款　「春隆」（印7「采彰」）
賛歌　「わたつみのなぎさにたてる老松は　いくとし波をかぞへきつらん　依平」（『柳園詠草』上・雑歌、題「松年久」）
所蔵者　菊川市、後藤悦良氏

⑨月下農婦砧図　竪幅　寸法未詳
落款　「春隆」（印7）
賛句　「おとのみに松風はなしみねの月　嵐牛（印「多陰」）」

所蔵者　同じく後藤悦良氏
備考　『自筆句集』には「高師山」、鼎左編『浪華五百題集 二編』（安政二年・一八五五刊）には
「小夜中山」と題して入集。

⑩み船《ふね》御遊《ぎょゆう》画賛（箱小口題）　竪幅　寸法未詳
落款　「春隆／絵も（文末）」（印12、難読）
賛文　「おのれ都に有けるほど、とし〲あらし山にまかりて、咲そむるまる山散はつまで、花の為にふみ惑けるが、ひと日、例の物してそことなくうかれあるきけるに、御齢もおなじほどなるわかき殿上人、渡月橋のもとよりおほゐ河に舟をうかべて遊び玉ふ。絵の心に古代におもほえて、心ともなく岸づたひの木のまがくれにしたひゆきけるに、かのみ舟も遠くは岸を漕放れず、かぜの吹き（「変り」脱カ）のなしに、とかたらひかはし玉ふことさへかつ〲きこえ来るもおかし。猶しうねくかくれたゝずみつゝみ奉れば、横笛・ひちりきなどとり出て、ふきすさび玉ふあはひに、いたく酔しれて、河水に盃あらひなどしたまふを、穴あやふなどいひて、御直衣《なほし》の袖を引とめなまどあざれかはし玉ふは、さ社《こそ》隔てぬ御中《なか》らひなむめれ。舟人ほとほと困《こう》じたるおもゝちして、み舟はいづ方にとうかゞへば、枻《ふなばた》にながめ玉ふひとりの君、

をちこちの岸は皆がら花なれば　舟のこゝろにまかせてもゆけ

と独ごとの中に贈られしが、名残なくきこえしは、更に夢のこゝちせられしも、今は十とせあまりの昔になむ。」

所蔵者　あま市美和歴史民俗資料館

備考　春隆の志向する美意識・趣味を画文と和歌のコラボレーションで表現した優品。

11水鶏《くいな》画賛（箱蓋題）竪幅　寸法未詳

落款「春隆自讃」（印13「春隆」）

賛歌「門もなき我ゆめにさへうちたゝき　水鶏はよたゞねさせざりけり」

所蔵者　あま市美和歴史民俗資料館

12池面月影図　竪幅　寸法未詳

落款「春隆自讃」（印2）

賛歌「空蝉のよは短夜の月ならし　ありとみし影はたなかりけり」

所蔵者　あま市美和歴史民俗資料館

備考「うつせみの此世をゆめとしりながら　いきたるかぎりさめずや有らむ」（『彩園遺稿』雑歌、題「寄夢述懐」）

13 三番叟《さんばそう》図　竪幅　寸法未詳

落款　「春隆」（印6「采園」）

所蔵者　あま市美和歴史民俗資料館

備考　箱小口題「狂言図」。能「翁」の初めに狂言方の舞う「三番叟」。風折烏帽子を冠り、直垂《ひたたれ》・長袴には舞鶴と若松を描く。祝いごとにもとめられて描いたもの。

⑭社叢鳥居子規図　竪幅　100.0×34.6センチ　絹本

落款　「源春隆」（印15「大和絵之印」）

所蔵者　加藤定彦

15 神功皇后御影図　竪幅　122.0×40.8センチ　絹本

落款　「知紀謹讃／源春隆拝作」（印4）

絵柄　武装して立つ神功皇后と赤児を抱く竹内宿禰

賛歌　色紙二枚合装

「安《あ》米《め》画《が》之《し》太《た》天《て》良《ら》数《す》飛《ひ》駕《か》利《り》登《と》奈《な》理《り》ニ《に》化《け》李《り》　幾《き》微《み》賀《が》末《ま》母《も》梨《り》之《し》曽《そ》伝《で》能《の》志《し》羅《ら》多《た》末《ま》」

箱蓋　表書「神功皇后御影、八田大人《先師》賛」、裏書「明治十三年一月之月次　羽鳥春隆絵（印「羽鳥」）」

所蔵者　加藤定彦

16春隆衣裳図 忠秋賛　色紙合装竪幅　186 × 56 センチ

落款　「吟司源春隆作」（印4）

絵柄　衣装箱の羽織・袴

賛歌　「むらさきの衣のいろはうちはへて　あせめや君がかたみ成らん　忠秋」（色紙）

所蔵者　亀俵（六光美術）がヤフーオークション・ストアに出品した（2020.07.24 ～ 31）画像による。

［B］**マクリ**　＊すべて資料館蔵

備考　詠者渡忠秋は京住、桂園派歌人で、春隆よりやや先輩。

1筍・梅の実図　竪唐紙　80.2 × 29.7 センチ

落款　「春隆」（印5「一片天心」）

2黄菊摘草図　竪唐紙　35.0 × 31.3 センチ

落款　「春隆」（印6）

③嵐山桜花渡月橋図　横唐紙　37.1 × 60.6 センチ

落款　「春隆」（印7）

備考 「花 続千 嵐山麓の花の梢まで ひとつにか丶る峯の白雲 為氏」(『袖珍歌枕』第六「嵐山 山城」)

4河上落花図 竪唐紙 81.7×46.7センチ

落款 「春隆」(印5)

賛歌 「六田川《むつだがは》ちりてながる丶花見れば よし野の春も水のしら浪 依平」(『柳園詠草』上・春歌、題「河上落花」)

⑤宇治川網代守図 色紙大唐紙 19.5×19.5センチ

落款 「春隆」(印8、難読)

備考 「大君の御贄《みにへ》つかふと宇治川の 網代のひをも心よすらむ」(『柳園詠草』上・冬歌、題「あじろ」)

黄檗にしらぬ閑ありあじろ小家(『嵐牛発句集』)

⑥雪山炭竈図 色紙大唐紙 19.6×19.3センチ

落款 「春隆」(印8)

備考 「ちりまよふ雪にきほひて炭がまの 煙ふきとく小の丶山かぜ」『柳園詠草』上巻「冬歌」、題「炭竈」)

7月下湖畔落雁図　色紙大唐紙　19.7×22.8センチ

落款「皇朝絵之詞徳／春隆」（印16、難読）

書込「コ、よりたちきり位置よろし／印此かた／よろしからむ（印9「自適」）」

備考「雁 夫 雲井より来る初雁のいつのまに　堅田の浦に並びゐる覧　仲正」（『袖珍歌枕』第二「堅田 浦 沖 近江」）

⑧吉野川妹背山図　横唐紙　15.3×24.7センチ

落款「春隆」（印9）

備考「栬《もみぢ》 夫 むつましきおなじつらさのいもせ山　栬の色も分ずうせける　輔親」（『袖珍歌枕』第一「妹背山 川」）。

⑨井畔紅梅図　横唐紙　27.3×36.2センチ

落款「春隆」（印11「仙味」）

⑩落葉・雀図　竪唐紙　38.0×31.4センチ

落款「春隆」（印6）

11浜松朧月図　竪唐紙　87.4×29.8センチ

落款「春隆」（印10「采菴」）

以上のマクリの制作時期について補記すると、春隆の遠州漂泊は嘉永から安政にかけてで、その後帰京したらしく、『控帳』の文久二年（一八六二）の部、三十丁表八行目に「画くさぐ〳〵尾名古ヤ　春隆」とあり、名古屋に暫く滞在した模様。マクリの多くはその頃注文して届いた「画（の）くさぐ〳〵」か。

［付］ 巻子に表装されたものが一点だけ存在し、便宜ここに掲出する。

12月下飛雁図　色紙大　寸法未詳

落款　「春隆作」（印7）

所蔵者　磐田市の大竹裕一氏

備考　遠州に晩年移住した摩訶庵蒼山（明治二年没）の発句色紙などとともに巻子に表装される。

［C］**絵短冊**　＊14〜16を除き資料館蔵。

①発句「夕凪や空からもどる炭けぶり　嵐牛」（自筆句集）

下絵落款　「春隆」（印11）　絵柄　雪山・松

②発句「鶴啼や江は東雲のおぼろ月　嵐牛」（自筆句集）

下絵落款　「春隆」（印11）　絵柄　月と江

③発句「鶴からりころり空よし眼ざめよし　嵐牛」（自筆句集）
下絵落款　「はるたか絵」（印7）
絵柄　飛翔鶴三羽
備考　「雀啼やからりころりと和歌の浦」（『枇杷園句集』）
④発句「日和さへよければ吹やはるの凪　嵐牛」（自筆句集）
下絵落款　「写春隆」（印7）　絵柄　壺菫
5発句「雲うらに入日明るし花の雨　嵐牛」（自筆句集）
下絵落款　「春隆」（印7）　絵柄　雨に花片
6発句「水をする羽《は》よけかねあひや飛玄鳥《とぶつばめ》　嵐牛」
下絵落款　「春隆」（印7）　絵柄　柳に燕
7発句「北方強欤／南方強欤　かまきりに己が羽をかむいかりかな　嵐牛」（自筆句集）
下絵落款　「春隆」（印11）　絵柄　カマキリ
備考　前書は「南方の強与《か》、北方の強与《か》」で、『中庸』に見え、弟子に問われて孔子が訊ね返した言葉。
8発句「ほと丶ぎす啼や夜更の薮根汁　嵐牛」

下絵落款　「春隆」（印7）　絵柄　壺菫
備考　「ひと掬ひ雪もぬかるな薮根汁」（『句集草稿二編』）
＊「嵐牛文集拾遺抄」二十の（注6）参照。
9発句「見るうちに中瀬の出来て後の月　嵐牛」（自筆句集）
下絵落款　「春隆」（印11）　絵柄　川原の松
備考　『雲明集』（弘化三年刊）は中七「中洲の出来て」、『自筆句集』には「大ゐ川」と前書き。
10発句「星にさへ今宵はあるをわび枕　嵐牛」（自筆句集）
下絵落款　「春隆」（印14「春隆」）　絵柄　七夕飾
11発句「しぐれする世は耳のさわがしき　嵐牛」
下絵落款　「春隆」（印14）　絵柄　案山子に稲雀
備考　脱字あるか。あるいは絵で「案山子」を補って読ませる趣向か。
12発句「目のちりを拭てぬぐふてちのわ也　嵐牛」
下絵落款　「春隆」（印7）　絵柄　茄子の花と実
13発句「足ちゞめ寝るやくるりに啼ちどり　松夫」

下絵落款　「春隆」（印7）
絵柄　浪上の富士と千鳥
備考　松夫は嵐牛高弟兵藤荘三郎、前号平台。掛川住。
14和歌詠草
「いはくゐのきしのまつがねうたかたも　こゝろつくすかあはぬこゆゑに　忠尚」
下絵落款　「春隆」（印7）
絵柄　二本松（A―8「海浜老松図」に近似）
所蔵者　菊川市、後藤悦良氏
備考　忠尚は大久保氏、見附（磐田市）の淡海国玉神社祠官。私設図書館である磐田文庫の創設者として知られる。
15発句「雪あびて囮《おとり》にそれる目白かな　嵐牛（印）」
下絵落款　「春隆」（印11）　絵柄　雪の笹
所蔵者　大竹裕一氏
16発句「来て逃すからすのにくし稲すゞめ　碩水」
下絵落款　「春隆」（印7）　絵柄　立木に稲掛け

所蔵者　大竹裕一氏
備考　碩水は「俳諧どめ連句一覧」（『資料集』所収）で嵐牛との風交は確認できないけれども[3]、「辛酉（万延二年・一八六一）春」奥のある碩水の大摺物「去年ことし」が大竹家に伝わる。遠州に遊歴した折に発行したもの。

［D］**摺物**　＊八点とも晴笠のご子孫、磐田市の大竹裕一氏蔵で、色摺。

1袋題「**下もえ**」　形態　色紙大（角判）
作者　晴笠（二句）・嵐牛（一句、版下）
挿絵落款　「春隆」（印11）
絵柄　乗馬烏帽子と鞭
奥付　「ひつじのはる」（安政六年・一八五九）

2袋題「**遠かすみ**」　形態　色紙大（角判）
作者　平台・石翠・かえ・同・嵐牛（版下）
挿絵落款　「春隆」（印11）　絵柄　三方《さんぼう》に蕪と昆布
奥付　「己《つちのと》ひつじの春」（安政六年・一八五九）
備考　袋に「晴笠様」の付箋。

③袋題　「太平楽」(大竹家摺物コレクションの杜水催・年次未詳・同題摺物の袋を流用するか)
　形態　八ッ切り
作者　静嘉・岳丈・嵐牛(版下)
挿絵落款　「春隆」(印11)　絵柄　若菜籠
奥付　「安政六年(一八五九)己未はる」
④袋題「ほのぐ」　形態　中判(横四ッ切り)
作者　平台・四山・一笑・嵐牛(版下未詳)
挿絵落款　「春隆」(印14)　絵柄　女房坐像
奥付　「己ひつじ(安政六年・一八五九)」
備考　袋に「晴笠様」の付箋
5袋題「しだのちり」　形態　中判(横四ッ切り)
作者　嵐牛・四山・梅春・野乙・龍枝・中葉・山竹・三千丸・秀山・杜逸・然山・春谷・晴笠
挿絵落款　「春隆」(印11)　絵柄　若菜摘みの女童

奥付　「庚申（安政七年・一八六〇）」

⑥袋題「**ひなのはる**」　形態　横半截

作者　完伍・塞馬・蓬宇・烏谷・瑩《みがく》・知碩・晴笠・貫一・平台・嵐牛ら十七名

挿絵落款　「春隆」（印7）　絵柄　隠居の紅梅

奥付　「辛酉（万延二年・一八六一）のはる」

備考　「柿園摺物集」（『資料集』所収）の一に「万延二年春興」として翻刻所収。

7袋題「**ほなが**」　形態　色紙大（角判）

作者　晴笠（二句）・嵐牛（版下）

挿絵落款　「春隆」（印14）　絵柄　紅梅図

奥付　「甲子（元治元年・一八六四）のはる」

⑧袋題「**みつ組**」　形態　中判（横四ッ切り）

作者　此君（晴笠）・水音・春谷・嵐牛（版下）ら二十四名

挿絵落款　「春隆」（印7）

絵柄　鶴をさばく庖丁（料理人）

奥付　「丁卯（慶応三年・一八六七）のはる」

備考　「柿園摺物集」（『資料集』所収）の五に翻刻所収。「みつ組」は杯のそれをいう。本点には足立順司氏（水音のご子孫）と故田中明氏蔵本もあるが、袋を欠き、田中氏本は袴の色に異同が認められる。

以上、八点の摺物での顕著な現象は、安政六年、突如、集中して春隆挿絵の小摺物を発行していることである。試みに『控帳』に当ってみると、たとえば安政二年（一八五五）の部には十五件の摺物の到来記事があり、冊子の到来二十件の七十五パーセントほどにもなる。宗匠も春興・追善・転居・開庵・改号・行脚など時節の挨拶に制作・配布し、次第にその簡便さ故、化政期以降は遊俳にも浸透し、宗匠の後見・仲介で盛んに発行し、諸国詞友と交歓した。嵐牛も安政初年は句のみの小摺物を制作していたが、尾張の流翠から画賛発句集『活動集』（文久二年・一八六二刊）を贈られ、「画入集、をかし」とコメントを付記している通り（『控帳』）、挿絵の有無、挿絵の出来・不出来で興趣に格段の差が出るのはいうまでもない。身近に仮寓する春隆がいたのを幸い、嵐牛は社中の各地連中を誘って、春隆挿絵の俳諧摺物を試作したのであろう。

『控帳』を検索すると、

文久二年（一八六二）八月十三日

○春隆へ文通、山竹（柿園社中、塩井川原住）幸便、金三分入、遣し候也。
○相応軒（淡節、京住）へ『幸帖』一朱、如艸（京住）香料弐朱、是も山竹便。
文久三年（一八六三）**六月十一日**、出立。
○金三両弐朱入、春隆／右、定三郎、伊勢参序《ついで》、為持《もたせ》遣す。但、名古ヤ門前町、松前ヤ吉兵衛様差向、返書来。
元治元年（一八六四）
○此方本代、六月出し、本陣。黙池（京住、宛先）、春隆へ文通。
六月、黙池へ向出す。

といった記事に遭遇、両者合作（コラボ）のリアルな痕跡を見出す。

［E］**横井時逸《ときはや》編『あゆちの錦』**（半紙本一冊、明治十四年刊）。編者自宅の障子に描かせた春隆画の和歌画讃、十八丁三十六首を色摺りで公刊したもの。春隆跋。和歌の作者は冬道・高顕・豊秋・時冬・春隆ら。

［F］**八田知紀著・羽鳥春隆編『白雲日記』**（小本二冊、永楽屋ほか三都書肆相版）。明治元年、京都から江戸に下った八田知紀の日記を、和歌の門人である春隆が挿絵を描いて刊行したもの。明治二年春の春隆跋がある。

［G］天宮《あめのみや》神社懸額三十六歌仙

静岡県森町郷土研究同好会発行の『三木の里』第六号（昭和四十九年六月）に掲載された小川浩助氏「み山ぢのつと」に、「江戸後期、掛川宿十九首に大庭代助という素封家があり、東海道を往来した文人墨客が厄介になったという。（中略）画人では、池大雅、司馬江漢、谷文晁、谷文二、喜多武清、源春隆、山田松斎らが訪れている。（中略）源春隆は伊勢の大和絵師で、天宮神社、大鳥居の八幡神社に奉納されている三十六歌仙の額はこの人の筆になるものという。春隆は嘉永ころに来ている」との注目すべき記述が見える。

森町の公式HPを検索したところ、「**図説森町史**」（更新2019・03・05）の「48森町の絵画」に、「神社には三十六歌仙の懸額が多く見られるが、森町にも天宮神社、小国神社などに伝わり、なかでも天宮神社のものは現在34面伝存し、2面亡失しているが、江戸時代の貴重なものである」と記し、2面のカラー図版を掲出する。画者には触れていないので社会教育課にメールで問い合わせたところ、頂いた電話では、保存状態が悪く、落款も確認できず、画者には触れなかった。大鳥居八幡神社の懸額はさらに状態が悪く、調査に及んでいない、との回答であった。前引文章の著者小川氏は父子二代にわたる郷土史家とのこと。恐らく、春隆情報の過半は、父親の知見によるのであろう。「伊勢の大和絵師」とある誤認を除けば矛盾なく、今後、春隆画存在の確認が期待される。

［H］**嵐牛肖像**（伝春隆筆、焼失）

昭和三年十一月三日に挙行された石川依平七十年祭の時、祭壇の壁に依平肖像と並べて懸けられた嵐牛肖像で、伊藤鋼一郎氏の談によれば、伊藤家から出品したもので、先代鎌次郎氏（七十年祭当時、十九歳）から「嵐牛肖像は依平肖像と対をなすものと聞かされ、鎌次郎氏著『柿園嵐牛翁』（昭和六十年刊）の口絵に載せた、掛川の柴田さん所有の嵐牛肖像は、わが家のを借りて模写《うつ》させた軸」とのこと。鋼一郎氏提供の「嵐牛以後の伊藤家系図」や菩提寺の過去帳写しによると、件の嵐牛肖像は、嵐牛長男の洋々（清一郎、明治三十六年・一九〇三没）から孫の清八郎に伝わり、清八郎（昭和八年・一九三三没）から曾孫《ひまご》の三策に伝わるけれども、三策は清八郎の亡くなったほぼ一ヶ月後の九月二十八日、五十六歳で亡くなる。玄孫《やしゃご》の鎌次郎はまだ二十四歳で若かったためか、東京に出て小石川で医師をしていた三策弟の伊藤良次が親（清八郎）の形見に肖像を貰い受けて、東京大空襲で焼失したという(4)。

注

（1）「柿園日記」（『資料集』所収）慶応三年（一八六七）二月廿九日の記事「石川より申来反古、見分」、以下、断続的に同様の記事が見える。

（2）国学の影響でとくに幕末期の和歌や漢詩・俳諧では詠史が流行、『嵐牛発句集』でも散見される。

（3）資料館には碩水の短冊は三本、色紙は一枚（染筆帖『錦木』所収）を所蔵、短冊一本と色紙の署名には「七十五翁」の肩書があり、明治十二年頃、洋々の時代伊藤家に来遊したらしい。

（4）総務省のHPの「一般戦災死没者の追悼」の「目黒区における戦災の状況」（東京都）のなかに、「昭和20年4月13日23時から翌日14日2時にかけて城北・城西部（荒川・王子・滝野川・板橋・豊島・淀橋・小石川・麹町〈一部〉・四谷各区）が大空襲を受けて焼き払われた」という記述が見える。

参考図版

＊所蔵者名のないものは、すべて資料館の所蔵品である。縮率・トリミングのデータは省いた。

A－1　石川依平肖像　依平自賛

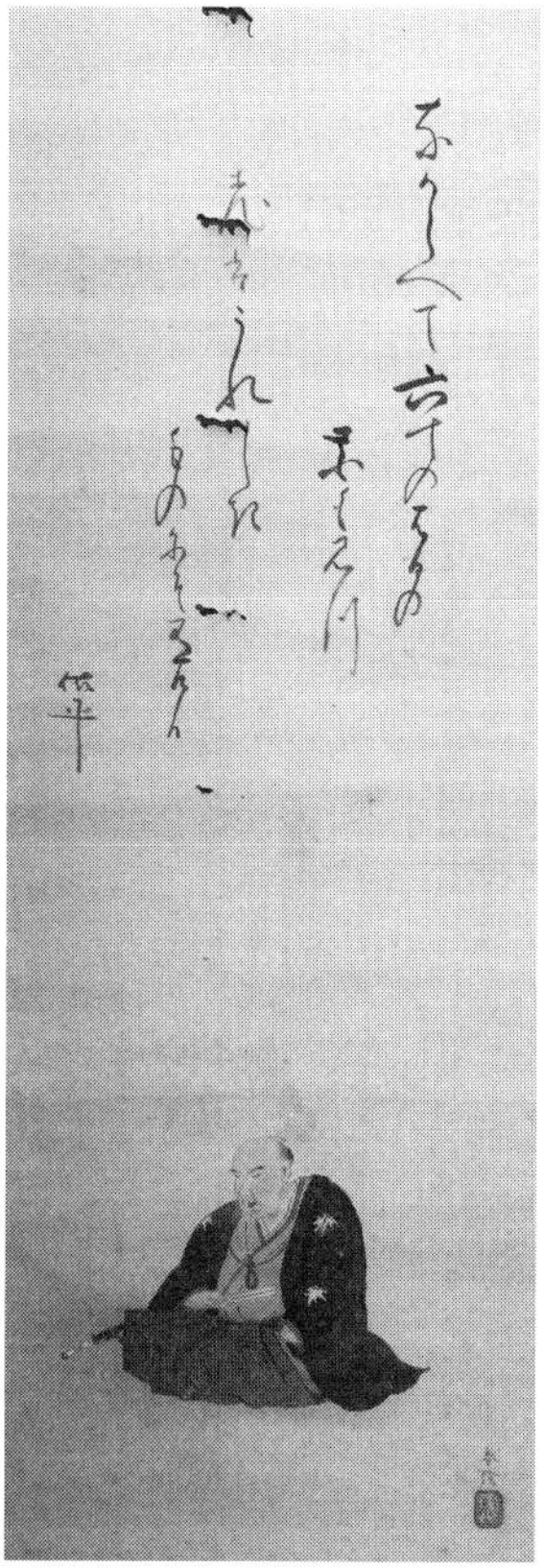

A－2　粟津義仲寺三十六俳仙図

B－5　宇治川網代守図

B－10　落葉雀図

A-3 山野管笛吹奏図

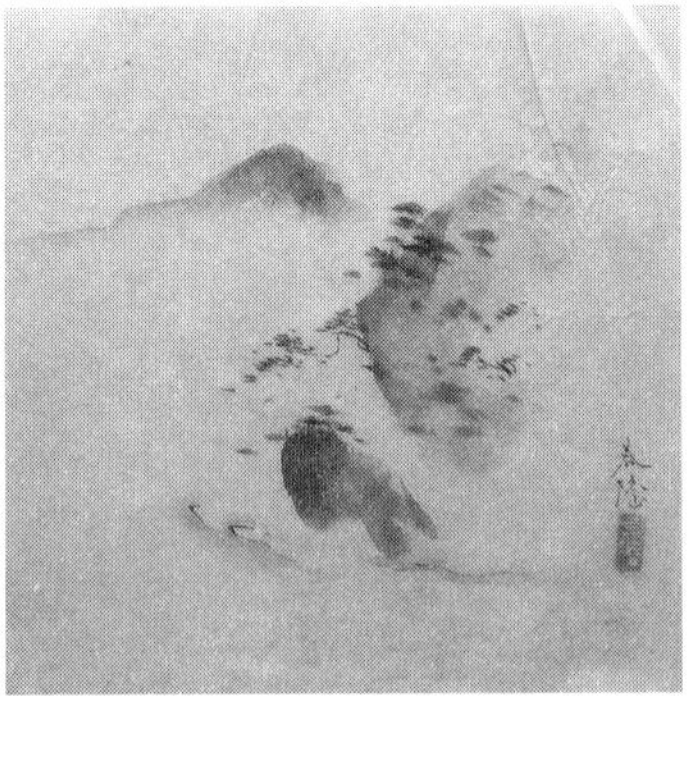

B-8 吉野川妹背山図

A-6 賀茂祭女房女童図

A-8　海浜老松図　依平賛　―後藤悦良氏蔵―

A-9　月下農婦砧図　嵐牛賛　―後藤悦良氏蔵―

B-6　雪山炭焼竈図

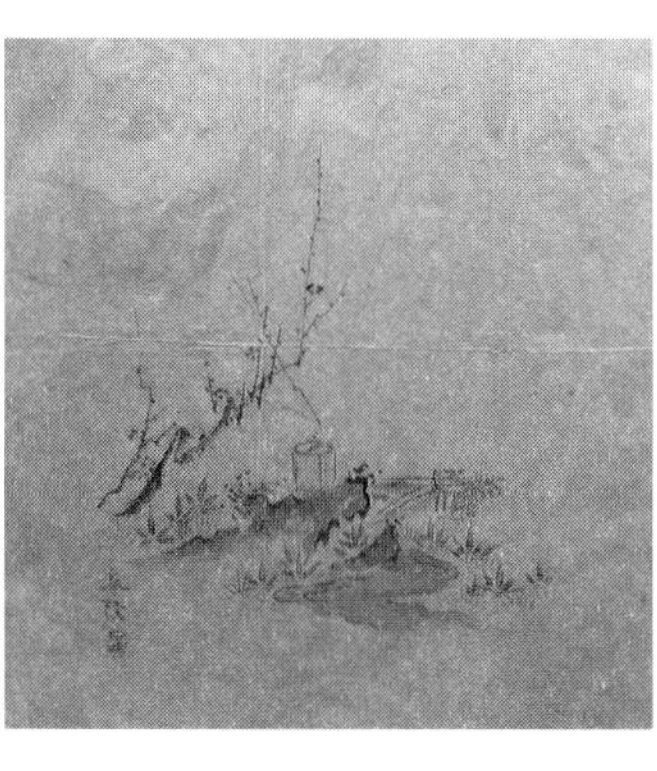

B-9　井畔紅梅図

A-10 み船御遊図（部分） 文も春隆 ―あま市美和歴史民俗資料館蔵―

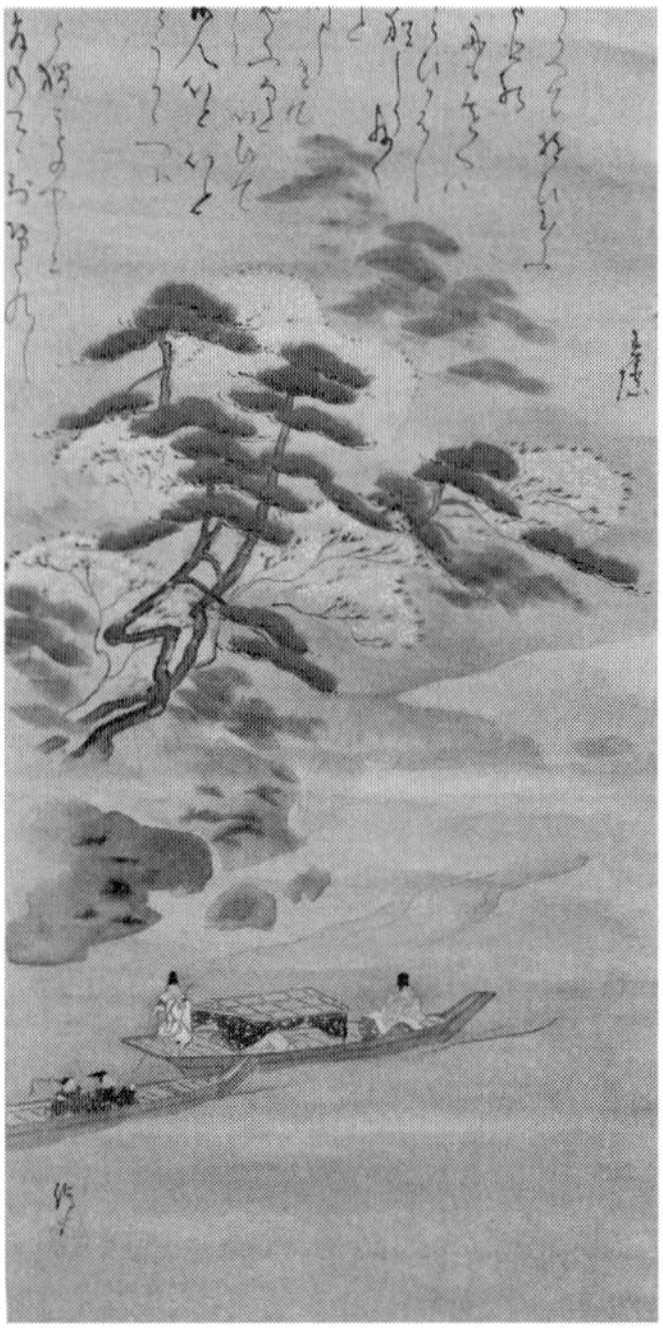

A-14 社叢鳥居子規図 ―加藤定彦蔵―

B-3 嵐山桜花渡月橋図

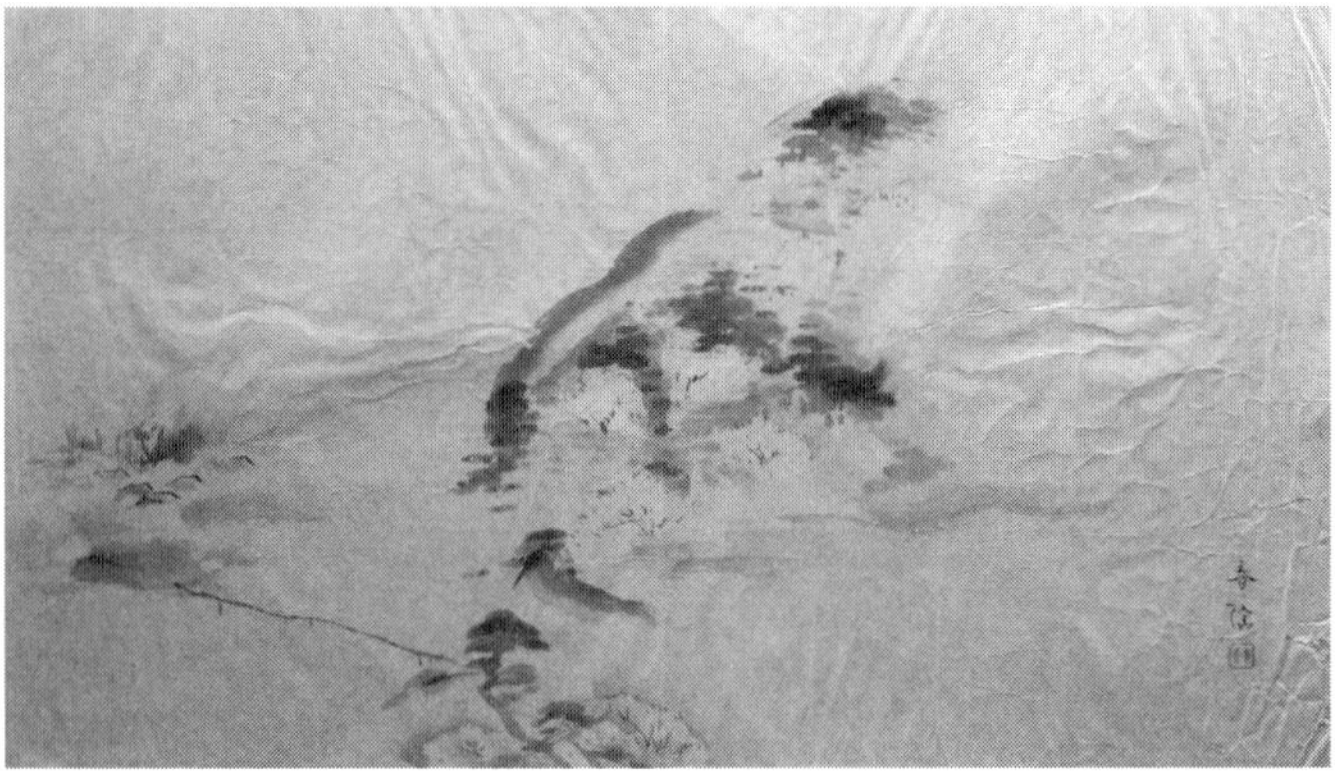

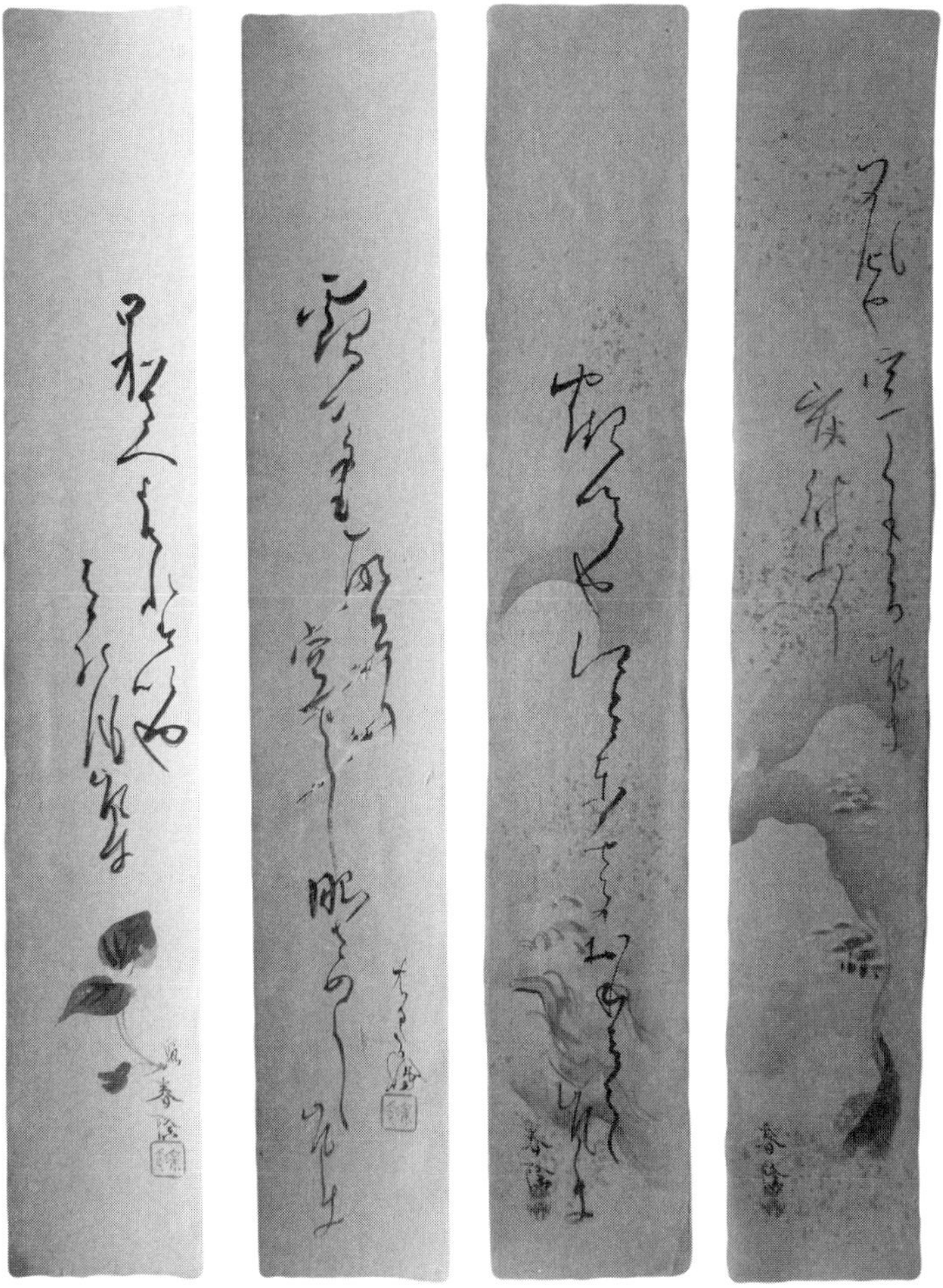

C－絵短冊　嵐牛発句・春隆画
1〜4

D－俳諧摺物　―大竹裕一氏蔵摺物コレクションより―

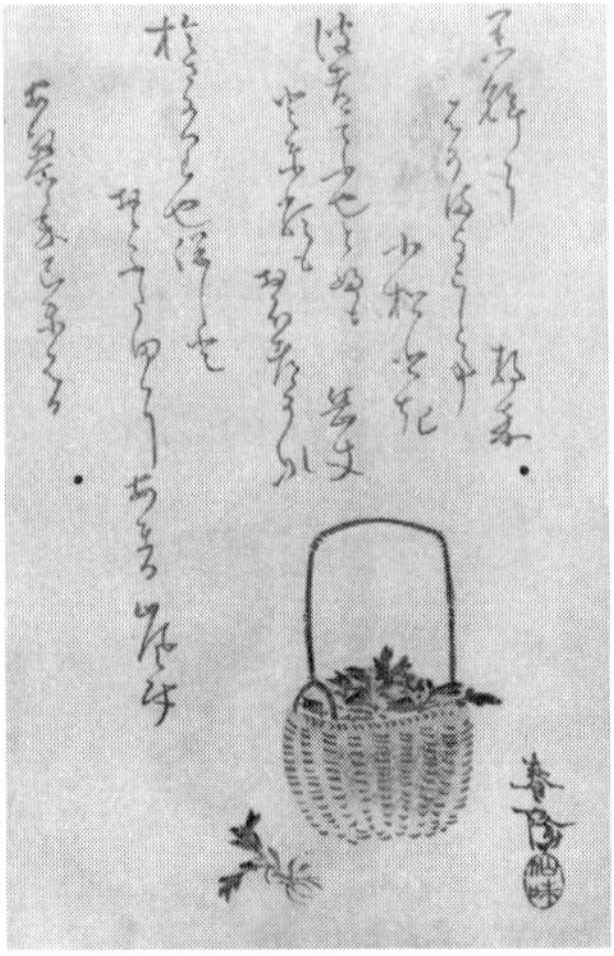
3「太平楽」

6「ひなのはる」

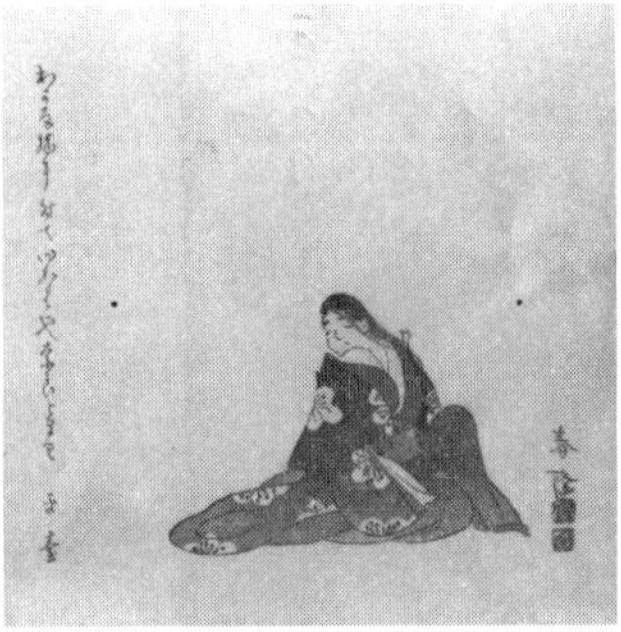
4「ほの〴〵」

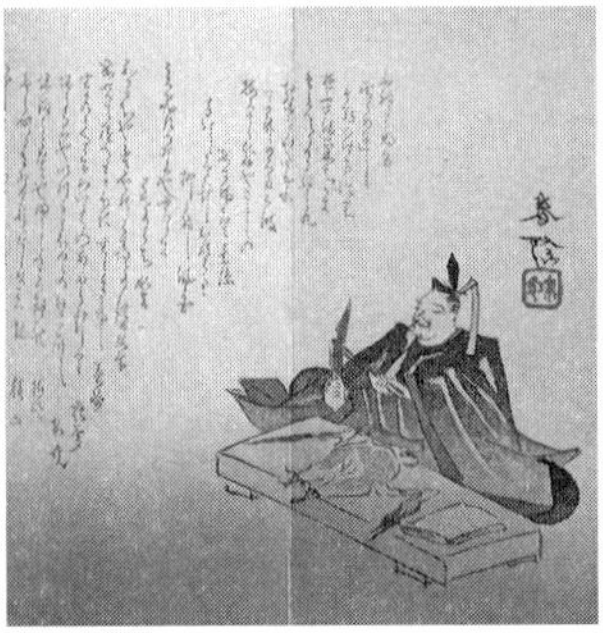
8「みつ組」

E－**刊本『あゆちの錦』**本文巻頭・巻軸（上段）と本文（十丁ウ・十一オ）の見開き（下段）

巻頭

巻軸

本文

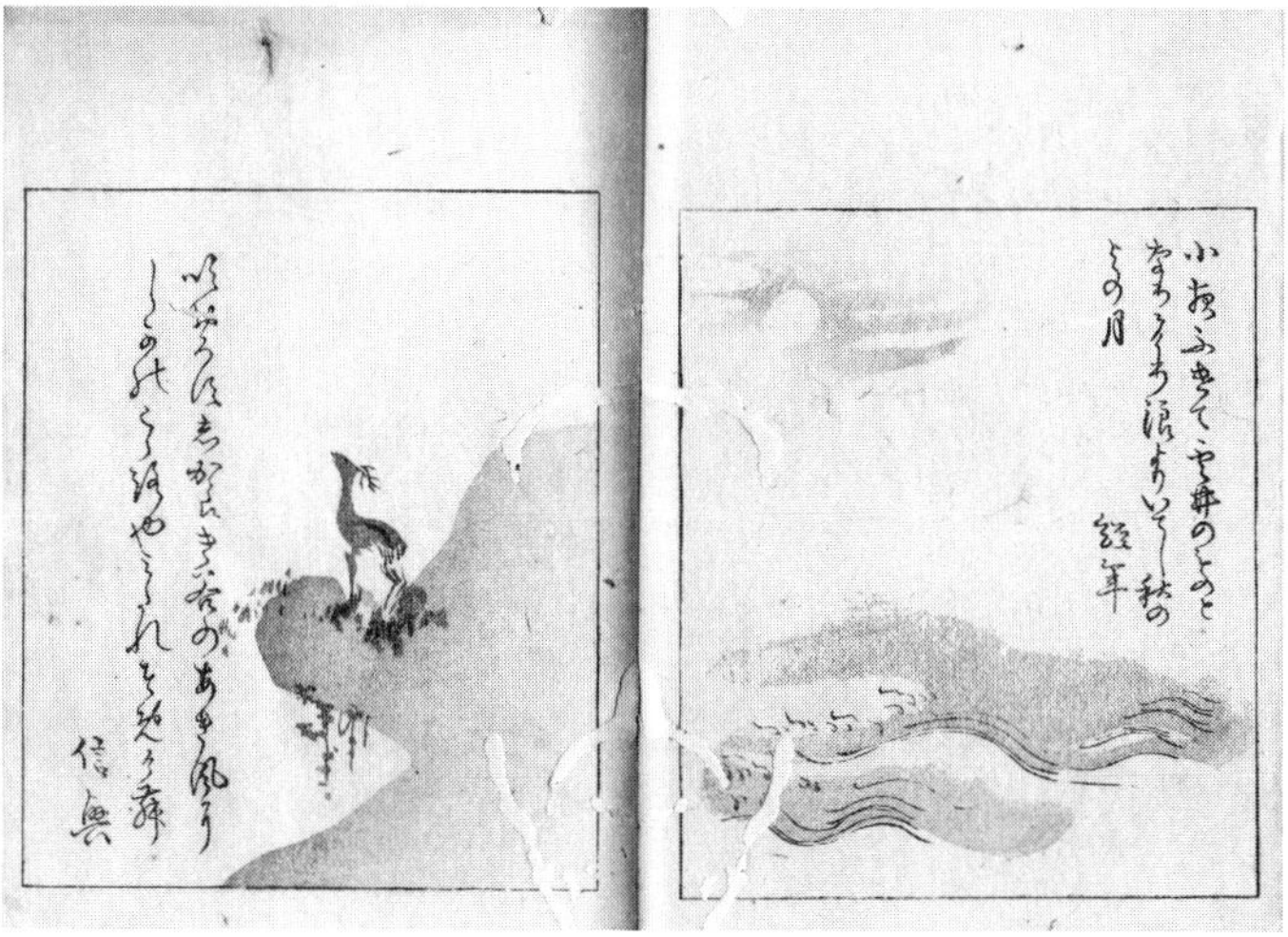

―加藤定彦蔵―

F－その他

(1)『白雲日記』挿絵

―加藤定彦蔵―

落款印一覧

＊使用画作の分類・番号を付記した。不鮮明なものは省いた。

(1) A-1~3

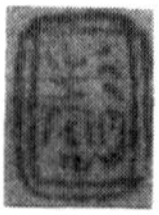

(2) A-5,12

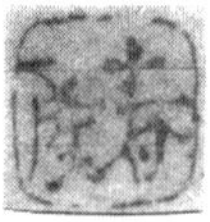

(3) A-6

(4) A-7,15

(5) B-1,4

(6) A-13,B-2,10

(7) A-8,9,B-3,9,12,C-3~6,8,12~14,16,D-6,8

(8) B-5,6

(9) B-7,8

(10) B-11

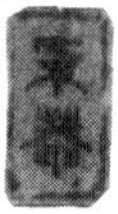

(11) C-1,2,7,9,15, D-1~3,5

(13) A-11

(14) C-10,11,D-4,7

(15) A-14

Ⅲ 卓池に入門

(1) 情の人

†

鶴田卓池の美談

三森幹雄著『俳諧名誉談』(庚寅新誌社、明治二十六年刊)に卓池を紹介する文章が掲載されている。幹雄は明治十三年、『俳諧明倫雑誌』を創刊し、いわゆる旧派の雄として東京を中心に活躍した俳人である。以下に全文を引く(適宜、濁点・句読点・ルビ等を改めた)。

卓池は参州岡崎の人。鶴田氏、通称与三(右)《よさうゑもん》。暁台《きようたい》門人。号シ二青々処《せいせいしよ》ト一、画《ぐわ》をよくす。門人あまたありて、岡崎正風と唱ふ。始《はじめ》暁台門人、後《のち》士朗に属《ぞく》す。門人に水竹、塞馬《さいば》、流芝《りゆうし》、三岳、完伍、蓬宇等ありて、当時《そのころ》隆盛なり。士朗叟江戸行の供《とも》たらんとて、後より追かけたる勢ひにや、

蓑の毛の顔にかゝるや春の風

忘れては杖買ふ花の木下《こした》かな

信濃のあだ坂の麓にて、四十ばかりの女、幼《いとけな》きものにはぐれたりとて、涙は笠をもれ出《いで》たり。見るも哀《あはれ》に、かくいひきかせぬ。

別れても終《つい》あふ道ぞ母子草《はゝこぐさ》

逢初川《あひぞめがは》

山吹にこぼるゝ人のこゝろ哉

海道はみな麓なり不尽の山

凧に身をすり〳〵帰る雲雀哉

芍薬のあひに麦まく庵《いほり》哉

此外多し。此叟は人に物書いて与ふるを惜まず。故に口碑にのこる句もおほかるべし。

連句に参河三吟あり。

辞世　いざゝらば迎ひ次第の月の宿

弘化三年八月十一日没、年七十九

「士朗叟江戸行の供たらんとて」から「山吹に」の句までは、士朗の江戸下りに同門松兄《しょうけい》と二人で随行した『鶴芝《つるしば》』（享和元年・一八〇一）の旅のときの逸話と句で、先学大礒義雄氏が「温順敦厚《とんこう》」の語（『青々処句集』跋に見える塞馬評）によって卓池の人柄を捉え、門人や他国の風客に対する深切な態度を具体的に指摘されている。

卓池には、ほかにも人柄の出た句が、

霞む日やほどこし杖を墻《かき》の外

出代《でかはり》や呼ばきこゆる向河岸

鳩に餌をくれて門さす余寒かな

黛《まゆずみ》のはげてめでたき雛《ひひな》かな

（以上、『青々処句集』）

などと、人間はもちろん、地上の森羅万象に温かい視線を注いだ句をのこしている。

†

『鶴芝』の旅と名声

『鶴芝』初編には、今度の集は富士紀行で、富士山中腹にある鶴の形に似た「鶴芝」に因んで、集名はぜひ「鶴芝初編」として欲しいという、編者道彦に宛てた松兄・卓池連名の手紙と、

倉沢や不二にふたがる春の空　　卓池

＊倉沢の近くには、東海道における富士眺望スポットとして有名な薩埵峠と望嶽亭富士屋が

ある。

今日も見え今日も見えけり不二の山　士朗

の二句が並んで収められる。『鶴芝』五編の中でのハイライトとも言うべき箇所で、二人の代表句と見なされ、多くの自画賛が遺される。

卓池には、後に詠んだ「海道はみな麓なり」の富士の句があり、これまた代表句として流布し、右の文章にも挙げられる。しかし、士朗句の変奏《アレンジ》とも称すべき作で、スケールは大きいけれども、無技巧の実体験に即して詠んだ士朗句の真率、大胆さには敵わない。

『鶴芝』は初編が江戸、二編が善光寺、三編が松本、四編が諏訪、五編が飯田で出版、各地の有力俳人と交流、士朗の名声は高まり、卓池も全国区の存在となった。各地の風光にも触れ、記念碑的な旅となった。

†

『西遊日記』の旅

文政七年(一八二四)、五十七歳の十一月、卓池は家督を養子に譲り、燕岡庵《えんこうあん》に移る。翌春、

戸も明けぬうちに雀の御慶《ぎょけい》かな　卓池

以下、吉田(豊橋)で赤守《あかもり》(水竹)ら十六名、足助《あすけ》で塞馬《さいば》ら十四名、坂崎(幸田町)で波文ら六

名、岡崎で朱芳ら十三名の各地門人と巻いた歌仙四巻を柱に、門人や諸国詞友の春季詠を開庵記念の『燕岡集《えんこう》』に編んだ。巻頭歌仙の発句は、元旦匆々来訪した雀を喜ぶ童心が好もしい。

二年後の文政十年（一八二七）初夏、門人塞馬・青可と三人連れで『西遊日記』（長崎紀行）の旅に発つ。五月六日、京都東山の芭蕉堂に蒼虬《そうきゅう》を訪ね、『燕岡集』の序文を頼んであったらしく、十一日朝、芭蕉堂を訪ね、「春帖ノ序、出来る」と記す。蒼虬序文は「文政丁亥晩春」付け、奥付は「文政十年丁亥春」とあるのみ。蒼虬は中興名家闌更《らんこう》の門で、師が亡くなった翌寛政十一年（一七九九）以降、芭蕉堂と逐年刊行の『花供養』を継承し、京都俳壇を代表する古老で、ことに連句の名手として知られていた（卓池より七歳上）。

さすが京都は活況で、滞在中、八日〜十一日、連日宗匠たちの月並会（平均十六名〜十八名の連衆）があり、その幾つかに出座している。

そのあと夜船で大坂に下り、芝居見物してから四国に向けて乗船、十八日丸亀に着船、知音夢蝶を訪ねるが留主。金毘羅権現（象頭山《ぞうずさん》）に至り、麓に泊まる。翌日、別当金光院の隠居琹陵《きんりょう》を訪ね、その別荘に四泊。二十一、二両日、参集した地元連らと七名で俳席、その間に権現へ参拝を済ます。

二十三日、善通寺に寄って丸亀まで戻る。その夜から夢蝶亭に連泊し、二十四、五両日、地元連と十名ほどの俳席。丸亀は京極氏五万石余の城下町で、二十九日、「蘇鉄図屛風」「寿老人図」「山水図」など六点の蕪村画(重要文化財)で知られる妙法寺に案内され、和漢の名画を鑑賞し、庭に蘇鉄がある鉄蕉館にも招かれて遊ぶ。自画賛を得意とする卓池には、収穫の多い一日であった。

六月二日、備後鞆《とも》の津に渡り、翌三日、「甚々家込《はなはだいえこみ》にて凡《およそ》一万軒」と記される尾道に至る。四日、虎道ら十八名の俳席に顔を出す。七日、宮島船に乗り、安芸の宮島に着く。八日、厳島大明神に参詣し、「扶桑三景の一つ」を堪能、

日盛もしらで一日伊都岐島(『蝉茸集』)

の吟を得る。夕方、浅野侯四十二万石余の城下町広島に至り、甘古を訪う。同亭を根城に二十日足らず滞在、諸家の俳席に六回参加、それぞれが十名前後の顔触れ。

十七日、宮島が祭礼で、神社から町々山辺まで人で埋め尽くされ、出店や掛小屋が無数、参詣舟は万余に及ぶ。御神輿は新造舟に乗せられ、暮前、広島側から御迎の飾舟が着くと宮を出て海上一里余の御旅所に渡御、四ッ時(午後十時頃)に宮入する。

二十八日、塞馬と別れて乗船し、筑前若松ノ浦に向かう。——塞馬の父親は、足助の家を出

奔し抖擻行脚《とそうあんぎや》の末、広島の長福寺住職になり、亡くなっている。その墓参を済ませて帰国した――。

卓池と青可の二人は、博多や福岡の連中と風交後、長崎にまで足を伸ばし、唐人屋敷や阿蘭陀屋敷、諏訪神社の祭礼、円山遊郭などを見物、日記には多くの筆を費やしていて興味は尽きないけれども、以下は省略。

卓池にとって旅は辛くはあっても、修行僧のような悲壮さは微塵もなく、門人にかしずかれて観光を楽しみつつ諸国の有力俳家を歴訪、歓待裡に風交を重ねる至福の時間だった。そのせいか、日記を付けても、紀行を公刊する意思はなかった。二年後に出版した『蝉茸集《せみたけ》』も、序に門人赤守が「塞馬がみやじま詣をすゝめ、青可も手足つかはれむと旅情をともにし、千里の波涛、つゝがなく寒暑をしのぎて青々処に帰り来れる、云々」と言及するのみで、旅の途次書き溜めた諸国詞友や風交諸家の近詠句が大半で、三人の旅中吟は数句に過ぎない。同行した塞馬も跋には集名の由来を述べるだけで、西遊の余韻は感じられない。

†

類題句集の卓池評価

大礒義雄著『俳人鶴田卓池』(本阿弥書店、一九八六年刊)は後半「卓池評伝」の最後に「評価」の一節を設け、近世後期以降の俳諧番付や俳諧撰集を渉猟し、卓池がどうランク付けされ、どう処遇されているかをチェックし、かつて贄川他石が『日本文学大辞典』（新潮社、昭和八年刊）の項目で「天保時代の俳壇の元老四人を天保四老人といい、梅室・蒼虬・鳳朗・卓池がその四人であった」と記した見解の妥当性を確認している。私も卓池について講演したとき、天保頃の類題句集で、卓池のどんな句が、何句ぐらい採られているかチェックしたところ、編者の流派や居住地により多少の揺れはあっても、他石評と同様の評価となった。卓池と同世代の古老でかつ実力者は限られ、それが類題句集の収録句数にも自ずと反映したのである。

(2) 俳諧の骨法を伝受

†連句の初歩と模索の時代

嵐牛が遺した連句の大半は『俳諧どめ』（原本に付けられた呼称は様々）に書き留められ、それらは『資料集』の巻末に発句と連衆（作者）、句数を年次順に排列、一覧出来るようにした。

嵐牛の俳歴は文政初年まで遡るが、ごく初期の連句作品は残っていず、何時頃から始めたか不明である。既述したように、天保三、四年の頃、鴉山坊が暫く遠州に漂泊、嵐牛ら数名が初歩の教えを受けたらしい。風の便りで彼の訃報に接した嵐牛ら仲間七名は語らって参集、追善の一巻を詠み、霊前に供えていて、その教説は連句にも及んでいるので連句指導も受けたに違いない。

天保六年（一八三五）秋、蒼虬《そうきゅう》が江戸の帰途、吉田で卓池らと風交、その時の連句数巻が地元連を中心に写本で伝播、大きな反響を呼んだ。その秋、嵐牛は山鼻の東寿、伊達方の亀兆と三人で詠んだ俳巻を京の蒼虬に送って批評・添削してもらっており（『資料集』所収「書簡の部」受信㈠参照）、同封されていた書面によると、旧冬、遠州掛塚の青江、原川の可月らからも俳巻が送られて来て溜まっていた。漸く体調が回復したのでまとめて批評・添削し、送り返す旨を返信している。嵐牛が卓池に句稿を送って添削・批評を仰いだものが二、三点資料館に遺存しているけれども、発句のみで年次もはっきりしないが、やはりこの頃か。

天保八年（一八三七）、卓池が古稀を迎え、青々処社中では『竹春集』を刊行する。後掲図版の通り、口絵見開きに、大きく「竹春」の二字を模刻し、萱山寂雄《じゃくゆう》（印「萱渡主人」）の落款がある。水竹が、天保八年九月十三日付の跋文で、

萱山老上人より、我師の嘉祝として竹春の二字を贈給ひしは、たけのすなほなる林

にかくれしむかしもおもひ出られ、くれたけのよゝ、月にそへ、雪にそうて、老をなぐさめむといふことぶきなるべし。云々

と述べ、集名の由縁となっているが、「竹秋」の季詞が『誹諧新式』（元禄十一年・一六九八刊）・『俳諧通俗志』（享保二年・一七一七刊）にあり、「竹春」は『滑稽雑談』（稿本、正徳三年・一七一三成）巻十五の一に「八月」の異名として挙げ、「〇竹春　賛寧ノ竹譜曰、竹以㆓八月㆒為㆑春」と説明し、『俳諧通俗志』もそれを踏襲して「八月」の異名に挙げている。

従って、寂雄の書した「竹春」は、漢籍にある八月の異名「竹春」（ちくしゅん）に由来し、老いを知らない古稀翁卓池を竹に比喩して言祝いだのは明らかだが、集名としてどう読ませたかは不明で、「ちくしゅんしゅう」と読んで置くのが無難であろう。

巻頭に、

うか〳〵と長滞留や菊の花　卓池

以下、門人六十余名による賀筵の百韻を収め、ついで席上通題「菊の花」による発句五十七章、その他門人知友の秋季吟百章、「山城」以下諸国俳家の四季混雑句を収める。

嵐牛の句は、「遠江」四十一名の内に、

ざんまくなくゝりやう也芋だはら　嵐牛

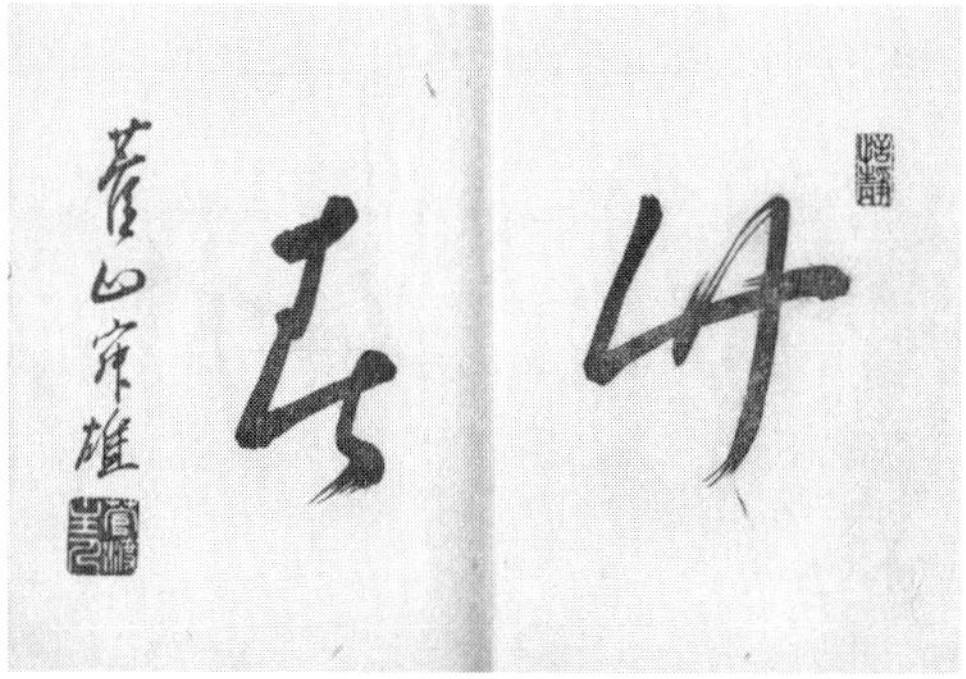

竹春／菅山寂雄（印「菅渡主人」）
——『竹春集』口絵模刻、筆者蔵——
＊『俳人鶴田卓池』によれば、菅山寂雄上人は卓池の菩提寺満性寺の住僧。寺の脇を乙川が流れるので菅生（地名）の渡守と卑下、「菅渡主人」の印を捺す。

と見え、門人格には至っておらず、句稿を送って指導を仰いだのはこの頃かもしれない。

天保十二年（一八四一）正月、暁台没後五十年、円満忌の法筵が満性寺で催され、暁台に因んで梅の兼題で五十八名が一句ずつ吟詠、霊前に供えた。記念の『円満集』には、以下、門人の春興九十九句、諸国から寄せられた四季混雑句六百二十章を収め、「遠江」四十四名の内に、

朝市やまづめにかゝるあらひ葱　嵐牛

が見えるけれども、やはり門人扱いとなっていない。

†

蒼虬の死と卓池への入門

蒼虬は前掲の俳巻返送時の書信に明らかなように帰京後、体調を崩し、天保六年の歳暮、辛うじて洛東八坂の対塔庵に隠棲する。しかし、次第に衰弱し、天保十三年（一八四二）三月、亡くなる（82）。嵐牛はその頃まで、旗幟《きし》を鮮明とすることなく、蒼虬と卓池両門に句を寄せて

いたのだが、古老健在の内に連句の骨法を伝受して置かないと、永遠にその機会を失ってしまう恐れを感じたに違いない。

翌十四年十月十二日は芭蕉の百五十回忌で、嵐牛は岡崎の宝福寺で催される忌日の法要に出席するのを好機に、早めに卓池の青々処を訪問、

①鳶啼《とびなき》てから〳〵落る木葉かな　卓池
　ふゆがまへする碓《からうす》の屋根　蓬宇
塩魚の扱ひ安う乾からびて　嵐牛
　ちとのうち着る袷《あはせ》ひやゝか　波文
　　―下略、歌仙―

②入山もあたりにはなし冬の月　嵐牛
　風ざは〳〵と泓《ふち》のかれ芦　波文
買ものゝ数を付木に書付て　卓池
　さましてわける飼桶の立　桐古
　　―下略、歌仙―

③川添《（沿）》の竹あからむや冬日和　卓池

稲から直につゞく蕎麦架《かけ》　嵐牛
鋳掛屋《いかけや》に出来合一餉《いちげ》振舞て　石采
這まはる児の人おくめなき　蓬宇
—下略、歌仙—
④横雲や魚簗《やな》の外行鴨の声　卓池
並木はづれで寒きから尻　茶岡
継持に石の割屑はこぶらん　嵐牛
少し低みへかはる虎落場《もがりば》　石采
—下略、半歌仙—

をそれぞれ立句とする四吟歌仙三巻と一折（半歌仙）に出座し、初めて親しく卓池の連句指導を仰ぐことが出来た。

卓池を囲む「座」の初体験で、卓池本人は業俳意識よりも遊俳意識の方が強かったので入門の名簿を受け取ったかどうか判らないが、嵐牛は依平に国学でそうしたように卓池に師礼をとって名簿を提出、心置きなく同門先輩に交じって連句の座に臨んだことであろう。芭蕉の百五十回忌で催された法筵では、翁の遺句に卓池以下、三十七名が脇を付けて手向けとし

卓池自画像
—岡崎市立図書館蔵—

たのだが、その中に嵐牛も仲間入りし、上梓された『俳諧こぼれ炭集』（弘化二年秋刊）に、

せつかれて年忘するきげん哉

かじけて花の多き臘梅　嵐牛

と見える。更に「捻香」として国別に収める手向発句の部に、「遠江」二十三名の最初に、

橇《かんじき》で峠くだるやまたひとり　遠江嵐牛

の秀吟が載り、嵐牛の存在が広く俳壇に認知される結果となった。

天保十五年早々、嵐牛は年始に青々処を訪れ、来合わせた波文（岡崎住、旅籠屋主人）を交え、

元日はあらたまりたる寒《さむさ》かな　卓池

直にくまするする若水のあと　嵐牛

鶯の垣より外の木へ飛《とび》て　波文

以下の三吟一折（末の四句は作者名のみ）を師弟で始めたが、他に来客があったためか、十四句で途絶した。

その春、卓池は高齢を慮り、庵を本宅近くの菅生《すごう》蟠沢に移した。嵐牛は生業があって遅くなってしまったが、五月になってから落成のお祝いに参上、「賀　青々老師転庵」の句文を綴り、贈った（『資料集』「俳文の部」所収）。

芭蕉句碑の建立と『俳諧どめ』の開始

同十五年十月、中野（現、磐田市豊浜中野）の鳳嶺と近隣連中が鎌田（磐田市）の医王寺境内に、

　いなづまや闇のかたゆく五位の声　　ばせを

の句碑を建てる。遅れ馳せながら遠忌を期したもので、碑裏に、「天保十五年甲辰十月　嵐牛書」、その下に近隣連中二十六名と「催主鳳嶺」の名が刻まれているが、摩耗のため多くは難読となっている。

『俳諧どめ』（弘化二年・一八四五初石奥）巻首に収める、

　初時雨猿も小蓑をほしげなり　　芭蕉翁
　　実の飛《とぶ》おとも交る楢《なら》の葉　　嵐牛
手序《てついで》にたぎる土瓶《どびん》の白湯《さゆ》継て　　鳳嶺

以下、近嶺・吟風・五岳・四節・玉翠・青年・素来・義石・晴雨・初石・久雄の脇起《わきおこ》し連衆十二名の一折は、建碑とは関係なく興行されたようだが、嵐牛が生涯にわたって筆録した自作連句帳『俳諧どめ』の端緒となる。

因みに、右一折の連衆の一人、初石は嵐牛息、後号洋々で、最初の『俳諧どめ』には嵐牛・初石親子が参加した連句など五十四巻を収録、その内十五巻に嵐牛が、十一巻に初石が出座しており、二年余の間に巻き上げた連句の巻数としてはかなりの巻数で、親子とも《連句熱》に冒された状態であったと言っていい。まだ嵐牛(48)は鍛冶の家業があって忙しく、専ら初石が筆録を担当、『俳諧どめ』の後表紙内側に「乙巳弘化二年/俳諧集/翠台初石」と記している。

†

晩年の卓池

その(十五年)秋、喜寿を迎えた卓池は姨捨の名月を愛《め》でようと門人石采・茶岡を伴って出立するが、雨に祟《たた》られて体調を崩し、小康後、漸く後の月を賞し、霜月の末に帰庵した。その後、しばしば発作に襲われ、好きな酒も控えるようになる。

明けて翌弘化二年(一八四四)三月、卓池を囲んで花見の俳莚が催された。嵐牛にも予め連絡

があったのであろう、勇躍、岡崎まで出掛けた。しかし、折角の花見の宴も、

喰物のうへに雨降花見かな　卓池
囀さして目にかゝるうそ　嵐牛
船おろし春は一際はづむらん　蓬宇
旅支度して道具屋へよる　完伍
—下略、四吟歌仙—

と雨に祟られてしまった。その直後のことであろう、江戸から来訪した旧識祖郷のため、卓池は俳莚を設け、嵐牛も出座したが、師の体調は優れず、

酒やめておろかになりぬ花盛り　卓池
通ふ燕の膝にかげさす　祖郷
閏だけ永いともなく春暮て　蓬宇
待た筏の一時にくる　嵐牛
—下略、四吟歌仙—
（以上、初石筆録『俳諧どめ』所収）

と、老耄《ろうもう》を自嘲する体《てい》たらくだった。しかし嵐牛は、卓池の自在な付け捌きを学ぶ最後の

チャンスを与えられたのである。

なお、祖郷はもと博多智楽院の修験者。『西遊日記（長崎紀行）』（文政十年・一八二七）の折、卓池は同院に十日間滞在、連日風交した同臭の仲。天保中期、漂泊に出た末、江戸に下って業俳となり、旺盛な選集活動を展開した。

†

卓池追善と嵐牛の手向吟

門人水竹が『夕沢集』（青々処社中編）の巻首に寄せた卓池追懐・終焉の文章によると、卓池は弘化三年（一八四六）八月十日の真夜中から持病の胸痛に苦しみ、翌十一日、今日を限りと呼び寄せた水竹に、「亡《なき》のちはとくこぼちてよ」などと没後の庵の処分などを託し、午前九時半頃、大往生を遂げた。嗣子の回顧談によると、かねて辞世は詠まないと決めていたけれども、ふと浮かんだからといって、

いざさらば迎へ次第に月の宿

との辞世吟を口にし、門人栄石が聞き取って代筆したという――詳しくは、大礒著『俳人鶴田卓池』「卓池評伝」二一五参照――。

訃報を受けた嵐牛は、遺骨埋葬や葬式翌日の九月三日、満性寺で営まれた「百韻俳諧之連

歌」（連衆九十三人、代香六人）に加わることが出来なかったらしく、取り敢えず、
西あかりさすやすゝきの暮てまで　初石
我にたゞ暮せまりけり秋の空　嵐牛
の追悼句を親子で送って最低限の責めを果たし、初月忌に地元で、
卓池追善、九月十一日、山花ニ而興行
あはで聞歎《きくなげき》や月の宵あした　嵐牛
露ちら〳〵と冷《すさま》じき庭
いつよりも下《くだ》り荷嵩《かさむ》秋ふけて
——中略——
何事もたゞなつかしき花の空
水うつくしき春の曙
（初石筆録『俳諧どめ』所収）
の歌仙を独吟して手向け、自らの慰めとした。

†

逸話の信憑性

鈴木煙浪が俳誌『**参河**』に連載したコラム「**卓池雑考**」に「**卓池と嵐牛について**」という短い文章がある。

鉄道人の句会に招かれて、「主流」主宰田中波月氏と同席した。そのときのはなし、加藤雪賜という明治時代の俳人から聞いたことであるが、

卓池が嵐牛のところへ来たところ、鍛冶屋である嵐牛は弟子に向う鎚をとらせて、せっせと鍛えて居る最中、かなり長い間、卓池先生に一顧もくれず、仕事をなし終えて、やっと座へ招じ入れたということである。

嵐牛が、一見識のある人であったことは想像されるが、さりとて卓池をみさげてかかるほどの力量があったというわけでもなかろう。当時静岡地方の一偉材ではあったわけで、卓池も、その仕事をじっと見入って、その仕事の済むまで邪魔にならぬようにと極めて控え目にしていたとも考えられる。

雪賜氏は、これをおもしろいこととして波月氏の若いころに語ったという。

同じ席に、わが同人清風居君がいて、嵐牛の短冊を所持しているからよろしければ

ということで、後にそれを送られた。私はまだ卓池門人である豊橋の佐野蓬宇の短冊を送る約を果たしていない。嵐牛の句は

ざはついて羽音の凮しるちどり哉

というので、鏡柱の角の短冊掛に入れて、こんなエピソードの持主をなつかしんでいるわけである。

というものだが、嵐牛や卓池の細かい事情を知らなければ、話として面白いのだが、二人の年齢差や入門時期からすると、極めて信憑性の低いエピソードと言わざるを得ない。遠州榛原《はいばら》郡出身の雪腸（子規門、『芙蓉』主宰）が「お州贔屓《くにびいき》」の意識で吹聴《ふいちょう》した虚誕であろう。

Ⅳ　没後処理と門流継承

（1）水竹と追善『夕沢集』

弘化三年（一八四六）八月十一日、卓池（79）が亡くなった。大儀義雄の「卓池評伝」（『俳人鶴田卓池』所収）から、嗣子光柄《みつとも》が書き留めた終焉の次第を要約した文章を引用する。

八月の三日頃からふと風邪の心地となり、胸痛を発して次第に衰えていったが、気分は変わらず見舞客にも平生のように挨拶していた。しかし今度は死病たることを観念していたらしい。同月十一日になって、今日は往生の日だ、親戚・社中の皆々にしらせよと言われて、人々が集まった。本坊の先院様もお見舞を下され、殊に来迎仏の御懸物を持たせられ、これを拝して喜び、常のように話をされた。そのあと風雅の門人西照寺の淵月様が来迎仏の一軸を持って来られ、これをおし戴いて三拝した。淵月様お帰りのあと、かねてから辞世は申すまいと思っていたが、ふと浮かんだから残すといって、「いざさらば迎へ次第に月の宿」といい、門人栄石が代筆した。それから檀那寺の故蓮珠坊も見舞に来られた。その中、病人に付添っていた老母に呼ばれて駆け寄ると、少し様子が変っているので、いかがにござりますと問うけれども、もはや答なく私の左手をしっかりと握り、目を見開き私の顔を見るかと思ううちに目を閉じ、握る手を放ち睡れるごとく息が絶えた。

『夕沢集』巻頭に高弟水竹が五丁にわたって終焉記を記しており、それによると、卓池は弘化元年(一八四四)、七十七歳の高齢となったので、二十年住み慣れた燕岡庵を出て、菅生《すごう》元菅の本宅に近い、菅生蟹沢の新庵に移った。その秋、信濃路の月を見ようと、門人石采・茶岡を伴って出立、病死の遠因となる胸の病魔に冒される。

―前略―山気《さんき》はやうつろふ日数になりて、漸(く)更級の郡に入(り)、十三夜の晴光をながめ、夜もすがら逍遥の折から、露しぐれ袂にあまり、姥ひとり泣(く)俤、まぼろしにうかみ、うそぶけば山彦のこたふる神気、清冷なるに、

さゆ(冴)るので猶さらかなし後の月

といひいでられしこそ、身にいたつき(病)のいるもしられて、悲しき種のきざしとはなりにけれ。―中略―心地常ならず、胸のあたりいら〳〵しく、このめる酒だにすゝまで、まゆたゆげなれば、付添ひまゐりし人ども(石采・茶岡)、撫さすり、たくはへ

もちし薬、まゐらせなどしいたはりけるに、やがてなやみのおこたりしかば、在明山のありとある名どころをたづね、―中略―霜月末つかた、庵に帰りたまひぬ。

そして二年後の弘化三年（一八四六）、七十九歳の夏、二人の孫に付き添われて伊勢神宮に参拝した後、秋になると先年の胸痛が再発する。卓池は死病と観念し、高弟水竹らを呼び寄せ、次のように遺言をする。

ありはてぬ命まつ間の老くづをるゝ身をもて、燕岡のすみかを此蟹沢にうつし、きら〱しく造りなせるは、栄利をもとむるに似たり。こゝろしらぬ人たちは、をこなることゝもいはんか。わが拙き業《わざ》もてものかきなどせし、筆硯のたすけによりてめぐみの余資あり。黄壚《こうきょ》の下（冥土）にいたり、いかなる用にかなさむ。又、子孫のためにのこすべきや。只、賓席を清くし、客あればまのあたりの山水をもてあるじとなし、談笑していさぎよく天年（寿命）を終（へ）むのみのやどりなれば、亡《なき》のちにはとくこぼ（毀）ちてよ。

恐らくは、和漢の学識・教養を背景に比喩・対句なども多用、師に相応しい格調の高い文体になるよう水竹が修辞技巧を凝らしたのであろう。

水竹の人となり

水竹は福谷氏。名は世黄。通称、油屋藤左衛門、また金作。初号、赤守。宝玉斎、また蕗谷、涼石と号。吉田(豊橋)西町の住。嘉永三年(一八五〇)正月十二日没(64)。卓池が燕岡に青々処を移した時の記念集『燕岡集』(文政十年・一八二七)の巻頭歌仙では、卓池の発句に脇を付け、早くから鍾愛《しょうあい》の門人であった。

水竹の終焉記は、

岡崎満性寺《まんしょうじ》の園塋《えんえい》に遺骨ををさめまうし、出《いづ》る言葉もあらねど、月にとり花にとり、お(生)ほしたてられし露のめぐみの深きに、むくゆる吟会《ぎんゑ》を催し、異口同愁に追慕の章を霊坐にさゝげ、誰も彼も悲秋の思ひを重(ね)し心の中、言出《いひいだ》して語りあへるを、あらかじめおろ〱しるす。

弘化丙午秋　水竹

と締め括られるが、最後まで文体は変わらない。

本文巻頭には、

揮《ヒ》レ涕ヲ従《フ》レ柩ニ

夕露やいづこを足のふみどころ　塞馬
たらぬ影ひく雲ぎれの月　石采
籾むしろ素建《すだち》の家にとりいれて　水竹
飛脚の外によきついである　桐古
汐の来たうちは隙あく川ざらへ　蓬宇
何かみつけてこぞる子供等　貞山
かけわたす竿のひはつくさゝちまき　旦斎
又近う啼（く）みだれ黄鳥《うぐひす》　流芝

以下、門人・知友による百韻が収められ、「連衆九十三人、代香六人」と巻尾に記される。

この後、詞書きを略すとして門人らの悼句、

なげきつゝ来て猶悲し庵の秋　水竹
けふとなりてまこと秋しる涙かな　波文
ともぐ〵に見た空かなし秋の月　三岳
かゞやきの増す月に泣ばかりなり　茶岡
海山の雲もへだちて月の雨　流芝

朝冷や歯の根もあはぬ起ごゝろ　蓬宇
肌寒や絶し脉《みやく》見し其日より　筌露
悔《くやみ》いひくやみいはるゝよさむかな　完伍
声そふる荻もちからや魂よばひ　石采

など悲嘆を直情的に吐露した句が並び、情の人卓池の作風が門人たちにも浸透していたのである。その中に、

西あかりさすやすゝきの暮てまで　初石
我にたゞ暮せまりけり秋の空　嵐牛

と嵐牛父子の二句も交じるが、居住地の関係上交流に制約があったからか、感情を抑制した悼句となっている。

これら悼句は、撰集と同様、各地グループの世話人が訃報と同時に悼句募集の情報を流し、送り返された悼句を着到順に収録したものだろう。

後半、名古屋の俳家の

「蓮華初開楽」とは、初三日をいふとなん。
はからず其頃、青々叟の霊前にまうづ。

来合せてをがむや蓮の開きぐち　而后

を初めとする、尾張・京阪・江戸などの主要な俳家の悼句が並び、巻軸は、

青々居士、ことしの秋、世を早うせられしみぎりは、只「惜哉々々《をしいかな》」とのみ、長嘆して光陰をおくりけるに、こたび追悼の集を編るときゝて、

さらに今涙うかみて月おぼろ　梅室

と天保四大家の生き残り、晩年を洛中で送る梅室(77)の悼句となっている。

「青々処社中編」とある奥も特徴のある水竹の筆蹟で、全編自ら版下の筆を採っている。

(2) 塞馬と『青々処句集』・句碑

序・跋に見る対立

卓池の遺句集『青々処句集』は、塞馬の跋に、

生前、句集を撰(ば)むと欲して水竹と余に謀る。水竹、序文を書(き)て撰集のかたきをいとひ、共に論じていまだ果(た)さず。弘化丙午(三)年八月十一日、青々翁行年七十九歳、蟹沢の庵に没す。水竹、又幾年を隔(て)ずして世を去(り)ぬ。

とあって、編纂を託された水竹と塞馬で意見が対立したまま、卓池が亡くなり、さらに四年後、水竹が亡くなる。水竹の編纂姿勢は、生前の筆になる序に窺えるが、

中院民部卿入道（為家）は、京極黄門（定家）の御子におはしまして、「父の歌殊勝なれども、歌見知《みしら》ざらむ子孫、みだりに撰（び）入（ら）せば、あしかるべき歌多し。我うたおろかなれども、たとひ歌しらざらん子孫の撰（び）入（れ）たりとも、さまであしかるまじき歌よみおき侍るなり」とのたまひしは、故あることにや。

とあって、いきなり、頓阿著の歌学書『井蛙抄《せいあしょう》』第六「雑談」に見える民部卿入道（為家）の言説が引用される。為家は鎌倉初期を代表する歌人、藤原定家の子なので、中世以降、歌人にすこぶる尊崇され、『井蛙抄』にもその言説が多く見える。

引用の言説は、〈定家には秀歌が多いのに、「義理ふかくて難《キ》レ学《ビ》」故、歌の心得のない子孫が定家の歌をみだりに撰んで伝えるので、あしかるべき（問題の多い）歌ばかりが流布している。だから、自分（為家）が詠む歌はお粗末だけれども、歌の心得のない子孫が撰んででもよいように、無難な歌を詠み遺しているのだ〉、といささかシニカルな内容である。

子孫に限らず、世間では往々にして鑑識眼のない人々が、世評に盲従して、駄目な代物《しろもの》でも作者の世評が高ければ高く判断・評価し、偽物（偽作）も横行・流布する。

水竹序は続く。

いにしへより家々の歌集、十に八、九は後の世に編(み)たるにて、よみ人のよしとせざる歌をもあまた撰(び)入(れ)たるなるべし。俳諧の家集も又しかり。蕉翁没して後、『泊船集』成(り)、その欠たるを『笈日記』に補ひ、近世、それに注解をさへ加へて玄妙の風趣をうしなふ。『五元』(其角句集)『玄峰』(嵐雪句集)二集の如き、作者、本意《ほい》の句(を)みづから撰(び)入(れ)たりとおもはるれど、五老井が識《そしり》、ともに遁《のが》るゝに道なし。今を古《いにしへ》に照し合せて、真に撰集のかたき業なるをしれり。

＊五老井は許六の別号で、その著『俳諧問答』(元禄十一年・一六九八成)の「同門の評判」のなかに其角・嵐雪の作風に対して辛辣な批評が見える。

どんな撰集・編纂物でも厳密に吟味していけば、完璧はありえず、必ず瑕瑾が存在する。だからといって全否定して無視する訳には行かず、さしもの水竹も折れて序の最後には、

―前略―師の遺艸を見て、さしもなき句をよしと考へ、殊勝なる句をあしと聞(き)たがへざる諭導《ゆどう》とするのみにて、あながち他にひろめむことをもとめざるなり。されど、むなしく紙虫《しみ》の栖《すみか》となさんも本意なき業なりと、梓にのぼせて魯魚の誤をふさぐ。

水竹誌

と、上梓を決断する。

それに対し、塞馬の跋文は、以下のごとく「略伝を記して跋にかふるのみ」と述べる通りで、卓池も対照的な性格を心得ていて句集の編纂を二人に託したのであろう。

卓池、姓は鶴田、通称与三右衛門《よさうゑもん》、青々処、又藍叟と号す。其先河内国より来りて数代、三河国岡崎の菅生《すがふ》に住（み）、染采《せんさい》（染物）を以て業とす。若きより正風の俳諧を好（み）て、始（め）暮雨巷暁台《きようたい》の門に遊び、後、枇杷園士朗に随（ひ）て研究す。晩年、家業を義子何某に譲（り）て燕岡・蟹沢の二庵に居す。其性、温順敦厚《とんこう》にしてよく人を容《い》（る）る故に、風雅を以て来訪する門人・遊客、日々に十を以て算ふ。其盛筵思ふべし。生前、句集を撰（ば）むと欲して水竹と余に謀《はか》る。水竹、序文を書（き）て、選集のかたきをいとひ、共に論じていまだ果（た）さず。弘化丙午《ひのえうま》（三）年八月十一日、青々翁行年七十九歳、蟹沢の庵に病没す。水竹、又幾年を隔（て）ずして世を去りぬ。是に依（り）て門人各、其意志を継（ぎ）て庵中に残せし句々を抜萃し、精選やゝ成（る）。上木して七霜忌の位前に備（へ）んとす。撰集の意《こころ》は序詞に尽（く）せり。されば、只、菅生の根ざし、蟹沢の流をいさゝかあらはし、略伝を記して跋にかふるのみ。

嘉永四年辛亥冬十月　一庵塞馬記

碑文の推敲

塞馬の跋には、「其先河内国より来りて数代」と記されるが、大議の「卓池評伝」によれば、卓池の先祖は「数代」前でなく、「七代から九代前」まで遡り、出身は「河内国」でなく、「美濃国」であるという。七回忌までに塞馬は卓池の句碑を立てるため、碑裏に略伝などの碑文を刻むべく下書きを記し、それをもとに吉田藩の儒官太田晴軒や水戸の日下何某、江戸の伊藤鳳山など次々と文案(漢文)を見せ、推敲してもらったが、水竹の合意は得られなかった。

流芝及び水竹の急逝

嘉永元年(一八四八)九月三日、塞馬らは卓池三回忌を蟹沢の青々処に集い、句を手向ける(塞馬稿『文辞記行』)。同年十一月、流芝が、水竹・塞馬らの要請で青々処を継ぐべく江戸から岡崎に帰るが、急逝する。

さらに嘉永三年(一八五〇)正月十二日、水竹が急逝する。

嘉永三年庚戌四月廿二日

於臨済寺精舎

追福寂西水竹居士幽回忌

俳諧脇起百韻

時鳥しばし明るき声のあと　〈水竹居士〉

茂る梢の雫ひまなき　蓬宇

のぼり舟浅瀬のうちは綱曳て　塞馬

――下略――

（六杉社編『啓明集』所収）

追福寂西水竹居士幽回忌

卯の花くたし降つゞく夕べは、「しばし明るき声のあと」ゝ、過去の幽妙をさぐり、降足らぬ雪雲に現在の知足を観じ、月に花に蕉風自在の活路を見開かれし友人水竹翁は、おのれにひとつの兄にして、今年六十あまり四ッの春をむかふるいとまもあらず、睦月《むつき》十二日の雪と淡々しくも消うせ給ひぬ。けふや一百日の忌辰にあたりぬれば、その明るき声のあととはまほしく、社友うちつどひて臨済山寺《りんざいさんじ》に吟筵をひらく。予も其牌前《はいぜん》に香を拈《ひね》（り）て愁眉をあぐれば、折にふれたる杜鵑《ほととぎす》の一声空高く啼（き）過ければ、しばし見おくり侍りて、

死出の田もはや苗時か青あらし
墓前に閼伽《あか》を手向て、
苔も此なみだに生《お》ふや塚の前

（塞馬稿『文辞記行』所収）

かくして、卓池の後継候補である二人を喪い、師の句碑建立と遺句集刊行の責務が塞馬の双肩に掛かって来た。

†

塞馬の人となり

足助《あすけ》（豊田市）の塞馬《さいば》については、深津三郎の浩瀚な労作『板倉塞馬全集』（平成十五年刊）と『続板倉塞馬全集』（平成二十四年刊）が備わっていて、選集はもちろん句稿・一枚摺・手紙から断片的な書留の類まで年次を追って網羅され、卓池と嵐牛研究にも欠かせない基本文献となっている。以下、塞馬についての記述は殆ど両書によっているので、一々依拠文献として両書を挙げることはしない。

塞馬は、足助本町の味噌醤油店、池田屋の六代目で、天明八年（一七八八）の生まれ。当主は代々、板倉七右衛門を通称とした。妻ミノは挙母《ころも》、杉本家から嫁いだが、二十五歳（文化九年）

の時、病死した。

父智純は、出家して禅僧となり、広島の長福寺住職となり、文政八年（一八二五）に七十歳弱で示寂。

【俳歴】は何時からか不明だが、「壮年より此道に遊びて……」（『文辞記行』）とあって二十代後半からか。はじめ秋挙に師事し、巴洲と号し、妻ミノが亡くなった七回忌の頃、塞馬と改号した——秋挙は刈谷藩士、中島大之丞。三十歳で致仕、名古屋の井上士朗に入門し、俳諧を学び、文化九年（一八一二）師が亡くなると、翌十年、遺句集『枇杷園句集』を刊行する——。

文政七年（一八二四）、卓池と秋挙が三河花園山の麓に寓居、両吟した歌仙二巻と門人・知友の文音発句を収録、『弥生日記』と題して刊行する。その春、塞馬は安芸国に漂泊・遁世した老父を見舞うべく、厳島に向けて出立、六月頃帰着するまでの「厳島記行」と諸俳家の発句、師の秋挙や卓池らと巻いた連句などを付載して『いほはた集』を刊行、秋挙が序、卓池が跋を寄せた。

文政九年（一八二六）七月、秋挙（54）が急逝。以降、塞馬は卓池に師事し、足助に招いたり、それが難しい場合は岡崎の青々処に年二、三回通って指導をうけた。

翌十年（一八二七）、塞馬は長崎まで遊歴する卓池・青可に三ヶ月間同行し、広島で卓池らと別れ、長福寺に病む父を見舞う（塞馬書留『洋峨日記』所収「長崎記行」）。

天保六年（一八三五）春、三河国寺部藩の都筑青可が名古屋勤務を命ぜられ、名古屋に移居したのを記念し、諸国俳人の発句三百余章、卓池および而后と両吟した歌仙二巻を収録、『くにまたぎ』を刊行する。

因みに寺部は名古屋藩主初代徳川義直の付家老《つけがろう》、渡辺守綱（一万四千石）の領地で、明治期まで同氏の陣屋（城）があった。その十代目の規綱は奥殿藩四代藩主乗友の次男として生まれ、享和二年（一八〇二）、叔父の寺部領主綱光の養子となる。その弟、乗友の五男は、文政二年（一八一九）、裏千家十代柏叟宗室の婿養子となり、十一代を継ぎ、精中・玄々斎と号した。弟玄々斎が名古屋に来遊し、規綱は感化されたのであろう、天保六年（一八三五）、四十四歳で剃髪し、以後、又日庵《ゆうじつあん》・道翁と号し、茶の湯に遊んだ。

その家臣青可もすぐ茶数寄となり、翌年の天保七年（一八三六）、寺部の自庵虚心軒で、

養㆑拙就㆓閑居㆒

いぶるとてのこした炭もつかひけり　青可
今朝より声の近いさゝ鳴　流芝
うゐ替る茶の木の株に縄かけて　卓池

きうに言つく米の川ごし　　塞馬
―下略、四吟歌仙―

をはじめとする四吟四歌仙を興行、『貫川集』の書名で刊行する。「貫川」は田の水を矢作川に落とす水路で、『板倉塞馬全集』は「ぬきがわ」と読ませているが、塞馬序（天保七丙申霜月付）に「あるじ青可の茶好より冠したる名なるべし」とあって、茶と俳諧の「やつし」セットの会と想われ、塞馬もやがて茶数寄に染まる――天保十二年（一八四一）五月廿三日、都筑宗無（青可）の虚心軒に足助本町の鈴木理介、深見総七、板倉塞馬の三名が客として招かれ、塞馬はその茶会から記録を付け始める（『清書喫茶録』（仮称）、『続板倉塞馬全集』所収）――。

天保九年（一八三八）、塞馬、陸奥に紀行。帰路、鹿島社、善光寺に参詣、木曽路を帰着。道中の諸家近詠、帰着後の知友吟、卓池・塞馬の両吟歌仙を付録し、『ほそぬの集』を刊行。天保十年春、卓池序。

天保十二年（一八四一）、塞馬、卓池らの暁台五十回忌法筵に参加、追善集『円満集』に序文を寄せる。

弘化三年（一八四六）八月十一日、卓池没（79）。九月二日、葬式に塞馬、参列。三日、卓池追悼句会にも参加――詳しくは別章の追善集『夕沢集』参照――。同年十一月二十日、流芝が江戸に戻り、深川で卓池百カ日（幽回忌）の法筵を鳳飛社中の門人らと営み、追善の『雲明《くもあかり》集』天地二巻を刊行し、天巻の巻軸に水竹・塞馬の発句を収録する。

†

塞馬、柿園来訪と再訪

弘化四年の二月から四月にかけて塞馬は茶岡（後の拾山）を伴い、卓池遺句集の刊行並びに句碑建立の勧進のため、駿河まで行脚する（「駿河記行」、塞馬稿『洋峨日記』所収）。この時、嵐牛宅に立寄り、左の二句を染筆する。

旅中二句

北へゆく雁見おくりぬ阿波々山《あははやま》

はれぐと明川《あきがは》越して更衣《ころもがへ》

塞　馬（『錦木《にしきぎ》』所収）

この時が両者と初顔合わせだが急いだためか、二人と連句を唱和した記録は残っていない――阿波々山《あわわやま》は嵐牛宅の北5キロほどにある粟ケ岳（532メートル）で、頂上近くには磐座《いわくら》と阿波々神社、そして無間《むけん》の鐘で知られる観音寺（廃寺）があった。賀茂真淵が『岡部日記』（元文五年・一七四〇）に「雲高く立つ白雲のあはが岳　あはと咎めて見ぬ人ぞなき」と詠んで以来、遠江国の歌枕とされ、地元石川依平《よりひら》の詠んだ長歌・反歌は代表作の一つとなっている――。

嘉永四年（一八五一）秋、塞馬は嵐牛亭を再訪し、二十日間ほど滞在した。漸く成稿した遺句集の原稿を、嵐牛の仲介により遠州伊達方村の国学者石川依平に送って校閲を仰ぎ、文法の間違いや仮名遣いなどを校閲し、送り返してもらったので、そのお礼のためである。

塞馬稿『櫃をさめ』によると、八月十日、足助の一庵を出て、挙母、岡崎、牛久保、加茂、吉田、白須賀を経て八月二十三日、新居《あらい》に着。二十五日、江戸に下る足助の洗竹・魚雪と合流、汐井川原まで同道、そこで別れて柿園に嵐牛(54)を訪ねる。

嘉永四辛亥秋八月　柿園におゐて

①雲ごとにこゝろもとじて月一夜　塞馬
ひや〳〵膳に上る船むし　嵐牛
―下略、両吟歌仙―

其二

②はるか往《ゆき》て水影さしぬ暮の鴫　嵐牛
月におくるゝ早稲の刈しほ　塞馬
―下略、両吟歌仙―

其三

③たのまねば行灯《あんど》もおかぬ夜寒哉　　塞馬

袂にひとつのこる初茸　　洋々

―下略、両吟歌仙―

の歌仙三巻を両吟――③の発句は、帰途、新居の楳園で杜水・烏谷と三吟歌仙を巻くときにも立句にされる――。

その間に隣村伊達方の依平宅に句集校閲のお礼、挨拶に参上したことは言うまでもない。二十九日、彼岸の中日、佐倉（御前崎市）の池宮神社で、珍しい神事が催されるというので出掛けて見物、

贄櫃《にへびつ》や鳧《のがも》も知らぬ池の底

の句を詠む。河東《かとう》（菊川市）で一泊してから九月朔日、加茂（菊川市）の大頭龍《だいとうりゅう》権現に参詣し、九月三日、汐井川原の柿園に戻る。塞馬が依平宅に訪問した折、近詠を問うたのであろう、依平から和歌詠草が届けられていて、嵐牛・洋々らの発句に交じって、

依平

いねがたき秋の月夜をなにゝかく　更ずとだにもとふ人のなき

むし　、

秋の野を壁のひとへのひとつ庵　われに啼(き)よる虫の声かな

夕荻　、

さびしさをおもひかへしてそれをだに　友とやきかん荻のうは風

の三首が書き留められている。重陽の日には、塞馬自身が詠じた歌俳、

嵐牛亭　重陽

しら菊のなほ目にたつや蕎麦の中

又

奥山のきくの下水いづこまで　ながれて深き香にゝほふらん

を書き留めている。嵐牛亭の周囲には同家の畠があり、嘱目で詠んだ、菊と蕎麦の取り合わせは軽妙。

九月十三日、依平宅に寄って暇を告げ、嵐牛に「影遠く見ゆる処まで」見送られて帰西した。

この間の紀行が稿本『櫃《ひっ》をさめ』で、塞馬が嵐牛宅から佐倉(御前崎市)の池宮神社に出掛けて見物した、櫃に詰めた赤飯を神社と池に沈め奉納する、法然上人に因む神事による命名

である。

卓池句碑の除幕と七回忌

塞馬は、水竹の合意がないままになっていた碑文を中島村の伊藤両郁に見せ、その揮毫を岡崎藩の書家三宅洪莽に依頼、若干修正の上、漸く句碑の裏面に彫らせた。ところが、同門の三岳(吉田下り町住、水竹に次ぐ古参門人)がたまたま目にした「鶴田氏列伝系譜」と、碑文の記述との間に重大な齟齬があることに気づき、塞馬に改刻を申し入れた。けれども、急いだ塞馬が直さないまま彫らせたことを知り、三岳は憤激して猛烈に抗議、やむなく塞馬は裏の碑文を削り、場所も満性寺から燕ヶ岡の庵跡に変更し、翌嘉永五年(一八五二)八月五日、

かゞやきのますばかりなりけふの月　青々卓池

の句碑除幕式を行い、翌六日、嵐牛を句碑に案内し、十日には同地随念寺で七回忌の追善句会を催した――清水禎子「九久平町板倉家所蔵資料にみる板倉塞馬と鶴田卓池の後継者問題」(『豊田市史研究』第十号、平成三十一年三月)に紹介される白井貞山(秋挙、のち卓池門)の九月三日付、塞馬宛書簡によれば、嵐牛が塞馬に案内されて卓池句碑を見物したとき、三岳に抗議され碑文を削った事件のことを聞かされたのであろう、嵐牛は帰途、吉田本町の蓬宇の店に寄り、その案内で吉田

「かゞやきの」卓池句碑
―岡崎市満性寺境内―

下り町の三岳宅に乗り込み、やり込めたらしい。その夜、新居天王の貞山宅に一泊し、夜話にそれを語ったという。嵐牛は塞馬に専ら同情、三岳を許しがたいと感じたのであろう。なお、句碑は昭和三十五年八月、満性寺境内に移転された（写真参照）。その際、埋められていた卓池遺愛の銅印三顆が見付かっている―。

遺句集『青々処句集』は、塞馬跋の卓池略伝が前年の嘉永四年十月付けとなっているけれども、「七霜忌の位前に備えんとす」とあって、七回忌命日（嘉永五年八月十一日）に出版を間に合わせたようである。

†

「宮路山」と卓池発句

大礒義雄著『俳人鶴田卓池』の「273かゞやきのますばかりなりけふの月」の鑑賞・解説によれば、この句は、天保元年（一八三〇）、六十三歳の秋、赤坂町（豊川市）の西南、宮路山《みやじやま》（三六一メートル）にある持統天皇行宮跡を訪れて詠み、卓池の代表句とされたが、自筆の一軸などには、以下のような前書があるという。

月見むと宮路山に登る。山は御幸《みゆき》ならせたまひし地なれば、「雲井に見つゝ」とよみ侍るにや。頓宮のあとゝおぼしき処は、芒・千萱《ちがや》ときめきだち、楓は広葉にして、世にありふれしにはことかはりぬ。今宵の月、ことに隈なく、南海はるかに汐風はこびて、をり敷(く)柴もひやゝかながら、苔の雫に夜をふかしぬ。

暉《かがやき》のますばかりなりけふの月

＊

(**備考**)竹下数馬編『文学遺跡辞典詩歌編』(東京堂出版、昭和四十三年刊)の「宮路山」の項目解説によれば、持統天皇が大宝二年(七〇二)十月、巡幸せられた時にこの山を頓宮にされた(続日本紀)ことから「宮路山」と呼ばれ。麓に宮道天神社がある。

君があたり雲井に見つつ宮路山　打越え行かむ道も知らなく(後撰集巻十三、読人しらず)

嵐こそ吹き来ざりけれ宮路山　まだ紅葉ばのちらでのこれる(玉葉集巻六、菅原孝標女)

＊

念のため、『青々処句集』を見たところ、「かゞやきの」の句に前書はなく、別のところに同じ行宮跡を訪ねて詠んだ次の句が収められる。

重陽の日、宮路の山踏《やまぶみ》せんと出行《いでゆ》(く)。赤坂の駅をさる事、一里ばかりにして、芒・小笹こゝろの侭に生(ひ)茂り、道の栞もさだかならず、漸《やうやう》兎の通ふ跡をつたひ、苔のしたゝりにそひてのぼる。かの行宮《あんぐう》の跡ともいふべき処は、木々の紅葉、色をさそひ、蔦かづら這(ひ)わたり、をりに逢(う)たる菊のにほひ香、袖にうつりて、なほむかしのしのばるゝまゝに、

露じもや菊は正《まさ》しき山そだち

なお、『俳人鶴田卓池』のこの句(311)の解説には、「この前書は例によって塞馬が学者に意見を求めて添削したもの。整ったがやや類型的になった。原文を記録しておく」と述べ、原文を引用している。

「かゞやきの」の句は、前書なしだと、読んでも「月のかがやき」に覚えた感動を共有し難い。にもかかわらず、「露じもや」の句を活かすため、敢えて前書きを省いたのだが、必ずしもその判断がよかったか、いささか疑問の残るところだろう。

(3) 門流の拠点、完伍の涼石居

深津は「掛川俳人・嵐牛との親交」(前出)のなかで、七回忌の翌年(嘉永六年・一八五三)四月、塞馬(66)は、完伍(58)・嵐牛(57)・蓬宇(45)・筌露《せんろ》(?)の四名を牛久保(豊川市)の涼石居(完伍宅)へ呼び寄せ、十五日間にわたり連句を巻きつづけ、造反の動きを見せている故水竹・三岳らの一派を牽制し、卓池門を塞馬から完伍、蓬宇へと継承させる意思を表明し、さらに遠州で宗匠活動を始めた嵐牛の加入を得ることで、その路線を公認されたかのように印象付けようとした、と分析されている。その折の四吟四歌仙の立句は、以下の四句である。

①にごり江のすむ方出来し卯月哉　　蓬宇
②川岸《かし》へ出て夕空広き若葉哉　　完伍
③はれくちの雨ふく窓や若楓　　嵐牛
④ひや〳〵と芦間を出たり夏の月　　塞馬

＊右、「涼石居興行四歌仙」は嵐牛稿『俳諧どめ』および蓬宇稿『蓬宇連句帳　六』に収録される。

いずれの立句も、分裂気味の門流を結束し、仕切り直しを期した吟である。

完伍の人となり

完伍は俗名、伊東喜一郎。牛久保（現、豊川市牛久保町）の味噌・醤油醸造業を営む大黒屋の五代目。文化十三年（一八一六）から完伍と号し、四世雪中庵完来編『日暮帖』などに句を寄せたが、翌十四年に完来が亡くなり、天保六年（一八三五）秋、蒼虬が吉田に来遊、卓池との風交が反響を呼び、完伍もその時、出座した塞馬・水竹らに感化され、卓池門に帰したと想われる。

天保十一年（一八四〇）八月十五日、卓池ら師弟一行八名が足助を訪れ、塞馬の草庵「酔月亭」で一泊するが、その中に完伍が始めて参加している。

翌十二年の『円満集』（暁台五十回忌追善）に完伍の発句二章が載り、卓池門の選集での初出となる。

嘉永五年（一八五二）八月十一日の卓池七回忌を迎えるに当り、塞馬は卓池句碑の建立、遺句集『青々処句集』の刊行だけでなく、完伍宅に庵を新築させ、涼石居と名付け、門派の拠点にしようとした。蓬宇稿『此夕集』によれば六日遅れて、十七日に落成し、完伍は留主だったが、蓬宇ら五名が「立待の月見」をしている。

嵐牛の『俳諧どめ』を通覧すると、その後、涼石居で催される「信友会」や安政二年（一八五五）夏の拾山・素行らとの『夏《げ》ごもり』の俳席などに嵐牛は屡々参加していて、それを漠然と同門の誼《よしみ》からと判断していたが、深津の分析通り、涼石居を東三河卓池門の拠点にしようと塞馬が計らったもので、それを端的に語るのが次掲の資料である。

涼石居芭蕉翁忌祭文

枇杷園（士朗）より伝来せし惟然坊作の蕉像を、青々処に安置せられし事久し。そを遺命に依て、我草庵に迁座《せんざ》し奉ぬ。抑《そもそも》祖翁生前、無住処の志をおこし、名利《みやうり》をいとひ給ひしゆへ、かゝる山居に守護し奉るも、ひとへに此道の奇縁なるべし。しかるを又、深き因《ちなみ》ありてや、こたび完伍子にゆづり、涼石居《りようせききよ》にうつし奉る。まづ、たのむ椎の陰高く、古池の水おと絶ず、此蕉風道場を永く護らせ給へやと像前に蹲《うずくまり》りて、度々としぐれ見たまへことしから

（『文辞記行』六七所収）

塞馬稿『一庵句叢』の安政二年（一八五五）のところに見える句文なので執筆年次が判明する。蓬宇稿『此夕集』によれば、この年十月には出雲の月之（改号して曲川）が来遊、涼石居などで、

日あたりへ掃（く）や小春の溜り水　月之更曲川
南天あかき垣のかりこみ　塞馬
旅の空もより〳〵を訪らうて　完伍
下略ほかの三吟三歌仙を風交、嵐牛・洋々ら尾三両国を主とする諸家の四季発句、塞馬が完伍・蓬宇と両吟した歌仙二巻を収録し、翌三年（一八五六）、『花鳥暦』と題して刊行する。名古屋の古老而后が序を寄せ、「三河の塞馬・完伍・蓬宇の三子、花鳥暦といふ集をあめり。云々」と述べて、門流を塞馬―完伍―蓬宇と継承させようとする塞馬の意図を而后が代弁している。

なお、『板倉塞馬全集』には同集翻刻と「入集雅名録」を併載し、それには、

一、楽焼茶碗一
一、金　百疋
　　社中
　○嵐牛
　△洋々
　　平台
　二又石翠
　フク田晴笠
　、春谷

とあって、翌四年（一八五七）一月十二日、お祝いの楽焼茶碗と社中六名の謝儀（入花料百疋）を纏めて受納したことが記され、嵐牛も支援態勢をとっている。

塞馬の責務は完伍に惟然坊筆の芭蕉像を譲って果たされたことになるが、譲られた完伍は門流の維持と強化を図り、文久元年（一八六一）、涼石居の一角に芭蕉堂を築くことになる。

涼石居芭蕉堂棟札

此ノ肖像也、蕉門之隠士、鳥落人惟然坊之自作也。昔年、枇杷園士朗ノ所蔵也。没後託ス二青々処卓池ニ一。池亦以テ二遺命ヲ一送ル二之ヲ門人一庵塞馬ニ一。依テ二守護スルコト草庵ニ一有リレ年、漸ク及ビ二老衰ニ一以テ二同門之因ヲ一又譲ル二之ヲ涼石居完伍ニ一。則チ庵中于建テ二一宇ヲ一以テ奉ル二安置シ一故ニ仰二希シ此ノ正風道場ニ一祈ルト二慎護ヲ一尓云フ。維ニ時文久紀元辛酉載夏五月吉旦落成ス。

塞馬記スレ之ヲ

祠主　伊東喜一郎盛宥

棟梁　星野大和源照房

五月二十一日から六月二日まで十日間、三河一円と西遠の卓池門人たちが参集し、落成記念の十歌仙が巻かれる。塞馬・嵐牛はもちろん、拾山も出席した（蓬宇稿『此夕集 三十』）。

しかし、岡崎や豊橋からの出席は蓬宇を除いてなく、塞馬らの思惑と違って卓池門は一枚岩とはならなかった。

塞馬は、翌二年（一八六二）、卓池十七回忌、秋挙三十七回忌の「両師追福会」を営み、

弥生日記の発句・脇を

牌前に捧（げ）て第三ゟ起（す）事

雨に明てそよりともせず山ざくら　卓池居士

巣を守《まも》り居る雉子の眼《ま》たゝき　秋挙居士

春の水流れてのこる影もなし　塞馬

以下の五十韻を巻頭に、「拈香」「代香」「文音」の発句などを『はなておけ』の追善集に纏め、手向けた。嵐牛の句も「文音」の中に、

散（り）てある花に霜見る椿かな　嵐牛

と見える。

晩年の塞馬（75）は持病で膝が次第に麻痺、文久三年（一八六三）九月二十六日〜十月五日、涼石居の「信友会」で完伍・蓬宇・嵐牛らと参会して以降、足助に籠もりがちとなる。

翌四年（一八六四）春、嵐牛は柿園社中の年次集『其まゝ』五編の序を塞馬に依頼、その自筆を

模刻して収める。

慶応三年（一八六七）極月三日、汐井川原の嵐牛宅に足助から書状が届き、「三州足助、池田や七右衛門殿文音。隠居塞馬老、八月より不快、霜月廿四日、遠行の由、訃音なり。八十六、七にもや成けん」と日記に記すが、正しくは享年八十であった。

(4) 後輩拾山、漂泊と庵住と

† 拾山の人となり

拾山（前号茶岡）の略伝は『資料集』に拾山宛書簡を収録するに際し略記した（358ページ）。

【俳歴】は天保十二年（一八四一）、蓬宇編『年々十歌仙』三編の員外、「連衆通称」に、「**茶岡**　三州宝飯郡上之郷　永嶋藤十郎」と見えるのが初出。兄の藤十郎は、それ以前、梔岡《しこう》の号で卓池社中編『すきぞめ集』（天保五年・一八三四）、『竹春集』（同八年、卓池還暦賀）に入集する。

† 卓池に入門

天保十三年（一八四二）四月、茶岡は青々処を訪ね、その折、高弟塞馬が来訪中で、両吟歌仙を巻いた。いきなり卓池らとの連句に出座しても、未熟で他の連衆に迷惑を掛けるから、先輩塞馬が連句の初歩を指導したのである。

天保十四年（一八四三）初冬、岡崎で芭蕉百五十回忌の法会があり、汐井川原から嵐牛も参加する。茶岡（26）は少し早めに師の青々処を訪ね、先輩連中と、

横雲や魚簗《やな》の外行（く）鴨の声　卓池

以下、茶岡・嵐牛・石采の四吟歌仙（『於青々処連句抄』所収）に出座、管見ではこれが卓池（76）の捌きを仰いだ最初で、嵐牛（46）とも初対面だった。もちろん宝福寺で営まれた芭蕉百五十回忌の法筵にも出席、芭蕉翁の遺句に脇を付け、

しづまれば霜の降（る）なり枯尾花　茶岡

の発句とともに奉納し、それらは『俳諧こぼれ炭集』の書名で、弘化二年（一八四五）秋に刊行される。

弘化元年（一八四四）秋、茶岡は先輩石采とともに卓池に随伴、信州園原連中が同地月見堂の境内に建てた卓池句碑（天保十二年建立、句は「かゞやきのますばかりなりけふの月」）の検分を兼ね、月見に出掛ける。卓池は山国の夜雨と冷気に体調を崩すが、茶岡らの介護で小康を得、姥捨の月や信濃路の名所を見巡って、無事帰庵する。

師との死別

弘化二年（一八四五）十月九日、青々処における蕉翁の遺句による脇起歌仙に出座、茶岡は塞馬・卓池に次いで四句目を付ける（連衆二十五名）。直前、十月の青々処興行、三巻にも出座、俳諧師を志す茶岡は卓池や先輩らに大いに嘱望された模様である。

しかし、翌三年八月、卓池の病いが再発、十一日、大往生を遂げた（79）。高弟水竹が幽回忌（百日忌）に『夕沢集』を編纂、刊行した。茶岡は九月二日の葬儀に列座、三日に催された法筵の「百韻俳諧之連歌」に出座、十句目を付け、それとは別に悼句も手向け、ともに『夕沢集』に収録される。

同年、流芝が江戸の社中と営んだ幽回忌（百日忌）追善の俳諧や手向吟などが『雲明集《くもあかり》』として刊行されるが、それに寄せた、

ものいはでくらす日もあり露の宿　　茶岡

の句は、追悼の情意というよりも失望・落胆の表出に近かった。

卓池門から梅室門へ

茶岡は、弘化四年二月十四日、亡師遺句集刊行と句碑建立費用の勧進のため、駿府まで行脚する塞馬に随行、仲夏には駿河から戻り（塞馬稿「駿河記行」）、秋には三河国足助の塞馬の庵に参集した足助連中と半歌仙を巻くなど、暫くは塞馬の圏内で日々を送るが、郷国三河を出て隣国尾張に二年ほど仮寓、梅裡（通称、茗荷屋甚蔵）や而后《じこう》など尾張連中と交流後、更なる飛躍を求めて上京する。その時期は明確ではないが、嘉永元年（一八四八）如月、梅室の傘寿を祝う俳莚が洛中東山の寮で催され、梅室の「自賀」吟による脇起《わきおこし》百韻を巻頭に、連衆や諸国から寄せられた賀吟を、門人淡節が『喜春楽』に纏め刊行する。茶岡は脇起百韻に出座するとともに、賀吟を寄せているので、その頃までに上京して梅室に師事したのであろう。

雲水茶岡、拾山と改号

嘉永四年（一八五一）の惟草（寥松門）編『古今芸苑俳諧人名録三編』に、

三州人　雲水　　星西

咲（き）順を聞て見直すぼたん哉　　茶岡

と記載され、この頃の茶岡は住所不定、いわゆる「雲水」(行脚俳人)であった。

管見によれば、安政六年(一八五九)、京に白鱗舎を結んで開庵披露するまでの期間、「雲水」「風客」などと記されることはあっても、別号「星西」の使用例はない。

嘉永五年(一八五二)、陸奥国長湯の蒼山が、江戸を経て上京、途中、所々の諸家と風交、それらの成果を『なにをたね』として刊行する。西国遊歴から戻った茶岡の、

時鳥のせてはしるや湖《うみ》の雲　雲水 茶岡更拾山

が載り、その年夏、改号したようだ。

†

梅室の帰泉と追善集

嘉永五年十月朔日、病床にあった梅室が亡くなる。享年八十四。臘月朔日、東山双林寺で、病中吟による、辰丸(梅室遺児)・林曹・松女・砺山・拾山・淡節により「追善俳諧脇起百韻」が興行され、それを巻頭に、諸国門人らの脇起連句や追善発句を淡節が『かれぎく集』に纏め、翌六年の小祥忌(一周忌)に刊行した。京に戻っていた拾山は、追善百韻に出座し、かつ追善発句を手向け、拾山から訃報を受けた嵐牛も悼句を送り、ともに『かれぎく集』に収録された。

白鱗舎の開庵

師卓池と死別してから十年余を漂泊に過ごした拾山は、安政三年（一八五六）、その間に風交、見聞して来た自他の作品を『ふくろさうぢ（袋掃除）』と題して刊行、改号披露とする。三年後の安政六年（一八五九）には京に白鱗舎を開庵し、その披露を兼ねて『明意《みょうい》集』半紙本二冊を刊行する。雨耕の序文に次いで本文巻頭に、

三界無庵にして齢四十にあまれる身なれば、露なかりせばと、都にかりの栖《すみか》をもとむ。されど風雲に走るこゝろのとゞまらざるを、かたじけなくも、

賀

垣ごしのはなし始や月とうめ　梅通

かわく雪解にすわる庭石　拾山

以下、四十九句目までを京連中で興行、五十句目以下は郷国三河連中で満尾した百韻を収める。前書き中の「露なかりせば」は『奥の細道』の雲巌寺の条で引用される仏頂禅師の和歌、「竪横の五尺にたらぬ草の庵　むすぶもくやし雨なかりせば」による措辞で、拾山の生き方が仏頂ら禅僧の「無所住」に倣うものではありながら、業俳の道を選ぶ限り、拠点である庵

の所有が不可欠となり、自己矛盾は避けられない。
案の定、開庵の報に接した嵐牛が、

江山《こうざん》の望《のぞみ》深かりし友人拾山、京師に住処もとむると聞て

桃尻も居《すわ》りし花の都かな（嵐牛著『句集草稿』）

の句を贈り、〈海山の間を漂泊して来た拾山も、花の都の魅力には勝てないらしい〉、と苦笑交じりに言祝いだ。

†

風雅と三教融合の妙意

開庵後、間もなくこうを同庵（妻）に迎え、安心して遊歴に廻ることも可能となった。俳諧活動はいよいよ軌道に乗り、『明意集』第二編（文久三年睦月、自序）を刊行する。
その口絵に釈尊の頌文「其仏本願力聞名欲往生／皆悉到彼国身致不退転」と賛歌一首を広覚上人（常楽寺住職）書の模刻により掲げ、さらに、「祖翁（芭蕉）も、風雅は仏祖の肝胆也、と驚し置給ひけむ」と前置きし、

—前略—されば神儒仏、すべて天地同根の妙意を得るは、則此道の幻術にして、こゝろの明かなる意のひとしければ、とりも直さず、『明意集』第二編の序と成《な》し侍るもい

とかしこきわざになむ。

文久亥むつき　　白鱗舎拾山

と、《俳諧も神儒仏の三教も同根である》という、俳諧活動の上で生涯貫いた基本理念を掲げ、序文に代える。

†

蛤御門の変、庵の類焼

元治元年(一八六四)も、拾山は一年の過半を遊歴に過ごした。ところが、七月十九日、「禁門の変」が起き、翌二十日にかけて都下の過半が類焼する。

日記によると、当時、拾山は三河遊歴中で、事件の十日後の七月廿九日夕方、旧里(上之郷)へ着き、東御本山焼失と京大火を知る。急いで帰京、八月六日に入京、妻こうの避難先、大仏西の御門内、村岡右京亭に着く。八日、いろいろ買物。九日、京を出立、草津に一泊。十日、石部と水口の中間にある夏見宿の稲荷屋に三日間連泊する。その辺りに妻こうの姉が住んでいて連絡、相談の上、庵を再建するまでの間、妻こうは姉の家に身を寄せることになったらしい。

三河を遊歴、再庵を目指す

拾山は郷里の三河方面で遊歴生活を送り、裕福な門人・知友の援助を乞い、再庵を目指すことになった。

元治元年（一八六四）十一月、三河から遠州へ向けて遊歴、十四日の夕方、汐井川原の柿園に着く。十七年ぶりの訪問だが、嵐牛は後輩拾山に終始協力的だったから、その間にも訪問していたかもしれない。日記によると、早速両吟二巻を始めるが、同年の『俳諧どめ』は欠本。

十五日、伊藤氏、三才・九才両人之祝、酒飯のもてなし。午眠、霊夢符合。

△山々の間は海の霞かな

○ひと筋に空も凪ける御講中　嵐牛

　今朝は早ちりにはかれて火とりむし　嵐牛

△山々の間《あい》だは海の《ぞ》月夜か《今宵》な

昼間から酒を振る舞われて午睡、霊夢を見、それを詠んだ句（△印）が記されている。

再庵講の発起

拾山は、元治二年（一八六五）春、再庵講を思い立つ。一口壱両で二十口を目標に、正月廿日、住職と昵懇で暮から滞在していた亀崎（半田市）の浄顕寺を立ち、翌廿一日、大野（常滑市）から若松（鈴鹿市）に海を渡り、白子（鈴鹿市）から名古屋に向けて諸俳家・知友を歴訪・風交しつつ二月五日夕刻、名古屋入り、翌六日、枇杷島で句会に出席する。その間の日記の末尾に交流した八十名ほどの地名・集料・謝儀が筆録されるが、再庵講受付けの記録はない。改元した慶応元年（一八六五）九月廿三日〜霜月十一日、拾山は宮崎（岡崎市）に遊歴、風交し、「年々御両人、哥仙二巻づゝさし加へ」るという特別待遇を約束して、漸く加入を取り着けるなど、再庵講勧誘を粘り強く続けた末、慶応二年（一八六六）二月朔日、夕方入京、こうが世話になっている村岡右京方へ着き、土産・壱封・米代百疋を渡す。二日、家主などを訪う。三日、家を借りることに決め、四日、家に畳・建具の類を買い入れる。六日、洛中の諸社寺に参詣。夕方、村岡右京宅から高倉の借家へ移る。

○八日、―前略―類焼の后は、世おだやかならざれば、露の身を養ふ処、さだまらざるを、
　こたび洛に帰り、ふたゝびかりの栖を求侍りて、

彼岸会の鐘をたよりの住ひかな

と詠み、漸く再庵を果たした。

†

二条殿参殿、宗匠格御免状

安政四年(一八五七)三月十五日、二条御殿で淡節が宗匠を勤め「御俳諧之連歌」(五十韻)が興行され、拾山は初めて出座する。文久二年(一八六二)三月十五日、同御殿で梅通が宗匠を勤め「俳諧之御連歌」(百韻)が興行され、これには拾山は出座していない。元治元年(一八六四)三月十二日、梅通が亡くなる(68)。

拾山の日記を見ると、慶応元年(一八六五)十二月八日、梅通を追善する句文があり、梅通の大祥(三回)忌の慶応二年(一八六六)二月廿二日、若王子の砕花亭で梅通翁句碑供養会が催され、出席。同月、

●廿五日、相応軒(淡節)同伴、二条殿参殿。△梔岡(拾山兄)、机民、流翠、各御門下《ごもんか》成《なり》之願、早速御聞(き)済《な》(し)に為レ在《あらせられ》候事。野坊も宗匠格御免之事。各御免状。

○廿八日、二条様へ参殿、宗匠格被ニ仰付一、御免許並ニ就ニ台命一、烏沙《(紗)》巾、散服、差貫《さしぬき》、扇白、右被ニ免許一畢。依而、執達如レ件。梔岡、机民、流翠、各御免許、御門

下成被二仰付一候事。　＊傍線は筆者による。

などと、二条家俳諧の宗匠格許状を与えられた記事がある。

†

晩年の嵐牛と拾山の風交

明治元年（一八六八）十一月、拾山は遠州に遊歴中、嵐牛門の二俣連中や平宇《ひらう》（袋井市下山梨）の足立水音・尺波を訪ね、風交。その後、十日昼過ぎ、汐井川原の柿園を訪ねたところ、留主。一泊して翌十一日、教えられて嵐牛の遊杖先、大島（磐田市豊浜中野の小字）の素涼（伊藤政右衛門）方へ廻る。早速使いを走らせたのであろう、福田《ふくで》（磐田市）から嵐牛が駆けつけ、同宿。翌十二日、嵐牛・素涼に柿園社中の知碩も中野から来て一緒に乗合で船遊び。夕方、福田《ふくで》の晴笠亭（此君園）に至り、頼まれていた対山らの墨蹟・短冊、可亭刻の印などを渡し、一泊。

明治三年（一八七〇）九月末、拾山は遠州に再遊、見付の杜水亭に寄ってから福田連中を訪ねる。十月四日午後、晴笠亭に着き風談、泊る。翌五日、「仕さしの両吟にとりかゝる」が、「二条家御門下に入（り）候条、主晴笠の咄」と付記される。七日に嵐牛が来遊、風談、同宿して一緒に滞在、十日夕刻、見付の杜水方へ同道・一泊し、翌日別れる。日記には、「一、百疋令雅」と記した次の行とそのあとに、岡崎の令雅が御免状を希望、また伊賀の荷銭・如雲・梅輪・春斐の四人も同様各壱両を受け取った覚書がある。

翌四年三月十四日にも、同じ伊賀の四名から壱両の金札の到来記事がある。二条家参殿御免状の謝儀で、恐らく毎年三月十五日、二条家で俳諧興行があり、それに参殿する約束で許状仲介の謝儀を拾山は受け取っていたのであろう。

大教院と教導職

明治五年（一八七二）、政府教部省は国民教化のため大教院を設置し、僧侶と神官を教導職に任用することを決める。翌六年、大教正、永平寺貫首細谷環渓が俳諧師も登用すべきだと建白し、東京の三老関為山・鳥越等栽・橘田《きつた》春湖と三森幹雄・鈴木月彦の五名が任用される。

同年五月中旬、大教院が資金不足に悩んでいるという実情を知った拾山は、各地の俳家を歴訪、大教院に俳諧の詠進・献金を呼び掛けつつ、東京に向けて発足、五月十四日夕方、塩井川原の柿園に寄る。六月十七日、東京に着いた拾山は、増上寺で催される大教院の祭典と神道七宗（仏教）の開講式に臨席し、諸俳家に勧進した寄付金と句を献納する。刊行された記念集『真名井』（教林盟社刊）には、拾山の句は「奉納発句輯」の二句目に置かれ、すこぶる優遇される（巻頭は芹舎）。

†

国風社の副社長となる

明治七年（一八七四）十月、高松保実《やすざね》が社長となって和歌・俳諧などを総合した結社「国風社」の設立を発起、翌八年、俳諧部門の分課幹事に芹舎を任ずるが、すべて手弁当という方針が気に入らず、二月に芹舎は幹事を降りる。かわって入社した分課幹事の拾山が副社長となり、二条殿門下の許状ではなく、今度は国風社入会の勧誘を精力的に推進、遊歴を兼ねて入社の許状を届けることになった。

参考文献

拙稿「国風社分課の顚末――白鱗舎拾山資料から――」（『連歌俳諧研究』第百三十号、平成二十八年三月）所収。

V 柿園の仲間たち

(1)『俳諧どめ』の開始

嵐牛が専業俳諧師(業俳)として活動し始めたのはいつからか。常識からすれば隠居を許される、五十歳の弘化四年(一八四七)頃からで、それを履歴に照らすと、『俳諧どめ』(息初石筆録)の最初の一冊がほぼその頃に当たる。後表紙の見返しに「乙巳弘化二年/俳諧集/翠台初石」とあるけれども、それがもとの表題であったと思われる。

収録連句を風交相手の居住地により大まかに分類して挙げると、

《地元》

▽弘化二年、東遠の作者吟風が08〜11、13、22、23、30、31の九巻、近嶺が10〜14の五巻、
素来が08、11、14、44の四巻に出座。

▽天保十五年、鳳嶺は地元のリーダー、最初の門人で、01、54に参加・出座。

01初時雨猿も小蓑をほしげなり　　芭蕉翁

―下略、嵐牛・鳳嶺・近嶺・吟風・五岳・四節・玉翠・青年・素来・義石・晴雨・
久雄による芭蕉追善半歌仙（一折）―

03おくれては親の跡追ふ鹿の子哉　年雄
―下略、初石・嵐牛の三吟歌仙―

10鮎汲や覗（き）によればふいと行　嵐牛
―下略、吟風・近嶺の三吟歌仙―

54青梅のおもげにゆれる梢かな　鳳嶺
―下略、嵐牛との両吟歌仙―

《漂泊俳人》

▽**桐古**　富山東四十物《あいもの》町の中田氏、前号桃湖。通称茶木屋清兵衛。天保十五年～弘化二年、来遊。06～09、11、12、15、16の九巻に出座。

▽**烏谷**　讃岐丸亀藩の西島氏。弘化二、三年、見付に来遊し、尺樹庵、のち黙養庵を結ぶ。文久三年（一八六三）三月没。30～33、42～44の七巻に出座。

▽**旦斎**　東都の人。天保初年、尾張熱田伝馬町に仮寓。弘化五年、来遊。47～53の七巻に出座。

▽**西馬**　上州高崎出身。天保十五年、来遊、初石と両吟（02）。のち、江戸で活躍。安政五年没（51）。

15起るから一日隙や鷽《うそ》の声　嵐牛
—下略、**桐古**の両吟歌仙—

16先の夜も聞たになるや初蛙　**桐古**
—下略、嵐牛の両吟歌仙—
弘化二年十一月上旬三吟

30又星のかゞやき出すや宵の雪　初石
—下略、**烏谷**・吟風の三吟歌仙—

31こがらしや海に入日を小薮越し　**烏谷**
—下略、吟風・初石の三吟歌仙—

52起たればさのみ音なし五月雨　**旦斎**
—下略、嵐牛との両吟歌仙—

53虹あしの水にひく日や蓴《ぬなは》うく　嵐牛
—下略、**旦斎**との両吟歌仙—

幕末期の代表的類題発句集として知られる『文久五百題』（文久三年・一八六三刊）は文通の便宜として巻末に人名録を付録するが、後ろに「雲客」の部を設け、漂泊俳人を五十五名挙げている。文音で風交するだけでは飽き足らないという作者たちは、武者修行と同様、諸国を遊歴して各地の有力な俳家と対面で連句を唱和・交歓した。既述の鴉山坊もそうしたタイプの一人だが、「柿園日記」に出て来る禾守・木甫・犂春らも同様の存在であった。

《青々処卓池三河国》

▽天保十四年～弘化二年、卓池の青々処を訪ね、先輩らと17～23の七巻に出座。

▽天保十五年～弘化二年、高弟水竹らと07、20、21の三巻に出座。

▽天保十五年～弘化二年、後輩蓬宇らと07、18、19、21の四巻に出座。

となり、卓池の捌きで先輩諸氏らと巻いたこの期間は、嵐牛の連句技法、連句観の形成期に当たり、順調なスタートを切ることが出来た――本書のⅢ「卓池に入門」及び『資料集』の「連句の部」翻刻を参照――。

(2) 伴走者、鳳嶺

(1)で触れた01、54に出座する鳳嶺は、嵐牛に名簿を提出してはいないが、門人格と言っていい存在である。磐田郡豊浜(現、磐田市豊浜中野)の人。俗名は加藤直吉。別号、芙蓉・桐々園。天保十五年(一八四四)、地元の御厨村鎌田の医王寺境内に二十六名の仲間とともに芭蕉句碑「いなづまや闇のかたゆく五位の声　ばせを」を建て、碑裏に「天保十五年甲辰十月　嵐牛書」と彫られ、嵐牛が筆を揮《ふる》っている。建立が芭蕉の百五十回忌の一年後なので、『俳諧どめ』(弘化二年・一八四五奥)の01に書き留められる、

初時雨猿も小蓑をほしげなり　芭蕉翁
　実の飛《とぶ》おとも交る楢《なら》の葉　嵐牛
手序《てついで》にたぎる土瓶の白湯《さゆ》継て　鳳嶺

以下の半歌仙を句碑建立記念の興行かと即断したけれども、碑に彫られている協賛者二十六名と照合すると重なる作者は鳳嶺だけで、句碑と関係なく芭蕉忌に掛川辺の嵐牛門人たちが興行したようだ。だとすれば、鳳嶺は浅羽から遥々出向いたことになる。同じ『俳諧どめ』の巻末、鳳嶺・嵐牛両吟の54「青梅の」歌仙も出向いて巻いた作らしく、二人とも家業と並

行して連句に励む昴揚期だったようである。

†

鳳嶺の俳歴と師系

鳳嶺の【俳歴】は、文政十一年(一八二八)、二十歳の頃、「灯雪斎評連月三題句合」(子九月分)の「八月分遅来」のところに、

鹿鳴や焚火に遠きよるの山　エンヨコスカ鳳嶺

の句が載り、管見では初出句となっている。同年十二月には横須賀連の一員として「横須賀十王堂奉額/灯雪斎評四季混題五句合」(「文政十一子のとし臘月」奥)を投轄《とうかつ》・竹弫《ちくしん》・可仲とともに願主となって催しているので、月並への参加はさらに数年遡るかもしれない。

灯雪斎は、もと駿河国田中藩士西郷完粱。雪中庵完来の門人で、文化六年(一八〇九)から月並「灯雪斎完粱評」を手掛ける。

ついで、同じく完来門、「木谷庵橘童評月並五句合」の文政十三年(一八三〇)三月分に、

○行水に心のうつる弥生かな　エンヨコスカ鳳嶺

の句が高点となり、翌閏三月分では七組も応募、五点以上五句と「六印之部」に一句採録され、「人」の好成績を修める。五月分にも七組応募、農家の人らしく、

麦の秋鏡の見やうわすれけり　遠横スカ鳳嶺
内に居よと母の頼《たのみ》や雲のみね　仝
巻中秀逸　カケイ（何頃）之部
麦の秋踵《かかと》を石に成《なし》にけり　遠横スカ鳳嶺
といった生活感や情味に富んだ句を投じ、高評価を得る。

†

芙蓉園評句合と柿園評句合

故田中明氏蒐集の句合返草合本に駿遠のものが六点あり、それらを借覧したところ、合本Iに以下の鳳嶺評句合が七枚含まれていた。嵐牛より十歳ほども若い鳳嶺が、しかも嵐牛よりも早い時期に句合評を手掛けているのは予想外で、仰天した。

【田中明旧蔵句合返草合本I】

袋井・磐田南部（旧浅羽）で催された天保末から文久に掛けての月並・奉納句合七十種の勝句の写しや丁摺（通称「返草」）を合綴する。鳳嶺評句合は、各写一丁で、催主は柳水。アラビア数字は合綴内の順番。

11**桐々園鳳嶺評月並乱題句合（八月分）**　催主、柳水　㊝カンジロ撫牛

満まさる水のあかるしけふの月　ヨコスカ一氷

軸　眼についてあしのふまれぬ落穂哉　鳳嶺

【貫一旧蔵句合返草合本Ⅱ】の5にも収録される。催主の柳水は西ヶ崎（袋井市）の人。掲載句は、五点―17句、七点―5句、総数―22句で年記はないが、前後に綴じられるものから嘉永三年（一八五〇）八月分と判明、15の「九月分」に接続する。「五点之部」に、

谷越に吹合するや小鹿笛　オカザキ貫一

つゞけ鳴に数珠掛鳴や秋の暮　、

の二句が見え、八歳ほど年上、先輩格の貫一が紙面を賑わしているのが意外。「八月分」は月並興行初回ということで、軸前に別格で古老一氷が今後の発展を予祝した句を載せたのである。

15芙蓉園評秋混題句合　奥「嘉永三戌九月」　催主、柳水　(天)新堀美玉

五点―13句　七点―3句　計16句

軸　とんぼうや孳《そだて》たなりに舞あがる　鳳嶺

16芙蓉園評冬混題句合　奥「嘉永四亥之とし」　催主、柳水　(天)梅田学中

五点―11句　七点―3句　計14句

軸　つむ程も降《ふら》であれけりゆき一夜　鳳嶺

17〜19芙蓉園評夏(〜冬)混題句合　催主、柳水　㊝ヨコスカ桃山、松原竹城、マツヤマ水照

三点〜七点　句数略

軸　日盛やしばらく往《い》ては立どまり　芙蓉園(鳳嶺)ほか

20芙蓉園評春乱題句合　＊嘉永五年(推定)　催主、柳水　㊝ウメダ学中

三点―11句　五点―7句　七点―2句　計20句

軸　田の筌《うけ》に鯲《どぜう》の音や春の雨　鳳嶺

峠からみて来た花や宿の庭　仝

嘉永三年八月、九月と接続すれば月並となるが、残存するものは四季並句合が殆どで、しかも採録句数は至って淋しい。途中から「三点之部」を新設するのも、紙面を賑わす苦肉の策と見られる。

単独の評ではないが、【晴笠旧蔵句合返草合本Ⅰ】には知石との両評で、

15芙蓉園評月並八句合 卯月分　写一丁　催主金賀・志清　㊝芦清

副評丘窩(知石)　㊝近潮

秀逸七印　2句　副評―秀逸七印　5句

軸　竹植や外で酒のむ朝機嫌　　知石
　仮初《かりそめ》にはいりて蝿《かや》に鼾《いびき》かな　　鳳嶺

の一枚が含まれ、芦清が「天」の成績を得ている。

（備考）なお、この「卯月分」のすぐ前に嘉永六年の「14柿園嵐牛評月並」（当季乱五句合／四月分）が綴じられ、その「五点之部」に一括して鳳嶺が入句、その二句目に、

試みに這入ば蚊屋にいびき哉　　二ノ

と推敲されて先の軸句が見える。

この「14柿園嵐牛評月並」（催主蛍堂・素来・応山、三丁）の全体を見てみると、五点―155句、秀逸―17句、六印―4句、計176句で、さらに「五点之部」に一括して鳳嶺の五句、

はなす手をまたぬあら鵜のはづみ哉　中ノ鳳嶺
試に這入ば蚊屋にいびき哉　二ノ
門通る人よびこんで新茶哉　三ノ
支度した屋根かへ延す牡丹哉　四ノ
豆はたに蟹の付けり五月雨　、

「秀逸ノ部」には、

炎天や老の手づよき鍬づかひ　　鳳嶺
ぬれ衣を日よけに椽のひるね哉　　二ノ

の二句が載り、「当季乱五句合」に五句ずつ四組以上も応募・出句していたことが判かる。熱意と才能が成績にも反映し、

天二《ヌキ》五　知草《トバノ》　地ヌキ《ヌキ》二　二鶴《小ジマガタ》　人二《ヌキ》三　鳳嶺《中ノ》

と「人」の好成績を挙げている。

「鳳嶺評」と「柿園評」の両評を比較すると格の違いは歴然で、地元判者として活躍する鳳嶺評や知石評が柿園評に再編・吸収されたのは極めて自然な流れといえよう。

なお、鳳嶺の句は「柿園評月並句合」では嘉永六年（一八五三）六月分、柿園一門の年次集では『そのまゝ』三編（安政五年・一八五八）を最後に見えなくなる。

(3) 門下の古老、貫一

始発期の貫一

嵐牛門下の古老貫一が、嵐牛に提出した名簿《みょうぶ》には、「城東郡岡崎村（現在、袋井市岡崎）鈴木治郎八常直、号晴岡居貫一」（表）「嘉永甲寅（七年・一八五四）四月」（裏）とあって、通称と住所は明らか。

　曳《ひ》く杖もかろき首途《かどで》や月の旅

の句碑が岡崎の宗有寺にあり（塚本五郎著『郷土遠江の調査研究』昭和二十四年刊）、同句が「明治十三辰どし」の奥付のある追善句合（丁摺欠一枚、所蔵者不明）の巻軸に、

　　無々斎老人の初盆会を憚《はばかり》て

　月のともことしは文のしをりかな　　知碩

　辞世

　ひく杖もかろき首途や月の旅　　貫一居士

と記されているので、墓を兼ねた碑（句墓《くばか》）と推察される。恐らく同寺のご住職にお願いすれば、過去帳の記録やご子孫宅も教えて頂けるだろうと甘い観測をし、問い合わせに反応の

ないまま、同寺を訪問した。門を境内に入った本堂の前左方に、よくは読めないものの、台石に「虚庵」「椿谷（貫一息）」「社中」などと彫ってある句碑が目に付いた。

本堂脇玄関のインターホンを鳴らして出て来られたご住職に用向きを伝えると、先住が亡くなって、昔のことは判らないとの返答。

後日、「友の会」会長や佐藤清隆氏（当時、豊浜小学校教諭）の探索により貫一のご子孫宅が判明したとの情報が入り、追って家の隅々まで捜索して頂き、先代の遺された文書類の中から俳諧資料や過去帳[1]などが見付かったとの連絡を受け、伊藤会長が早速訪問、撮影した写真データを送信して下さった。

その年七月十八日午前、会長のお誘いで倉島利仁と三人で鈴木家を訪問、ご当主健治氏にお目に掛かり、貫一資料を見せて頂いた。嵐牛に入門する以前の貫一資料が『袋井市史資料集』に翻刻されてはいるものの、不審なところがあり、訪問して確認でき、幸いだった。

当日、ご当主のお話を伺ったあと、早速廊下に並べて頂いた資料群の中に『袋井市史資料集』第七巻（昭和五十八年刊）に翻刻される資料『醸泉亭句会』（仮称）があった。それは奥書に記される句合の開巻場所を句会の場所と誤解して付けた仮称で、実体は「鉄支（暾斎）評月並句合」の清書巻だった。

句合は前もって出題された季題の数だけ——五題が多い——発句を詠んで、応募者の住む地域の取次（補助）、更に出詠所経由で巻元に催主が集め、作者名を伏せて句だけを清書して評者（判者）に渡す。

評者が点を掛け終わったあと、催主が高点句の作者名を清書巻に記入し、作者別に募句の合計点を計算し、天地人の順に勝者を決め、清書巻の奥に天地人の作者名と合計点を書き、特に秀逸高点を得た句は「抜き」句と称して、巻末に句——多くは省略型で——を引く（抜く）。五点以上の評価を得た句は、丁摺にして天地人（三光）の勝者名と獲得した句の個別点と合計点を冒頭部に発表、以下には五点以上の高点の句を、低い方から点別に掲載し、巻軸に評者の句を据える——『資料集』に口絵写真に「柿園嵐牛評月並六月分」丁摺（返草）の巻首・巻末の図版を掲載したので参照されたい——。

応募者の詠草には点数を書込み、各地補助者のネットワークを利用して参加者に返送される——本来、返送する募句（詠草）を「返草」といったのだが、勝句の丁摺を募句とともに返送するので、それを「返草」と通称するようになった——。

この清書巻の奥では二十五句ほどが抜かれ、貫一は五題で詠んだ内、

萍《うきくさ》や花が咲てもしどけなき　　岡ザキ 貫一

寝よと撞《つ》く鐘や涼しい最中を　仝

の二句が高点を得、作者名が記入されている。ただし、二句目の下五が原型では「真中なり」だが、鉄支の筆で添削されている。ほかの三句の評価は五点未満なので、作者名が記されていない。句合の清書巻の巻末には評者鉄支の署名と「暾斎」の朱印、「文政丁亥（十年・一八二七）七夕／於醸泉亭開巻」と、天地人の勝句作者名と合計点数が書き入れてあり、最高廿八点を獲得した岡崎の貫一が勝者の景品として清書巻を贈られて、鈴木家に遺存したのである。参加者はそれほど多くないので、勝句の丁摺は発行せず、手書きで周知されたのであろう。

評者の鉄支は塚本五郎著『郷土遠江の調査報告』（昭和二十四年刊）によると、中泉（磐田市）の豪農、十一代山田勘兵衛正義で、先代の昭胤も自口《じこう》と号して俳諧を嗜み、同家には文化八年（一八一一）、駿府の時雨窓菅雅（雪門）が、同十一年（一八一四）、江戸葛飾派の其日庵白芹《はっきん》らが来遊し、風交したという。寺田良毅著『遠州の俳諧』（静岡新聞社、平成十七年刊）「磐田周辺」の俳書別入集者一覧によると、掛川に結庵した三井園鉄斎（雪門）の俳書に多く鉄支の名を見出し、かつその号からも鉄斎門と推測される。

鈴木家にはほかに当時の月並句合の勝句を丁摺にした、通称「返草」の合本が三冊あり、以下記述に当たっては【貫一旧蔵句合返草合本Ⅰ（〜Ⅲ）】と記す。

合本はほぼ年代順に綴じられているが、年時が明記されてないものの中に年時の混乱がありそうなものも若干交じっている。細かい考証は避け、主要なものを取り上げる。

【貫一旧蔵句合返草合本Ⅰ】　内訳

1灯雪斎（完梁）評月並　文政十一年　＊完梁は文政十二年没
四季混題五句合・月次五句合　　雪門（完来門）

2皆至亭（松賀）評月次　文政十二年、天保元年　催主金賀・梅賀
＊付評（副評）あり。松賀ら掛塚連中は江戸の太白堂（孤月）一派に属し、同地は中世から廻船寄港地として賑わった処。

3雪望亭（曙山）評月並五句合　文政十二年、十三年　催主南路　＊金谷連、雪門

4木谷庵橘童評月並五句合　文政十三年、天保二年
＊江戸　雪門　五乳人　対山代点

5松風園（蘭英）評月並五句合三月分（〜五月分）　天保二年？　催主旦雪・卜人
＊相良連、雪門
○三月分の匡郭外に「来月より十日限、御出句可レ被レ下候。且、五点之部ハ一章ヅ、板面に致申候」とあり、蘭英（のちの少風）が月並句合評を始めたときのもの。

松風園（蘭英）評月並辰三月分（～六月分）　天保三年　催主露光・眉山ら
蘭英堂少風月次五句合辰八月分（～巳五月分）　天保三、四年　催主文一・芦鶴（愛山・久国）

右の内訳によれば、貫一らは文政末頃から、田中藩の「灯雪斎（完梁）評月並」や掛塚の「皆至亭（松賀）評月次」、金谷の雪望亭（曙山）評月並」に句を投じているが、ほかにも多くの地元判者が登場し、月並句合や寺社奉納句合が頻繁に催され、高点勝句の丁摺も発行され、それらにも貫一の句が見えるが省略に従った。

†

貫一の嵐牛への共感

【貫一旧蔵句合返草合本Ⅰ（～Ⅲ）】では、地元で文政末年に催された、①「灯雪斎（完梁）評四季混題五句合」、②「皆至亭（松賀）評月次」、③「雪望亭（曙山）撰月並五句合」に、

①すれ違ふ雲のおと聞く安居かな　貫一
②よさむさや鼡にわんをこと〳〵と　貫一
③家内出て干あげし藺《ゐ》や雲の峯　貫一

などの句を投じている。合本中に、文政十三年（寅、一八三〇）～天保二年（一八三一）の雪門④「木谷

庵橘童評月並五句合」に遠州横須賀連にまじって、

寅・3月　春風や家の図を引畑の中　　仝　貫一
寅・6　空の外うつるものなし青簾　　遠岡ザキ　貫一
寅・11　冬籠見ぬ世恋しく成にけり　　〃

などが入句、更に天保四年～九年（一八三三～四）にかけては⑤「雪中庵（対山）評月並三題句合」や「雪中庵評月並二句合」にも関心を払い、

巳・3月　艾《もぐさ》つく臼の匂ひや雲の峰　　エンヲカザキ　貫一
申・7　下り付て惣に鳴けり小田の雁　　〃
〃　観ずればおもむきのあり秋の夕　　貫一
　はつ雁やおもふた事が図に当る　　、

などの句が見えるけれども、その遺存点数に比して入句は少なく、雪中庵評に対する熱意は今一つで、句合の常連にはなっていない。

貫一は嵐牛より一回り以上年輩にもかかわらず名簿を提出して嵐牛に入門したのが不思議におもえる。

雪門では三世雪中庵蓼太の時代から『歳旦歳暮』（旦暮帖）で武門貴顕の三節吟を巻首「序」

の丁に収録、一門の繁栄を誇示し、撰集や句合でも作者名に「子」の一字を付し、一字上げて特別待遇している。

嵐牛が雪門の強力な地盤遠州にあって、武門と無縁の卓池の門下に帰したのは、身分制度とは別の世界に遊ぶのが俳諧であると認識していたからで、田中藩内のヒエラルキーを基盤とする完梁の活動にも違和感があり、雪門の『旦暮帖』などで掛川藩を母胎とする清風庵露喬らの「遠江掛川灰書連」にも接近していない(2)。資料館の蔵書には、雪門俳書(『旦暮帖』や撰集・俳論書など)は殆ど見当たらない。恐らく、貫一も嵐牛の「発句上手」に惹かれたこともあるけれども、そうしたポリシーに親近感をもち、柿園一門につらなったのではあるまいか。

†

掛塚と江戸太白堂派

なお、【貫一旧蔵句合返草合本Ⅰ】5〜10の②「皆至亭(松賀)評月次」(文政十二年)の松賀は掛塚の人。同地は遠州では珍しく江戸の太白堂派の地盤であった。掛塚は天竜川の河口に位置し、中世以来、関東と上方の廻船寄港地として繁栄し、幕府の代官所のある中泉や横須賀藩の城下、遠府で東海道の宿駅でもある見付、天竜川上流の河岸二俣などの要衝と結んで盛んに人々や物資が往来した。それ相応の俳諧愛好者が存在した。

試みに手元にある孤月編『東都蕉門／桃家春帖／太白堂』（文政九年・一八二六版）を覗くと、「歳旦載暮春興」の巻頭に「遠掛塚湊連」と肩書きし、松浦、松賀、文賀、金賀、蝶賀、竹賀、松巴の七名、近隣川袋の金石、敷地の松籬、道下の琴雅、草崎の文雅・謙雅、野箱の井蛙、小島の美好・紅枝・花月の九名、計十六名が入集、巻末には「他邦補助連」として松浦・松賀が春興の発句を載せている。先の「鉄支（暾斎）評月並句合」でも掛塚の冷石、松風、梅賀、都川、丹井の六名が投句しているが、同派の春帖を見ていくと松浦は常連として頻出するが、松賀はさほど目立たず、その評する月並も極めて短期間で打ち止めとなったようだ。

掛塚には、天保八年（一八三七）頃から三河岡崎の卓池やその傘下の俳師が往来、その勢力下となるが、その折には鉄支も中泉から掛塚に駆けつけている。

【貫一旧蔵句合返草合本Ⅱ】にはそうした事情を反映して、

6雪中庵（対山）評三題句合戊戌三月分（〜六月分）　天保九年　催主、雲臥・凡鳥

7守中庵（守中）評月並句合酉七月分（〜十月分）　嘉永二年？　催主、菊守・一醒

8柿園嵐牛評夏乱五句合　催主、日坂青年　(天)応山

軸　石菖や奥へ風とる開口　嵐牛

五柿園（嵐牛）評月並三四月分　催主、応山
軸　取次もせうじ一重や菊の花　嵐牛
＊右は五回目の月並で、嘉永四年頃か。以下は嘉永六年以降。
柿園嵐牛評秋季乱四句合　催主、素来・応山
軸　眠られぬ我に似てなくまつ虫か　嵐牛
柿園嵐牛評月並　当季乱五句合　七月分、九月分　催主、桂堂・素来・応山
軸　木啄鳥のこだまひゞくや笠のうち　柿園
軸　時雨見のどや〳〵はひる笘屋哉　嵐牛
柿園嵐牛評月並　当季乱四句合　三月分　＊七年　催主、桂堂・応山　㊝美松
軸　声ごとにはしり出さうな雉子かな　嵐牛
柿園嵐牛評月並　当季乱四句合　四月分　催主、桂堂・応山　㊝里格
軸　晴くちの雨ふく窓や若楓　嵐牛
柿園嵐牛評月並　当季乱四句合　五月分　催主、桂堂・応山　㊝完牛
軸　五月雨や鹿伸上る草の中　嵐牛
柿園嵐牛評月並　当季乱四句合　六月分　催主、桂堂・応山　㊝初白

軸　窓に来て羽音さす也夜の蝉　嵐牛

9嵐牛評三千句合　催主、学中　㊝竹里

軸　青晴《あをばれ》に朝〳〵さむき穂麦哉　嵐牛

11油山仁王門奉額　青々処・雪中庵評　催主、光月・滝月

軸　出代《でかはり》や干ながら行洗ひ足袋　卓池

12青々所老人撰　催主、応山　㊝カナヤ舟帆

軸　山里や壁あたゝかに雪日より　卓池

＊七点印　折際に又蕾《つぼみ》もつ桔梗哉　シホ井嵐牛

13高天神奉額　青々処卓池評　催主、笠哉ら

軸　鳩の啼《なく》木ははるかなり杜若《かきつばた》　卓池

14神明宮奉額句合　青々処卓池評　催主、紫石ら

軸　夜ばなしの朝「　　」哉　卓池

と卓池評や柿園評月並句合が混入し、年次は明確でないけれども、天保末年から弘化初年にかけ、横須賀・岡崎・浅羽・中野地域が卓池評そして柿園評へと漸次移行していく。貫一がその中心に位置し、それら句合に参画していたことがわかる。

なお、8の柿園評月並三四月分の頭部に「五」の数字が付されているが、それは「柿園嵐牛評月並」興行の回数を示す。月並句合が社寺奉納句合のように、季別の単発のものから、季並→隔月→月並へと発展・成長していったことが大凡見て取れよう。

†

嘉永七年の出杖と貫一

嘉永七年（一八五四）、嵐牛は、三〜四月、浅羽方面中野の鳳嶺・知石、岡崎の貫一、福田《ふくで》の芦清（晴笠）らを歴訪し連句を指導、傘下に加える。その時の連句二十六巻は『俳諧どめ』（34）にすべて書き留められている。貫一との両吟は四月に、

何せうと毎日おもふ長閑かな　　嵐牛
薺の［　　］早き垣外　　貫一

以下の半歌仙、秋に今一度、

秋風や下《くだ》りて山の高さしる　　嵐牛
羽音するどにわたる隼　　貫一

下略の半歌仙を両吟しているが、嵐牛の『俳諧どめ』を通覧すると、以降は安政六年（一八五九）春に半歌仙、同年秋の茸狩した折の十一吟半歌仙―後出―と半歌仙ばかりで、満尾したのは

文久元年（一八六一）夏、

ふうわりと伐枝落るわかば哉　嵐牛

を立句に両吟した歌仙ぐらいである。連句は句案に時間を要するので、農業や筆子の指導などで多忙な貫一は、好きであっても連句にのめり込む余裕なく、抑えていたのであろう。

†

貫一門人と貫一評句合

鈴木家には当時貫一が書留めた『手習弟子覚』（文政三年・一八二〇写）と『俳弟名前覚』（年次不明）が遺存し、前者には近隣の寺子六十四名の俗名、後者には百名もの作者名が記され、貫一により、漸次、「柿園評月並句合」に送り込まれた昔蘿・鯨巴・梅嶺・巴山・鳳声・貴弓・白鷺らの俗名・住所が逐一判明し、地元資料として貴重である。

【田中明旧蔵句合返草合本Ⅰ～Ⅵ】に、

Ⅰ―32**晴岡居評月並八月分**　催主、雨色・以行　㊝白鷺

軸　晴過て出際のたらずけふのつき　晴岡《せいこう》

Ⅰ―33**晴岡居（貫一）評月並七月分**　催主、以行・雨色　㊝坐釣

軸　いなづまや江をさして行鵜のそれる　貫一

Ⅰ－39晴岡居評月並九月分　催主、雨色・以行　㊝竹山
軸　述懐　菊のはないふもはゞかる齢かな　判者

Ⅳ－04晴岡居月並二月分　催主、不記　句員四百余吟　㊝白鶩
軸　吹返る柳さはるや夜船風呂　晴岡

の四点が含まれ、いずれも写一丁で、年記はない。綴じた前後のものから安政四年（一八五七）前後と思われる。大地震(3)の影響で、暫く句合興行も控えられ、安政四年頃から再開される。地元門人らのたっての希望で小規模に催したもの。

†

柿園社の形成

柿園一門の年次集『そのまゝ』もその頃発起されており、初編の柿園社友の跋には「日頃、柿園に行かよふ誰かれ」が「花」「月」など四季の「折にふれたる団居《まどゐ》」で詠み競った句を紙魚《しみ》の棲処《すみか》にするのが口惜しく、刊行に及んだと述べている。チェックしたところ、人数は三十二名とけっして多くはない。三編が安政五年の奥なので、初編は安政三年で、二編は翌四年の刊か。大地震の後だが、社中の熱気の高まり抑え難く、ことに「座の文芸」である俳諧は、連衆による団居《まどい》が母胎となる。貫一旧蔵資料の中に「**月並会**」の連句懐紙、

月並会

不沙汰した門も入よき柳哉　嵐牛
巣前の雀人なるゝ声　其常
白酒の醸しかげんに春たけて　知碩
ざばり〳〵と寄《よせ》る汐先　三牛
持運ぶ荷物揃ゆる暮の月　貫一
早う色付鉢の鬼灯　桃寿
ウ露しぐれ親子焚火に寄挙《よりこぞり》　静嘉

以下が含まれ、当時、月並会で連句も巻いていたことが判明する。二編には、

会後、柿園に一夜ざこねして、
幮《かや》ごしに語あひけり己が恥　岳丈

の句が見える。やや遠隔地に出杖しての連句指導では深更に及ぶことが多く、「柿園日記」(『資料集』所収)によると、森に出杖した慶応三年三月には、五日連続して十名前後が発句・連句に挑み、深更に及んでいる。

「月並会」の連句で脇を付けている亭主役其常は、「柿園門人録」によると安政七年(一八六〇)

正月の入門で、『そのまゝ』には三編（安政五年奥）に初めて出句する。「戸羽野村（現、袋井市富里）の人で、俗名溝口時三郎。同村は旗本領のようで、『そのまゝ四編』（安政六年奥）に、「溝口其常子、こたび、さりがたき事の有て武江におもむかれけるを見はやして、云々」と前書きする知碩の餞別句が見え、六編（明治四年序）には、

老師にまみえばかうよと、東武よりたのしみ来りしを、往復両度まで他に杖を曳れ玉ひしと聞《きき》、こは誠に本意なしともほいなければ、
踏替《ふみかへ》るあしのおもたし霜の道　其常

と公務で地頭役所（江戸屋敷）に往復する途次、汐井川原の柿園に寄るのを楽しみにしていたのに、他出中で当てが外れた失望を句に詠んでおり、恐らく庄屋や組頭などの役職にあったのであろう。

そうした立場を見込んで、慶応元年（一八六五）仲秋、嵐牛は知碩・為舟・貫一の三名を発起人とし、「書籍講」を結成、壱口金百疋（一貫文＝一〇〇〇文）として俳書などの書籍を購入している。資料館に遺存する覚えや其常書簡（「嵐牛書簡集補遺」所収）によれば、翌二年、其常が江戸に出府した際、書肆に見積もらせ、四回に分けて八十点ほどを購入し、飛脚便・船便などで送らせている。

†
龍巣院「たけがり記」

安政六年（一八五九）九月、貫一の地元岡崎の長嶽山龍巣院で茸狩りが催される。当時の住職虚庵は『そのまゝ』三編（安政五年奥）から入集する作者で、貫一の句墓の台石に椿石（息）と並んで虚庵の名が彫られ、貫一の門人格でもあった。嵐牛の菩提寺、伊達方の慶雲寺と同じ曹洞宗ということもあって、茸狩りの誘いを受けたのであろう。

『静岡県の地名』（平凡社刊）の袋井市「岡崎村」の項目によると、当時同村は横須賀藩の所領で、「遠淡海地志」に同村の産物として松茸・玉蕈（横須賀シメジ）を挙げ、藩の山役人が七ヶ所の小屋で松茸の番をしたという。また、「郷里雑記」によると貫一の句墓のある宗有寺は龍巣院（曹洞宗）の末寺だったという。同院の由緒書によると、開創した太素省淳が郷里の梅山（浅羽町）に帰り、寺を建てる地をもとめていたところ、夜毎に龍神が枕辺に現れ、我が住む地、長岡を寄進するとの告げがあり、三年掛がかりで山を削り、谷を埋めて築いたと伝える。

たけがり記（表題）

彼高円《かのたかまど》（奈良の後背地）にはあらぬ、我《わが》長嶽山のかさだつ（嵩立）みね、いかでわけてんやと、虚庵大徳のおとづれ(音信)うれしく、其わたりの誰かれそゝのかしあひて、いざとうちつどひたるは、きく(菊)月廿一日也。

入ぐちに先近き香や菌山《きのこやま》　嵐牛
吹あげる風に添《そふ》香や菌山　知碩

＊以下、各二句目は省略。

集りて見るや木の子の生《はえ》しさま　柳翫
稚《をさない》も跡追をして菌とり　三牛
とれもせで笑はれがちや菌狩　桃寿
たけがりや松に吟ずるぬれ羽をり　燕居
ひとさかり土も香の有木の子山　岳丈
松茸や移て来た(る)跡にある　貫一
ひと峠先にも声や木の子とり　初白
ありさうな松の黒みや菌代《きのこしろ》　椿谷
木の子狩友呼声か山彦か　四山
たけ狩のだん〳〵ちさき手がら哉　虚庵

一日に篠ふみ別て木の子がり　　嵐牛
どちらから吹ても茸《たけ》のかをり哉　　静嘉

右は、半紙本、写一冊の鈴木家蔵『諸家発句記録』によるが、推敲添削されていて、嵐牛筆と判断される別の連句記録もあり、

端書略
香にひと日引れ歩行《あるく》や木子山　　嵐牛
夢のうらはのうらみせに行　　貫一
さら〳〵とへらとりのあとを片付て　　静嘉
＊「へらとり（箆取）」は主婦のこと。

以下、四山・知石・岳丈・椿谷・燕居・柳翫・初白の半歌仙（嵐牛筆『**俳諧どめ**』42所収）も出勝《でがち》で詠み合って、賑やかな行楽、団居《まどい》であった。

†

貫一の晩年

その後の貫一の俳諧活動は、前述の通り、文久元年（一八六一）初夏に嵐牛と両吟歌仙を巻き、柿園の年次集では『其侭集　六編』（明治四年序）まで発句を寄せているが、「柿園評月並

句合」では慶応以降ほとんど句を見せなくなり、【貫一旧蔵句合返草合本Ⅰ〜Ⅲ】も嘉永七年（一八五四）のものまでで、それ以降の活動は判らない。

冒頭に紹介した初盆会追善句合（丁摺）の後半は、

遠きぬた空で打かとおもひけり　ウメ山竹中

特抜之部

きりぐ〳〵す秋のまことを夜明まで　、五静
鈴むしやゑり抜の音を垣の外　中ノ欣雅
まねかれねば萩は盛りでなかりけり　稲里

、

灯籠や明り過るも物さびし　椿谷
灯の付て猶なつかしゝ魂まつり　シノガヤ春里
をしいとはおもへどけふや雨の萩　おぼろ
実になれど俤のこる蓮かな　虚庵
音信もけふこそとゞけ魂迎ひ　中ノ竹明

とあり、あとは評者を務めた知碩と貫一居士の遺句で、前半部が欠損で不明なのが惜しまれ

る。

鈴木家には貫一が晩年書いた述懐吟と書画ともに知碩の代筆になる老懐吟と肖像賛の二軸が伝わる（後掲図版参照）。嵐牛の亡くなった時（明治九年五月、79歳）、追悼・追善の句を寄せていないのは、かなり老衰が進み、みずから筆を揮うことができなかったのだろう。過去帳によると、明治十二年十月六日の没で、享年不明だが、肖像賛の「八十」か。

注

（1）「二代、道光貫一上座、明治十二年十月六日」と記載。
（2）「柿園日記」慶応三年五月廿七日、浜松藩から「書き物」（染筆）を所望されるが、「心ち不ㇾ宜して断る」。同年九月朔日、細倉謙左衛門蕉露（二条城御門番頭格）が江戸に下る途中、掛川本陣に宿泊、家来を寄越して本陣まで呼び出されるが、「少々気分あしければ、断（り）申（し）遣」わす、と記される。
（3）嘉永七年十一月四日、東海地震。翌五日、南海地震。翌安政二年九月二十八日、遠州灘地震。同年十月二日、江戸地震。翌三年七月二十三日、八戸沖地震。翌四年閏五月二十三日、駿河地震。

貫一肖像句賛（下部肖像のみ拡大）

知碩謹書（印）貫一肖像

つくぐ〱と
老しる秋の
寝ざめかな
八十叟無々斎
貫一

―鈴木健治氏蔵―

(4) 門下の白眉、知碩

†

始発期の知石

「嵐牛友の会」にお出《い》で頂いた折、『加藤知碩集』(二〇〇七年刊)を、ご子孫で編者の鈴木安子さんにお頒《わ》け頂いた。巻末の「加藤知碩のこと」によると、知碩(はじめ知石)は文化十一年(一八一四)、遠江国山名郡中野村(現、磐田市豊浜中野)の農家加藤家に生まれ、通称吉重、別号は麻麦園、早苗庵、嵐牛から別号を譲られて多陰とも称した。

知碩は同じ中野村の先輩加藤直吉、鳳嶺に勧められて俳諧を学び、天保十五年(一八四四)、その提唱で磐田郡鎌田の医王寺境内に二十六名の仲間とともに、芭蕉句碑(「いなづまや闇のかたゆく五位の声　はせを」)を建てている。建碑年時は、その裏に「天保十五年甲辰十月嵐牛書」と刻されており、知碩三十歳の時であった。

鳳嶺に次いでキャリアの古い岡崎の先輩、貫一の旧蔵していた資料によると、知碩の俳歴はそれより十年前に遡る。

【貫一旧蔵句合返草合本Ⅰ】

上-**09皆至亭《かいしてい》(松賀)評月次**「寅二月分」(天保元年・一八三〇)　催主、梅賀　(天)知珀

六印　すしなる、うちにかきたるてがみかな　ナカノ知石

＊掛塚連、太白堂派。

上―**10皆至亭（松賀）評月次**「寅五月分」（同年）　催主、梅賀　(天)多色

＊勝者に「人アサハ 中ノ 三十三点／知石」と記すが、句は挙げず。

下―**01松風園（蘭英）評月並**「辰三月分」（天保三年・一八三二）　催主、露光・眉山・投轄

・志明改金英・衰月　(天)漱石　「五点ノ部」に、

花咲て事多《さは》になる主哉　中ノ知石

蝶々〳〵にまぎれて仕舞《しまふ》掃除哉　、

＊相良連、雪門。

【貫一旧蔵句合返草合本Ⅱ】　＊弘化頃

05桐々園鳳嶺評月次混題句合　写一丁　柱「八月分」　催主、柳水　(天)撫牛

満まさる水のあかるし今日の月　一氷

軸　眼についてあしのふまれぬ落穂かな　鳳嶺

＊軸前は地元古老一氷。貫一も入句。

06知石評冬句合　写一丁　催主、ムメダ竹子　(天)器友

五点　訪ふ人を珍敷がるや落葉の戸　　ヲカザキ貫一
軸　月澄《すむ》や朝まで木兎《づく》の啼つゞき　　判者

07長水居（知石）評 秋二十四句合　写一丁　催主、如桂・浦牛　(天)器友　(地)四十六、貫一
夜田刈《かる》や炬燃《まつもえ》去りて手くらがり　　ヲカザキ貫一
聞に行《いけ》ばあいにく鳴《なか》ぬかじか哉
軸　咲しほにひと荒あれて山の菊　　知石

＊05鳳嶺評と0607知石評二種の手書き句合返草が遺存、両方にベテラン貫一が出句、貫一が強力に二人をバックアップしている。

16神明宮奉額句合　青々処卓池評　一丁　催主、紫石・路白・梅里
軸　夜ばなしの朝「　　」哉　　卓池
尾をふつて鳴ずにゐるや雨の鵙　　ナカノ知石

＊卓池は弘化三年八月没。

17五柿園評月並（三四月分）　二丁　催主、応山　(天)ミホハマ御園

＊最初の「五」は月並の興行回数。嘉永二年か。「五点之部」に鳳嶺は二句、知石は「五点之部」に、

○長う見て居れば冷つく若葉哉　アサバ知石
道へ出てしつけ糸ぬく袷《あはせ》哉　、
来かゝると朝夕来《きた》る鹿の子哉　知石

の三句、「六印ノ部」には左の一句を収録。

出代《でがはり》の跡おひするや疱瘡《はうさう》やみ　知石

＊肩書「アサバ」は、慶長頃、中野など三十三箇村を「浅羽大囲堤」で囲む太田川・原野谷《はらのや》川の河川改修工事を実施、その区域を浅羽と称した。中野村（現、磐田市豊浜中野）は早くは横須賀藩領、享保以降は掛川藩領（『静岡県の地名』）。

†

嵐牛への入門

嵐牛の『嘉永三年俳諧どめ』（『資料集』未収）によると、嘉永三年（一八五〇）初夏頃、知石は初めて嵐牛に連句の指導を受け、

卯の花の戸口すさまじ北明り　嵐牛
蚊を吹ちらす暁の風　知石

以下の両吟歌仙を巻いている。前後に

幕の裾吹度《ふくたび》見ゆる牡丹哉　嵐牛

以下、鳳嶺との両吟歌仙、

はづす時亦ひとしめや鮓の圧《おし》　知石

ぽち〳〵蕾《つぼ》む鉢の水艸　嵐牛

鳰《にほ》の声聞えずなれば昼過て　鳳嶺

以下の三吟半歌仙が収められ、鳳嶺の仲介で実質的には入門したようだが、まだ遊俳の嵐牛は二人から名簿《みようぶ》を受け取っておらず、業俳になってからもそのままで、その結果、柿園入門録には二人の名は見えない。

【貫一旧蔵句合返草合本Ⅱ】に含まれる、

29柿園評句合（嘉永六年・一八五三）　七月分　催主、桂堂・素来・応山　㊝可遊

＊【晴笠旧蔵句合返草合本Ⅰ】の18にも綴じられる。中野の先輩鳳嶺、近隣のフクデ芦清・春谷兄弟、ヲカザキ貫一・知為（後号椿谷）父子らに交じり、左の句を収録。

五点　しその穂をつめば鳴止《なきやむ》いとゞかな　中ノ知石

【晴笠旧蔵句合返草合本Ⅰ】に含まれる、

15芙蓉園（鳳嶺）評月並八句合　卯月分　写一丁　催主、中ノ金賀・志清　㊝芦清

副評丘窩（知石）㊝近潮

竹植や外で酒のむ朝機嫌　　知石

軸　仮初《かりそめ》にはいりて蚊帳《かや》に鼾《いびき》かな　　鳳嶺

＊右はⅤの⑵に既述。「柿園評月並句合」で見せた嵐牛の的確な推敲に感嘆した鳳嶺や知石らは、年上にもかかわらず貫一が入門したように、次第に「柿園評月並句合」に句を投じ、柿園門に帰して行ったのである。

なお、軸句から「丘窩」が知石の別号と知れ、鳳嶺は地元の後輩知石を引き立てようとしていたのである。

†

嘉永七年の浅羽・二俣出杖

嵐牛は嘉永七年（一八五四）晩春から初夏にかけて中野の竹明や隣村福田《ふくで》（磐田市）の芦清（のち晴笠）、弟春谷、岡崎（袋井市）の貫一などを歴訪、知石は再び鳳嶺とともに嵐牛の連句指導を受ける。

嵐牛はまず中野の鳳嶺と両吟二歌仙を巻き、続いて知石と、

葉まけして盛の遅し山ざくら　　嵐牛

蚊を吹ちらす暁の風　知石」
日の直る朝風寒し黄《きば》み麦　知石
子ばかり多き蜉蝣《ふいうねつき》稲春　嵐牛
以下の歌仙二巻を両吟、八月にも嵐牛の来遊を得て、
一葉提て見上る桐の梢かな　嵐牛
暑《あつさ》さめゆく三日月の照　知石」
以下の両吟歌仙と、
待宵や松を離るゝ五位の声　竹明
霧薄々とのこる山際　知石
土産には足らぬ柴栗撰り分て　鳳嶺
面倒ながら火を打［つか］す　嵐牛
以下の四吟歌仙の計二巻の指導を仰ぐ。

†

葛飾派の橋頭堡、中泉

【晴笠旧蔵句合返草合本Ⅲ】を点検すると、

16月次癸丑（嘉永六年）十月分福徳社奉灯　催主、素楽・素雪・素成　全四丁

今日庵素柳宗匠撰　㊝百梅　㊞知石

衡日亭喜瓢評　㊝松緑　番外、知石ほか

大補集、知石・趙山ら十一名

出る月の光りすさまじ波の上　知石

しか鳴や客もあるじもひとつ膳　趙山《ちようさん》

軸　安民　十月の中の十日も杵唄哉　判者　素柳

と、遠州俳壇には想定外の葛飾派評者による句合に遭遇する。

同派は芭蕉の親友、山口素堂の流れを汲み、その主流が今日庵、別派が其日庵を称し、小林一茶の属した流派だが、幕臣だった宗匠が多く、幕府の代官所のある中泉の旧家山田家には、文化十一年（一八一四）、葛飾派の其日庵白芹が来遊、同家の十代目当主自口や鉄支らと連句を遺しているという（塚本五郎著『郷土遠江の調査研究』五五ページ）。

試みに筆者蔵の白芹編『元除遍覧』（文化四年、六年、八年）を覗いてみたところ、四年版には「遠中泉／無迹亭連」として、

家居うつす事を賀して

礎のかたまる春の雨楽し　　好莠斎自口

以下、低行・歌平・拾古・吐鳳・倶集・子方六名の春頌発句が見開き挿絵入りで載っている。六年版は連中四名、八年版は自口の句のみで、連中の載る丁が落丁で不明。白芹は五世其日庵。俗名は関根三衛門昭房。江戸馬喰町の住で、百姓宿を営んだ。文化十四年没（『葛飾蕉門分脈系図』）。

【晴笠旧蔵句合返草合本Ⅰ】には、同系統の、

27 遠州 **中島社奉額**　今日庵宗匠（素柳）・此日庵宗匠（素養）両撰

催主、和日斎素楽　嘉永七年（一八五四）初春開巻　全四丁

長水所知石・灯花園趙山・芙蓉園鳳嶺撰

竹日庵素遊・緩日斎素映・静日庵里牛・瓢荷坊素成評

山の端に朝月さえてかいつぶり　　判者 鳳嶺

風きよしそよぐも花のひとさかり　　遠 趙山

糊の干《ひ》ぬ障子へ来るや梅のかげ　　州 知石

楽多若歳時

見よや〳〵心の花もちらぬうち　　判者 素養

神は正直の頭《かうべ》に宿り給ふといへるを
ずつしりと月の居《すわ》りし野梅かな　　判者　素柳

も含まれる。「集句員五千八百余章」と大規模な句合で、多くの遠州作者が入句、副評七名の内、鳳嶺・趙山《岩滑住》・知石の三名が遠州の人で、「大補助（世話人）」十六名中、遠州は掛川・岡田・岡山・横須賀・中泉（四名）の八名、入句する五十一句の内、**中泉**の作者の句は八句を数える。遠州判者の人選は、企画者の素楽（楚羅久とも表記）が、実績から判断した結果であろう。今日庵評で長水（知石）は「地」の成績となっている。
所見の合本類には、ほかに同派句合の返草を見出さない。

†

大地震・洪水からの再起

柿園門となった知石は『其まゝ』初編（安政三年・一八五六）から参加、発句十三が入集、
捨鶏《すてどり》の人をしたふや札納　　知石
の佳句が交じるものの、平凡・低調に終始している。
しかし、二編（翌四年）になると、知碩と改号、句も卑小な生物を凝視し、
飛ぶ螽火《いなご》によるまでに弱りけり　　知碩

燃えしきる榾《ほた》にも蟻の行来《ゆきき》かな　〃

といった生命の根源に迫る秀吟をものし、地域の指導的存在と目されるようになる。

月並句合での活動を調べてみると、

【田中明旧蔵句合返草合本Ⅰ】　＊原則、写一丁

25長水処評月次四月分句合　催主、可涼　(天)里松　＊年代不明

軸　振てみる袂もをかしはつ袷　知石

44長水処評月次五月分　催主、可涼　(天)尺樹　＊年代不明

軸　朝隈《あさくま》の際立湖《うみ》や時鳥　知石

26長水処評月次閏五月（安政四年）**分**　催主、可涼　(天)椿谷

軸　花咲ば葎もをかし庵の垣　知石

つれ〴〵の雨をかづけや水鶏聞《くひなきき》　、

27柿園嵐牛評季並句合夏之部　催主、長水　「丁巳（安政四年）夏」奥　(天)岳丈

軸　労《つか》れ鵜の火をまばゆげにかゞみけり　嵐牛

28長水所夏乱句合　催主、南桑　(天)四山　＊軸句欠　＊年代不明

29長水処評月並六月分　催主、可涼　(天)柳水　＊年代不明

軸　青鷺の来なる丶池の濁り哉　知石

31長水処評月並七月分　催主、可涼　「丁巳（安政四年）之秋」奥　(天)竹風

軸　それと気のつけば寝られず荻の声　知石

35長水処評月並八月分　催主、可涼　(天)椿谷　＊年代不明

軸　黒〳〵とかげひく山や雨のつき　知石

41長水処評月並句合　催主、可涼　「巳（安政四年）之九月」奥　(天)四山

軸　旗雲やみえつゝうすき三日の月　知石

47長水処評月次冬混題句合　「十月分」奥　催主、可涼　(天)四山　＊年代不明

軸　何おもふ顔付もなし年木樵《としきこり》　長水処

48長水処評月次冬混題句合　催主、可涼　(天)啓道　＊年代不明

軸　鴎のみ見ゆる洲崎のしぐれかな　判者

50長水処評月並句合　催主、可涼　「巳之十二月分」奥　(天)四山

軸　年内立春　ちらほらと梅も咲けりとしの春　知碩

＊知碩への改号は、安政四年十二月と確定する。

54長水処評春夏句合　催主、甘雨・菁々　「戊午（安政五年）夏」奥

軸　芽をつまむ罪にさゝれつ稲の針　知碩

61天王弁天両社奉灯　企画社中　晴岡居（貫一）／長水処評　（天）何羨／里松　＊年代不明

軸　出はひりもしらせぬやうぞ田草取　晴岡居

六月や浅茅《あさぢ》踏よき朝ごゝろ　長水処

など、地元で小規模ながら月並句合の催主や判者を務めている。

【晴笠旧蔵句合返草合本Ⅱ】を点検すると、

17呉井園（蓬宇）評秋句合　催主、長水　（天）桂泉

軸　仲秋無月　雨の月ひと夜に秋は寂にけり　蓬宇

18カマタ観音堂奉額　呉井・柿園両評　催主、寿雪ら　（天）欣雅　（地）貫一

軸　山寺や般若（御経の名）すむ時ほとゝぎす　知石

月の差《さす》かた行秋の蛍かな　蓬宇

降るものにこぼるゝ月の光かな　嵐牛

22福田六社大明神奉灯献句　催主、フクデ寿水　柱刻「巳（安政四年）九月」

長水処知石評　（天）熙月　曠所斎晴笠評　（天）杏林　惜寸堂澄霞評　（天）静嘉

軸　＊きなみつく稲や日もよし世並よし　知石

今朝はとてゐれば隣《へ》えひと葉かな　　晴笠
なま中に海士が家見えて秋のくれ　　澄霞

＊「きなみ」は方言で虫の名。「きなめ」とも。

などの関係句合を検出する。
安政元年の大地震の影響で停滞した句合興行の復活をもとめる声が高まったのであろう、安政四年（一八五七）頃になると貫一や鳳嶺・知碩・晴笠ら浅羽周辺の作者による活動が活発化し、年次集『其俲集』二編（安政四年）にもそれが反映される。
しかし、『そのまゝ』三編（安政五年・一八五八奥）に、
水無月十二日、古今稀なる洪水にて、水のたゝへる事、五日六日
里々を島に見なして夏悲し　　知碩
また、『そのまゝ四編』（文久元年・一八六一）にも、
さみだれいたく降つゞきて、原の谷川の洪水、家々の床をひたしゝも、夕つかたは水落かゝりて、いささか心易かりければ、
流れ来た藻屑拾うて蚊遣かな　　閑里
の句が載るように、太田川の支流原野谷川の堤防が決壊し、知碩の住む中野地域は洪水に見

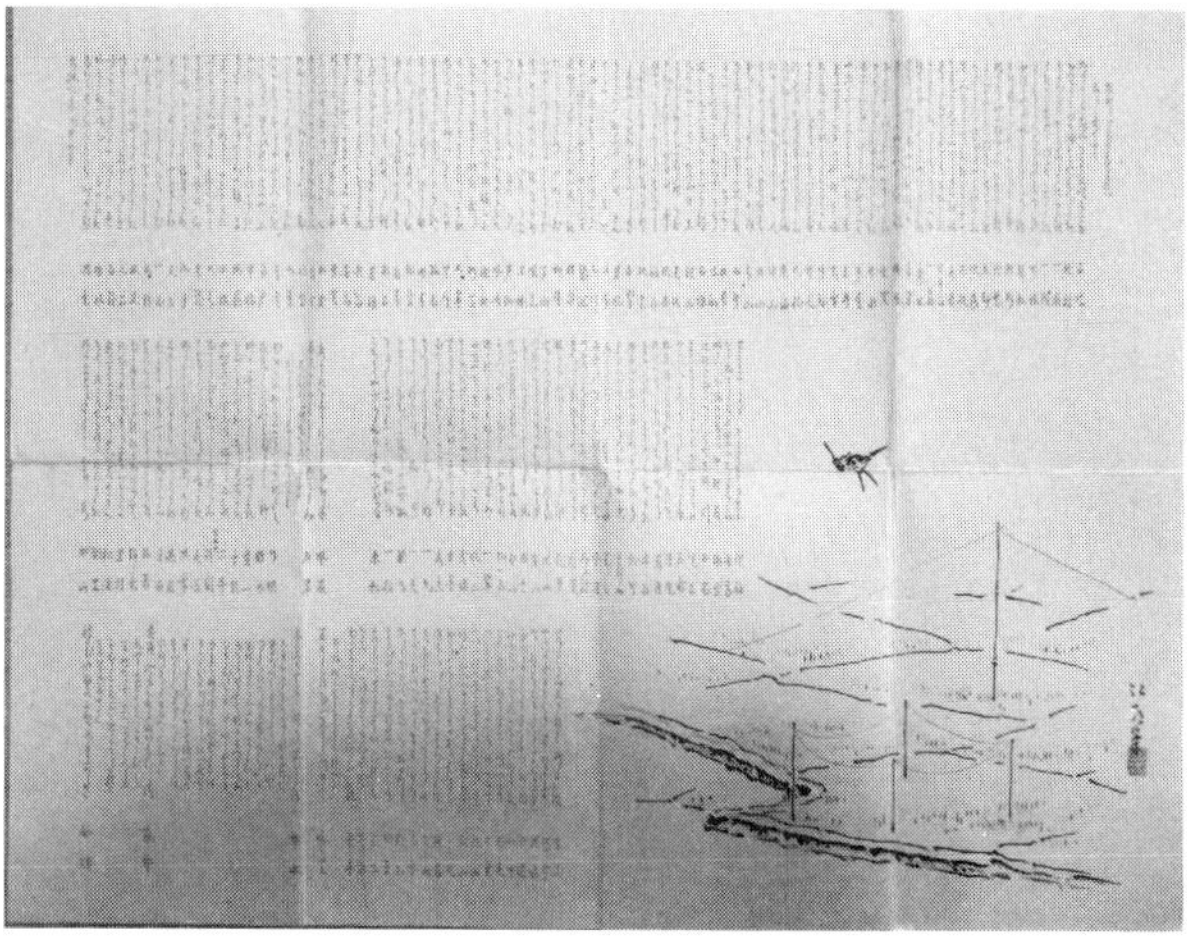

知碩新宅賀摺物「たねおろし」―大竹裕一氏蔵―

舞われる。

「柿園摺物集」（『資料集』所収）十三収録の「たねおろし」は、洪水の被害で住めなくなった家を建て替えた時の知碩自祝の横大摺物で、「安政七年（一八六〇）庚申如月」の奥付がある。

前半に各地諸家吟、後半には、

広からずせまからずよし花むしろ　鳳嶺

など同門・詞友の賀句を収め、軸には知碩の農業と俳事の豊穣を予祝した師の句、

―前書略―

敷継《しきつぐ》やもえ出る籾《もみ》の青むしろ　嵐牛

と、知碩自身の新築の僭上を弁解する、

あやしの茅舎をつくりけるに、いかでわたましのむしろを、と人々のすゝむるにまかせんもおこがましけれど、そのいそぎの中に、

待花や壁のかわきのもどかしき　知碩

の句文を据えている。

†

壮年期以降の活動

伊藤鎌次郎著『柿園嵐牛翁』（昭和六十年）は、「常々嵐牛は、俳諧は太平の余波、句を作るより田を作れ、といって門人を諭した」と伝えるけれども、その真偽はともかく、安政七年（一八六〇）秋、誘われて嵐牛が岡崎連中と長嶽山に茸狩りを楽しんだ折、知碩も参加、師を囲んで連句を巻いた後は、文久元年（一八六一）に両吟二巻（ともに未満）があるだけで、連句を楽しむ時間も惜しんで農事に励んだのではあるまいか。

同門後輩の湛水（水音）が遺句集『知碩発句集』の序に、「寒微（貧寒）の家に生れ、耕余蛍雪、みづから学びて、諸書に渉猟すること博かりき」と述べる通り、

駒ノ隙応《まさ》ニ惜ムニ堪フベク

蛍窓宜シク旃《これ》ヲ勉ムベシ

みじか夜も唯は更さぬ机かな　知碩

と刻苦勉励をモットーとし、農事にも俳諧にも励んだようで、慶応二年には嵐牛や同門の貫一・為舟と三名で書籍講を発起、俳書など八十点ほどを江戸の書肆から取り寄せている。

知碩が知命（五十歳）を過ぎた慶応三、四年（一八六七、八）の「柿園日記」では二度柿園に来泊し（一度は二泊）、ほかに書簡や配り物の記事が三回ばかり出て来る。森での芭蕉翁の供養「花会《はなえ》」（四年三月十七日）の折には二十人余が参集、知碩や若き日の十湖（十九歳）も浜松在の中善地《なかぜんじ》（東区豊西町）から遙々出掛け、五十韻の連句をともに満尾させている。少しは句作のゆとりも生じたのであろうか。

†

大島学校に授業生として奉職

明治六年（一八七三）十二月、中野村の南隣、大島村《おおじまむら》（現、磐田市豊浜）に大島学校が出来、「訓導」は二名で、知碩こと加藤吉重は、「授業生」として就任し、俸給は金四円。同十一年八月に六十五歳で解任となっている（『大島学校　沿革誌』）。前引『加藤知碩集』に知碩が記した大島学校『校務日誌』の序文が、

善人の善をなすに其日足らずとある、ふるき謂をおもへば、老の齢ひをむだに過にし（せ）はいと悔しけれ。―中略―されば、此冊は日々変更の形勢、音信、見聞、訪ひ来まさ（せ）る人々の進退、言語も洩さず誌して、善人の善を為すに擬してものしつるなり。

明治九年丙子一月十二日

加藤 知碩 印

と引用され、『知碩発句集』の中にも、

以誠心為本

直なるをこゝろに伸よ若柳

以勤労為主

雪霜を経ねば薫らじ梅の花

以推譲為用

ひとにやるのは先へ摘薺《つむなづな》かな

若き人にしめす

朝がほのさかりを人に見らるゝな

などの教訓句が見える。

†

晩年の事績

明治九年（一八七八）五月二十八日夜、師嵐牛が亡くなると、その訃報を受けた知碩の香篔は二日後の三十日に届く（香篔帳）。

平台編『柿園嵐牛悼控』（『資料集』所収）によれば、香篔とともに、

師翁の遠行をいたみて

是からは塚をたよりや夏木立　　知碩

の悼句を送り、十月二十八日、日坂法讃寺で息洋々と催した追善会では、

物よみてはやゝなげき、筆とりては泪をながし、師翁の霊前にぬかづきて、

叱られしこともひ出す時雨かな　　知碩

の句を手向けており、同じ会では、

秋風の衣を通す夕辺かな　　嵐牛居士

の遺章による脇起こしの俳諧之連歌（七十八句）を参加二十一名とともに巻いている。

翌十年九月九日には、東京から来遊した橘田春湖《きつたしゅんこ》を交え、門人月査の住持する岩水寺《がんすいじ》（浜松市浜北区根堅）で一周忌の祭筵を設け、同じ嵐牛の遺章による脇起こしの追善之俳諧、

秋風の衣をとおす夕辺かな　　柿園嵐牛

たゞ仰ぎ見る庭の月影　　知碩

以下の五十韻を巻き（洋々書留『俳諧どめ』）、それに手を加えて追善集『山月集』を刊行する（翌十一年九月、柿園社中蔵版）。足立湛水《たんすい》が序を、知碩が跋を寄せ、「是からは」の悼句も収められる。

晩年も知碩は早苗社中を率いて活躍、明治三十四年（一九〇一）、社中の編纂した『米寿祝賀句集』を贈られ、その年、八十八歳の天寿を全うした。翌年、社中の秋野湖洲が『知碩発句集』を刊行、湛水山人が序を寄せている。

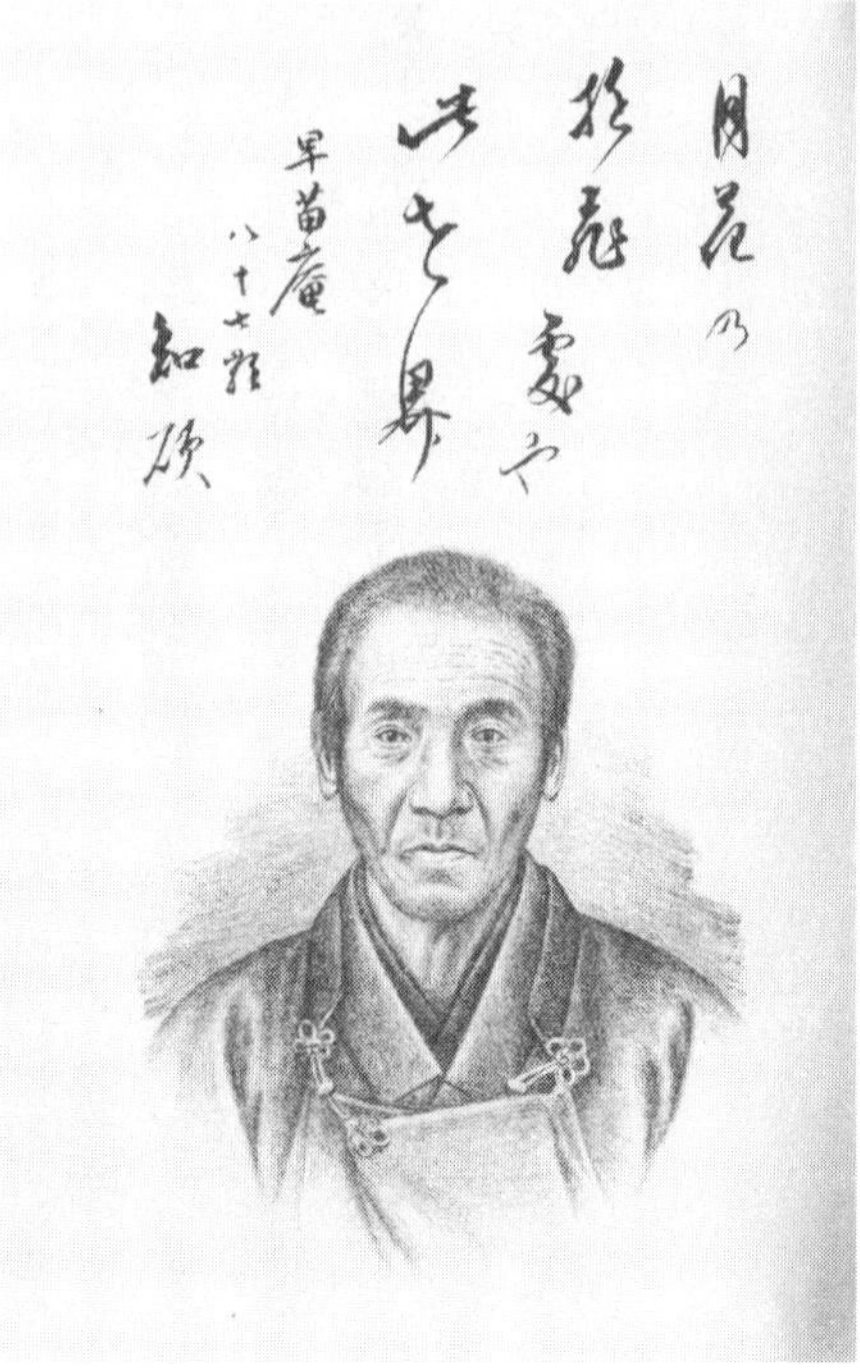

―**『知碩発句集』**（筆者蔵）口絵―

月花の
遊び処や
此世界
早苗庵
八十七齢
知碩

（5）入門第一号、芦清（晴笠）

大竹家訪問と襲蔵品の概容

嵐牛門下四天王の一人とされる晴笠のご子孫、大竹裕一・靖子ご夫妻は関西にお住まいで、定期的に磐田市福田《ふくで》の実家に通われ、お屋敷と庭、書画・蔵書、土地などの管理をされているとのこと。「嵐牛とその仲間たち」（俳誌『蜻蛉』連載）を執筆するため、福田に来られる日の午後、お屋敷に訪問し、内部やご襲蔵の墨跡・遺品・書籍他を拝見、お話を伺う。

玄関から上がった七畳間の柱に**嵐牛**らの聯二枚が掛けられており、思わず歓声を上げる。しかし、解読に難渋、漸く、表と裏に書いてある句を、

（春）鳥の巣やこゝろおきなきかけ処　文升斎済美
（夏）晴くちの雨吹まどやわか楓　白童子
（秋）霧ごしに人たつ浦のよあけ哉　嵐　牛
（冬）画眉鳥《ほほじろ》なくしはす日和の茶原哉　嵐　牛

と判読する――春の済美は雪門、掛川住の直文であろう――。鴨居に、母家を増築した時に**嵐牛**が贈った賀の句文懐紙「（前書略）雪しもに色ます竹の林かな　白童子」が表装され、掲げ

てある（図版参照）。嵐牛は安政の大地震にも被害がなかったように書いているけれども、実際は半潰で、同四年十二月、棟梁大工八名が立替え上棟したと記す棟札を見せて頂き、墨痕の生々しさに戦慄を覚えた。

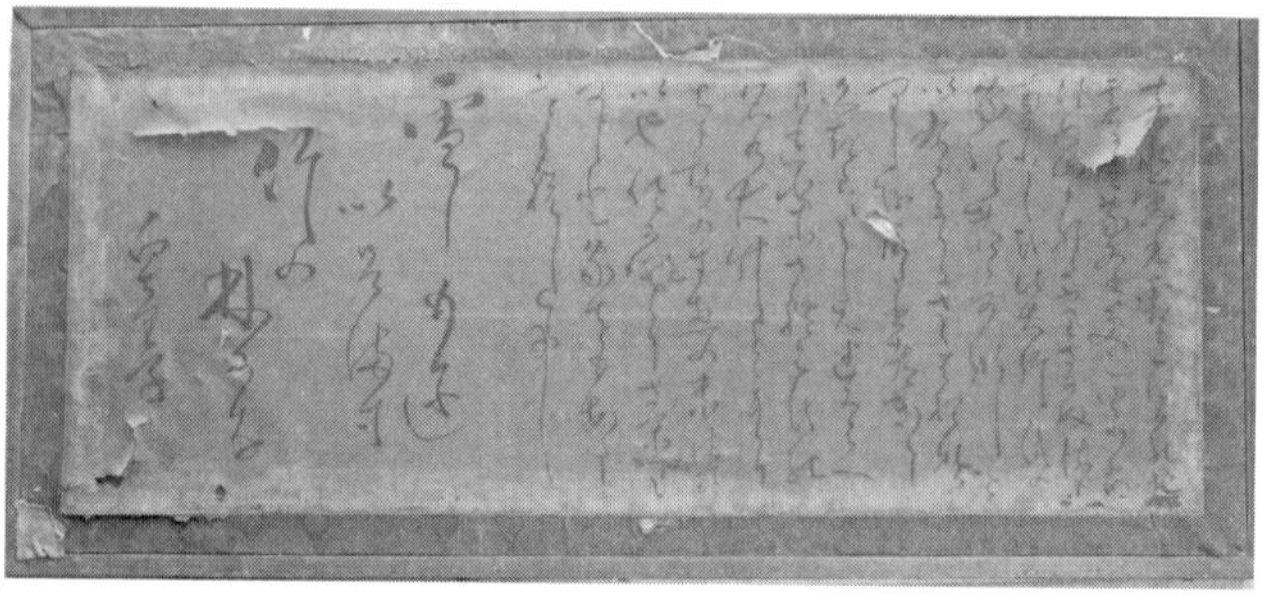

嵐牛句文懐紙
嘉永寅年霜月四日の地震には家居は更也、ゆり崩さぬ山もなく、ふりさかぬ流れもなかりしを、此大竹氏の家のみつゝがなしといふばかりにさゝはりなかりしを、こたびつき〲しく、きら〱しく建くはへられたり。されば氏の名の大竹と共に、ちとせの末のすゑまでもいやさかえに栄よかしと、家をもあるじをも祝して、

雪しもに
いろます
竹の林かな
白童子

奥の間に招じられて、地元教育委員会が大竹家を紹介したパンフレットなど一式を頂戴し、ご襲蔵の晴笠・湘堂親子、嵐牛らの書画幅等について一通りの説明を伺い、磐田市歴史文書館で大竹家襲蔵資料を目録化したものを拝見し、その豊富さに圧倒される。幸いそれら書画・墨蹟は撮影してあるとのことで、後日撮影データも送って頂き、感謝の他はなかった。

残った時間は、増築された部屋に広げられた多彩な書籍を拝見した。なかでも、晴笠が入門した嘉永七年（一八五四）の嵐牛浄書『両吟二歌仙』、知碩稿本『嵐牛発句集拾遺』（明治十五年知碩序）、稿本『晴笠発句集』（巻首は明治十三年の自筆略歴）などは、またとない収穫であった。

豊富な書画墨蹟や書籍を目にして興奮の余り、人目に触れず秘蔵されているのは勿体ない、「友の会」の皆さんに展示会などの形で見て頂くなら、大層喜ばれるのでは、と勝手な放言をしたところ、ご夫妻から前向きのご返答を頂き、平成二十八年（二〇一六）八月二十一日午後、「嵐牛友の会」例会として、大竹邸で展示会（「大竹家見学会」）を催して頂いた。部屋・廊下の造作を含めた準備、当日の展示と管理、後始末などで甚だ面倒をお掛けしたことをお詫びし、改めて御礼申し上げる。

†

晴笠の略歴

略歴を概観すると、晴笠の生涯は実業界における業績が輝かしく、その壮年期は公私の業務のため、俳諧に時間を費やす余裕はなかった模様である。まず自筆句集の巻首に記された略歴を翻刻する――虫損推読の部分は［　］で括った――。

大竹晴笠、幼名清兵衛、又、豊広ト号ス。遠江国山名郡福田村之人。祖先ヨリ五代之孫、家世々冨、真宗派。文政十亥正月元日生。父ハ清太夫、母ハ安。天保十三寅年六月廿五日、母早晨［辞世］、晴笠時ニ年拾六歳ナリ。弘化元辰年八月六日、父歿ス。

時ニ年拾有八歳ナリ。翌弘化二巳年二月、妻ヲ娶ル。同年三月、村役人ニ任ゼラル。爾後清太夫ト改名。幼ヨリ俳諧［ノ］道ニ志シ、嘉永元申年（七寅年の誤り）、当国佐野郡塩井川原村、柿園嵐牛翁［ノ］門ニ入、俳名此君園晴笠ト号。嘉永三戌年、女子生。翌亥年、領主当国横須賀城主、西尾隠岐守殿ヨリ、臨事（時）用達ヲ命ゼラレ、安政元寅年、齢廿八歳之十一月四日震災、翌安政二卯十月、江戸領主御屋敷、震災ニ付、用金若干ヲ差出、右賞トシテ西尾家櫛松ノ印御紋付ノ裃拝領。安政五午年、太田川堤切込、水難。万延元申年九月、妻（ヲ）亡《なく》ス。同年十一月、再ビ妻ヲ娶ル。元治元子年春、領主ヨリ御用達頭取拝命、並ニ名（苗）字帯刀ヲ允サレ、併テ二人扶持ヲ頂戴。同年六月、養子ヲ迎フ。明治元辰年二月廿六日、強盗押入、若干金ヲ奪ハル。同年六月、天龍河堤、西ヘ溢レ込ミ、ソレニ付、京都会計官吏、同八月、池田邨ヘ派出、右堤塘修繕金若干ヲ用立。同年九月、領主御転国之際、名残トシテ領主御手自《てづから》ヨリ鉄刀木ノ吹雪（薄茶器の一種）ヲ賜ハル。明治二巳年秋ニ至リ、通名ヲ清一郎ト改ム。同四未年十一月、中泉郡政役所ヨリ区内拾五ヶ村之副長ヲ命ゼラレ、則戸籍ヲ編製。明治六酉年二月、賊難。同年同月、浜松県ヨリ区長ヲ拝命、船改役及学区取締ヲ兼任ス。同年六月、首唱トナリ福田学校ヲ創立、学資金若干ヲ献納シ、同年九月、其賞トシテ県庁ヨリ銀盃一箇ヲ賜ハル。明治十年一月、職務ヲ辞シ、家事ヲ嗣子ニ譲リ、庵ヲ邸内ニ築キ、茲《ここ》ニ閑居ス。

此際、通称ヲ晴笠ト改ム。時齢五十有一歳ナリ。

明治十三年の冬日(印「晴笠」)

《俳 歴》

†

月並句合からの出発

当時の俳壇状況を端的に語る資料は、晴笠の場合も、同家に伝存する月並句合の返草合本三冊であった。年代の早い合本Ⅰの内訳は以下の通りである。

＊アラビア数字は出現順を示す。

【晴笠旧蔵句合返草合本Ⅰ】

1 **一夜庵(烏谷)宗匠評月並酉四月分** 軸一夜庵 ＊貫一入る。
2 **一夜庵宗匠評月並酉五月分** 福田催主煕月・雲龍・登鯉 軸烏谷 ＊芦清・貫一入る。
3 **一夜庵宗匠評月並酉六七両月分** 催主雲龍 軸一夜庵
4 **一夜庵宗匠評月次正月分** 柱「亥正月分」軸烏谷 ＊芦清入る。

5一夜庵発会句合　柱「辛亥（嘉永四年）春」催主桂翠ら　軸烏谷
6一夜庵宗匠評月並　柱「亥六月分」催主居由ら　軸烏谷　＊芦清入る。
7水天宮奉額一夜庵評　柱「亥秋発」催主鶴明ら　軸烏谷　＊芦清入る。
8遠府天神宮永代奉額「秋季句合」楳園杜水判　柱「亥秋発」　催主水哉　軸杜水
9一夜庵宗匠評月並　柱「亥九月分」催主桂翠ら　軸烏谷
10角力句合 柿園嵐牛・一夜庵烏谷評 催主風晧ら　＊嵐牛評に芦清・知石入る。
嘉永五年春開巻
11秋葉山一之華表《とりい》奉額十句合 一夜庵烏谷・柿園嵐牛・海老庵少風・済美堂直文評　催主渓月ら　軸済美堂ら　＊芦清・貫一入る。
12大頭龍奉額嵐牛撰花鳥四句合　催主松雄　＊芦清入る。
13川根楼掛額四季乱四句合　柿園嵐牛評　催主万玉ら　軸嵐牛
14柿園嵐牛評月並四月分　催主応山ら　＊芦清入る。
15芙蓉園（鳳嶺）評月並八句合　卯月分　催主金賀・志清
丘窩（知石）評　軸知石・鳳嶺　＊㊝芦清
16柿園嵐牛評月並五〜七月分　催主応山ら　＊芦清・貫一・知石入る。

右の十六点の句合はほぼ年代順で、最初の1～3の「酉」は嘉永二年(一八四九、己酉)、4～9の「(辛)亥」は嘉永四年(一八五一、辛亥)、10は「嘉永五壬子春」と明記、11以降は初号の芦清で入句するので嘉永七年(一八五四)以前と判明する。

晴笠は自筆略歴で、「嘉永元申年当国佐野郡塩井川原村柿園嵐牛翁ノ門ニ入、云々」と記しているけれども、名簿《みょうぶ》に徴して年次は明らかな間違いで(「柿園門人録」参照)、たぶん烏谷に入門した年代と錯覚した誤記であろう。

【田中明蔵句合返草合本Ⅰ】を参照すると、

1春湖亭芦昔評月次句合　亥二月分　催主露英ら　(天)貫之改貫一　軸春湖亭

2春湖亭芦昔評月次　三月分　**催主露英ら**　軸春湖亭

3春湖亭芦昔評月次　四月分　催主露英ら　軸春湖亭

4月空庵評春乱五句合　催主涼舟ら　奥天保十亥年　軸鶏命

5春湖亭芦昔評月次　六月分　催主露英ら　軸春湖亭

6春湖亭芦昔評月次　七月分　催主露英ら　軸春湖亭

7春湖亭芦昔評月次　八月分　催主露英ら　軸春湖亭

＊2～7は各写一丁。

とあって、貫之を貫一と改号した時期は文政十年丁亥と判断され、その時期に当たる右の1~7の「春湖亭評句合」が貫一の最初に参加した句合となる。晴笠の前号が「芦昔」の「芦」と俗名「清太夫」の「清」の一字ずつを採って「芦清」としたことが判明する。

春湖亭芦昔については、残念ながら歩月編『花のさち』(文政十年・一八二七、完粱序)に句合の催主可仲・露英と三名並んで入句し、『田中藩叢書　第五編』(昭和三十六年刊)の校訂者によって住所が「横須賀」(小笠郡大須賀町)と記される以外は不明である。

†

嵐牛宛烏谷書簡の語ること

『資料集』の「書簡の部」に収録される「(三)**烏谷**発信一通」は大竹家に遺存する唯一の烏谷書簡で、正月三日、讃岐国の今治から送られたもので、帰郷ついでに讃・豫・藝三州を長々と遊歴したが、間もなく帰路に就くので、帰着したら早速拝眉したい、と年賀を兼ねて消息したものである。

烏谷は西島氏。讃岐国丸亀の出身で、俳諧は同郷の**岱年**(前号北映)を慕って上京、数年修行の後、江戸に下り、天保十三年(一八四二)九月、帰洛するに当り、江戸の禾葉らとの歌仙三巻と諸家の発句三十二章を『みやこづと』と命名、刊行している。

三年後の弘化二年（一八四五）十一月上旬、遠州に漂泊し、柿園にも来遊、

32山蔭や昼ある霜に鳴《なく》青雀《あおじ》　嵐牛
　ひとりぴち〳〵揚る柴漬　烏谷」

33枯々の野に麗な朝日かな　烏谷
　鷺のふみたる冬のとり付　嵐牛

以下の歌仙二巻を両吟、息**初石**（のちの洋々）も同じ上旬、

30又星のかゞやき出すや宵の雪　初石
　いかでさやつく枯芦の音　烏谷
銘々に囲ひ材木印して　吟風」

31こがらしや海に入日を小薮越し　烏谷
　ひとかたまりに白き茶の花　吟風
中途にちと綱苆《つなすさ》を取交て　初石

以下の歌仙二巻を近隣の**吟風**を交えて三吟、さらに翌三年八月にも来遊、

42ぬれ芝にはじめて秋の月夜かな　烏谷
　眼先をはしる鷺のひやゝか　初石」

43末枯や旭にむかふ上り坂　初石
紙漉く家のけぶる露霜　烏谷

以下の歌仙二巻を両吟、ほかにも烏谷が加わる44 45連句二巻が初石の筆で同じ『俳諧どめ』後半部に書き留められる。烏谷の年令ははっきりしないが、嵐牛より十歳以上若く、嵐牛には父親に近い信頼感を抱き、息初石には弟のような親近感をもっていたのではあるまいか。先の嵐牛宛書簡を大竹家で拝見した時には何故同家に遺存するのか奇妙に思ったが、大竹家の遺存資料に照らして検討すると、晴笠の俳歴を語る無二の資料であることが判明した。

▽1～9の烏谷単独評「一**夜庵評句合**」(嘉永二酉年四月分～同四亥年九月分)が前掲【晴笠旧蔵句合返草合本Ⅰ】の内、

←

▽10の「**角力句合**」になると柿園嵐牛・一夜庵烏谷の両評で、「嘉永五壬子春開巻」と明記される。

←

▽11「**秋葉山一之華表奉額十句合**」になると、遠府(見付)の烏谷単評が、柿園嵐牛・海老庵少風・済美堂直文との四評となり、評者たちの勢力範囲が拡散する。

▽12・13は狭い地域の単発奉納・懸額句合だが、14では完全に「柿園評」を表に謳う月並句合となる。芦清（のちの晴笠）は、それらの句合で、弟の春谷とともに活躍、「柿園評月並」の成長とともに有力メンバーとなる。

烏谷の長期不在

嘉永六年（一八五三）初夏、目的は不明だが、烏谷は久し振りに帰国することになり、旅立ちに際し、門人格となっていた芦清（晴笠）に、不在中の俳諧の指導に嵐牛を推薦したらしく、それに従った結果が、前掲【晴笠旧蔵句合返草合本Ⅰ】の14、16〜24の嵐牛評句合で、

五点ノ部　乗合は皆漕なれず蓮見ぶね　フクデ芦清
　　　　　ゆめに見た人来て起す昼寝かな　、春谷
巻中揮毫ノ部　枯た気で居たに接木の夏芽哉　春谷

などの句が評価され、以後、鳳嶺・知石・貫一ら先輩に伍して常連となっていく。

翌七年、嵐牛は家督を息洋々（前号初石）に譲ったらしく、俳諧に専念し始める。中野（磐田市豊浜中野）連中に招かれて嵐牛が来遊するとの報に接した芦清は、対面での指導を仰ぐ

べく嵐牛に消息、来宅の約束を取り付け、帰国中の烏谷にそれを報告した。知らされた烏谷は、芦清宛の年始状に、嵐牛が来たら渡すよう書き添え、嵐牛宛の年始状も認め、同封したのである。

麗らかな気候となった三月、嵐牛は中野の鳳嶺、知石、竹明、貫一との風交を終えた後、**福田**《ふくで》（磐田市福田）の大竹家に移動、芦清・春谷兄弟と両吟各二歌仙、

声ごとに走り出さうなきゞすかな　嵐牛
　はやそよぐまで伸し若艸　芦清」
葉桜や往《い》たなり見えぬ碁の相手　芦清
　雨降出せば方目鳥《（ごい）》の啼出す　嵐牛」

＊「方目鳥」は『和漢三才図会』によれば、「旋目鳥」「方目」などの字を宛て、「ほしごい」「みぞごい」などと呼ぶ。ゴイサギの仲間。

何せうと毎日おもふ長閑哉　嵐牛
　どこともしれぬ雀子の声　春谷」
上り日の東雲寒き四月かな　春谷
　今に雲雀の多き麦跡　嵐牛

下略、計歌仙四巻を唱和、芦清との「両吟二歌仙」は嵐牛が自筆で清書した稿本を遺し、それには芦清発句による巻を先に収め、罫線料紙の子持ち郭外に「嘉永七年甲寅三月於曠処斎興行」と前書きしている。その折、嵐牛に正式に提出した名簿《みょうぶ》には、「芦清、曠所斎　大竹清太夫豊広　山名郡福田村／嘉永七年庚申三月廿一日」とあるが、「柿園門人録」によれば嵐牛の最初の入門者で、嵐牛自身の意識の有無にかかわらず、遊俳から業俳（宗匠）へと飛躍する契機となった。

岡崎（袋井市）の鈴木家に襲蔵される貫一資料のなかに混入する、

藪椿門はむぐらの若葉かな　芭蕉翁
朝はみだれのもどるうぐひす　嵐牛
用心の水いたづらに盈《みた》させて　春谷
机場出ては外カあるきする　芦清
いざよふと見る間によほど登る月　知石
気どくにわたす秋の川舟　貫一
ゥしば〳〵に鳴子の番のまはり来る　竹明

以下の脇起こし六吟歌仙は、嵐牛留杖中の一日、知石が入門したての初心者たちを誘って福田の大竹家まで押しかけ、記念に芭蕉発句による脇起こし歌仙を発企、一順を付けた後、更に寸龍・志清が加わり、満尾させたものであろう。
資料館に襲蔵される芦清入門時の名簿《みょうぶ》には、三月廿一日の芦清号のものと、四月の晴笠と改号してからのものと、二通ある。芦清号は横須賀の春湖亭芦昔から一字をもらった号だったので、嵐牛に入門後、改めて晴笠号で再提出したのである。

†

『俳諧どめ』の於此君園興行

嘉永七年の後、晴笠は世事に多忙を極めたと思われるが、『俳諧どめ』を通覧すると、

安政七年（一八六〇）申弥生、於此君園

さく〳〵と凍《いて》踏（む）浦の梅見かな　春谷」

暖《ぬく》い砂ふみ草臥《くたびれ》て啼（く）ひばり　嵐牛」

夜毎にはまだ鳴兼る蛙かな　晴笠」

の各立句による嵐牛・晴笠・春谷の三吟歌仙三巻、文久元年（一八六一）の

正月廿八日始、福田晴笠亭興行

寒くともこらえ能日《よき》や梅の花　晴笠

ひたきちら〳〵来ては囀る　嵐牛
水替た桶の蜆の砂吹て　春谷」
伐枝《きりえだ》の登れば遠き柳哉　嵐牛
くるひながらに吹れ来（る）蝶　春谷
日永さに折々椽も掃（き）出して　晴笠」

の三吟歌仙二巻、文久二年（一八六二）冬の

吹き起す笹のけしきや冬の月　晴笠
雪の洲先の遠き波音　拾山
乗りごゝろ気侭に馬を歩行《あるか》せて　嵐牛
包に入（れ）し矢立失ふ　春谷」
月に見るものゝ初めやうめの花　嵐牛
暫くたもつ頃のあわゆき　春谷
海苔の香の通ふ襖《ふすま》を明させて　晴笠
ひとり〳〵に硯出すなり　拾山」

の四吟歌仙二巻が『俳諧どめ』に書き留められる。拾山日記の明治元年十一月十二日の記事

によれば、嵐牛の来遊を聞きつけて福田の大竹清太夫＝晴笠宅に同伴、一泊するが、『俳諧どめ』に連句は書き留められていない。

†『そのまゝ』と晴笠

柿園社中となった晴笠は、社中の年次集『そのまゝ』に参加、初編には十二句、二編にも十二句、三編には九句、四編には十句、五編も十句、六編には六句が入集する。

柿園閑話

夜の明るころや水鶏《くひな》もみだれ啼《なき》　（初編）
むしぼしや物見かゝりてはかどらず　（二編）
葉ざくらや掃除しかけて留主の家　（三編）
あゆ見ゆる川やてんでに歩行《かち》渡り　（四編）
逃込（ん）だ鹿子顔出す小《お》ざゝかな　（〃）
待《まつ》日には音もせぬなり氷うり　（五編）
手短な朝あきなひや蛭子講《えびすかう》　（六編）

など的確な把握・表現で、世事同様、俳事にも達者な人物であった。

†一夜庵烏谷宗匠評待請句合

【晴笠旧蔵句合返草合本Ⅰ】の25に待請句合が綴じられ、柱刻に「丑（嘉永癸丑、六年）五月発　壱（二）」とある。烏谷が帰国中、五月〆切りで、**待請句合**が催されたことが判る。前述の嵐牛宛烏谷書簡は翌七年正月三日付で、句合の発起（＝〆切り）は五月なので、半年以上経過しているので、早く帰庵し、句の選評・開巻を急がなければならなかったのだが……。

†烏谷の晩年と最期

【晴笠旧蔵句合返草合本Ⅱ】には、1〜6、8、9の「**柿園嵐牛評月並句合**」（正月分〜七月、閏七月分）に続き、

10東貝塚**薬師堂奉額　尺樹庵烏谷評**　柱「**嘉永七寅秋発**」　催主竹月ら五名

11遠府蓮光寺薬師堂永代奉額　尺樹庵烏谷評　柱「**嘉永七寅秋発**」　催主南陽・波青

とあって、烏谷は秋までには遠州見付に戻り、新庵を尺樹庵と名付けて、判者生活を再開する。しかし、遺存する当時の烏谷評は寺社の奉納句合評が大半で、月並句合の常連は揃って「柿園評月並」に移ったらしく、烏谷評月並句合は管見に入らなくなる。開巻が一年半もの

遅延で催主（巻元）に苦情が殺到、月並の催主のなり手がいなくなったのであろう。
烏谷は安政半ば尺樹庵から黙養庵に移り、文久三年（一八六三）二月十五日、妻子を遺し、世を去った（享年五十余）。嵐牛は、その知らせに、

黙養庵のあるじ身まかられし、と教子たちの訃音におどろきて、かゞな（日々並）べみれば、旧識廿余年、范臣卿（越王勾践の賢臣范蠡《はんれい》）が信なくして紼《つな》（葬礼の引き綱）をとらざるをくゆ。

さればとてあとも追れずちる桜（『句集草稿二編』）

と追悼吟を手向けている。見付の門人聴雨が追善集『ゆくかり集』を編むが、同書に寄せた嵐牛の句は、

袖までは風のとゞかぬ夏野哉

で、袖が涙でぐっしょり濡れ、夏野を吹く風にも乾かない、との意であろう。

†

此君園評句合と俳諧摺物

話題を晴笠に戻すと、結婚して所帯をもってからは家業にウエートを置くけれども、地元連中の要望で句合の選評を手掛け、勝句摺（返草）を発行することもまれにあった。【晴笠旧

蔵句合返草合本Ⅰ〜Ⅲ】に含まれる左記三点がそれである。

①福田六社大明神奉灯献句　秋乱五句合　長水処知石・曠所斎晴笠・惜寸堂澄霞三評

評　**柱「巳（安政四年・一八五七）九月」**　写三丁　催主フクデ寿水ら

軸　きなみつく稲や日もよし世並よし　知石

＊「きなみ」は地方により「きなめ」などといい、キリギリスや油虫などの虫をいう。

〃　今朝はとてゐれば隣え《（へ）》ひと葉かな　晴笠　＊「ひと葉」は、桐一葉の略。

〃　なま中に海士が家見えて秋のくれ　澄霞

②福田観音開帳中奉灯　此君園晴笠評・柿園嵐牛先生両評　柱「安政六年（一八五九）未秋発起」

企福田此君園裡社中

軸　ひや〳〵と稲妻うける湯肌かな　嵐牛

〃　客のゐるうちにとおもふひと葉かな　晴笠

③中島稲荷永代奉額　此君園・五峰庵・柿園三評　催主フクデ可雪・梅里　三丁　年代不明

軸　ふるうちに青空見ゆる時雨かな　晴笠

〃　さゝわらと水に声あり秋のくれ　杜水　＊「さゝわら」は、笹原。

〃　かもめなく田づら一日かすみけり　嵐牛

＊中島は磐田市福田の小字。三点とも大地震からの復興を祈願し、休止していた句合を晴笠らが復活させたものであろう。

† **小摺物の発行**

世事多忙で晴笠には撰集を編纂・刊行する時間的なゆとりはなかったが、その代替として嵐牛の後援を得て歳旦・春興の小摺物を何点か発行している。「柿園摺物集」（『資料集』所収）に収録する五「**美都組**《みつくみ》」、七「**うめびしほ**」、八「**明治二年春興**」（袋欠、仮称）及び本書Ⅱの⑶春隆画作一覧にリストアップする（D）摺物の1「**下もえ**」、5「**しだのちり**」、7「**ほなが**」の計六点がそれで、色摺りの挿絵、袋付きのものが大竹家に遺存・襲蔵されている。

† **肖像画と追善集**

晴笠は明治十年一月、公職を辞して隠居し、詞友知碩から賀句を染筆した扇面を贈られる。明治十七年四月、生前の形見として望月雲荘に肖像画を描かせ、知碩から贈られた扇面と白紙の色紙を半折の肖像画に合装した。色紙には自賛の句を染筆する段取りだったが、思わしい句が出来ず、マクリのまま歳月が経過していく。

隠居から十年余が経過し、いよいよ意を決して明治廿年（一八八七）霜月、かつて春興の小摺物「うめびしほ」（「柿園摺物集」所収）の挿絵を描いてもらったことのある絵師原田圭岳を、わざわざ東京本所から呼び寄せ、肖像画を描かせた。上部余白には首尾良く画賛句を染筆し、立派に表装したのが次の肖像画賛の絹本である。

晴笠（印）

時雨にも
ぬれず吹立
松　の　風

明治廿年霜月大竹晴笠六拾壱翁肖像

＊軸箱の蓋に「晴笠肖像　圭岳筆」と表書がある。

―大竹裕一氏蔵―

肖像賛の五年後の明治二十五年、晴笠は六十六歳で病没し、嗣子湘堂が追善集『はぎ栞』

を刊行、早苗庵知碩の序文によれば、隠居後暫く経った明治十二年二月、「ふとかろきいたつきに羅《かか》」り、「仝廿五年八月」に命終。「霜降月末の日」に知友「各寄つどひ」、追善吟を「手向けた」という。

本文冒頭には、「遺吟」として、

開かねばならぬ日和や梅の花　　晴笠

梅見るも嬉し日和も又うれし

御題　晴天鶴

鶴のなく空や曇らぬ初日かげ

初老ひとつの春

咥らしや最う筆先は霞行

など数章が収められるが、その句柄からも人となりが偲ばれよう。

(6) 二俣連の加入、石坡・石翠・くに女

石龍と石坡

嵐牛は、嘉永七年（一八五四）八月に浅羽・中野に出杖、鳳嶺・知石らと歌仙一巻を巻いた後、恐らく書信などで要請があったのであろう、九月になって高弟平台を伴って天竜川中流、舟運と陸路の要衝として中世から栄える二俣に廻り、同地連中と、

嘉永七寅九月、於石翠亭興行

木枯や有明しらむ松の上　石翠

―下略、平台・嵐牛の三吟半歌仙―

ほか七巻（「俳諧どめ連句一覧」参照）を唱和し、石翠・石坡の二人は、

石翠　塩崎平兵衛　豊田郡二俣邨　嘉永七寅九月
石坡　米山和右衛門　〃　〃
（「柿園門人録」）

の名簿《みようぶ》を提出して入門した。

『天竜市史』上巻（昭和五十六年刊）では、「石坡（米山忠英、忠恕の嗣子）」と記し、大須賀

鬼卯著『東海道人物志』の「見付駅」の項の記述、

俳諧　号石龍　二俣米山惣右衛門

や、田原茂斎著『賀筵雲集録』の「遠府見付駅」中の「二俣」に、

仝（俳諧）　々（号）　石坡　米山宗右衛門

とある旨、原本の写真図版とともに指摘する。さらに同市史は、化政期の二俣地方の俳諧について詳述し、同地連中が指導者三井園（鉄斎）のバックアップを得て文政二年（一八一九）春、俳諧の一枚刷を発行し、それには村松以弘の挿絵と、三礼舎（石龍）を筆頭に、可有・山阿・文孝・梅右・雨興・有珍・石坡・逸馬・吟史、軸に三井園の句を据えているという。米山石龍（三礼舎・米山忠恕）」は雪中庵四世の大島完来や同門の三井園鉄斎に師事し、完来門の西郷完梁（田中藩士）が虫生《むしゅう》温泉に遊んだ折、二俣の米山石龍宅に寄って、句会を開いたものらし」く、その時の紀行『葛の栞』（文政三年成、同五年刊）の「秋興」に石龍・石坡ら六名の二俣連中の句が収められる。同じ頃、雪中庵五世の対山も石龍を訪ね、文政五年十一月十四日、石龍の曾孫貞次郎が生まれた時には、その喜びを、

輪廻の里は離れたれど、
人欲の我ながらおかしくて

曾孫《ひまご》あれば玄孫《やしやご》も見たし老の春　　石龍（花押）

と詠んだことも記されている。同句は、翌六年の対山編『旦暮帖』に自筆模刻が掲載され（署名左脇に「七十一歳」と傍記する）、前年、五年の同編『旦暮帖』にも自筆模刻で、

七十の春を迎え、孫石坡へ家名を譲り、齢も廿とせに隣りければ、
例の麓を教育して
こと直しこゝろ直せよはつ深空《みそら》　三礼舎石龍（花押）

と掲載されている。従って、石坡こと米山忠英は石龍の孫で、年齢は十九歳と確定し、嵐牛に入門した嘉永七年（一八五四）は五十一歳となる。管見では文政五年（一八二二）版の『旦暮帖』に載る、

雨間みて鉢おきなほす二月哉　　仝二俣石坡

の春興句が初見で、以下、逸馬・由戸・莱山の二俣連中が続く。石龍の句がないのは故人となっていたからであろう。石坡も、柿園社中の年次集『そのまゝ』（初編、安政三年・一八五六刊？）に雨竹の「石坡居士一帀忌《いつそうき》追悼」と前書きする句が見え、入門した翌年ごろに亡くなっている。

†石翠・くに女夫妻

『天竜市史』上巻では、柿園社中の年次集『そのま丶』（三編）をもとに活躍する二俣連中として、加藤雨竹（太平次、文政五年・一八二二～明治二四年・一八九一、二俣中町、醸造業、近江屋）、川島鶴明（次郎八、重喜、寛政十一年・一七九九～明治三年・一八七〇）、塩崎くに女（国、文化十年・一八一三～明治二十五年・一八九二、石翠妻）、塩崎石翠（文化三年・一八〇六～明治五年・一八七二、二俣横町）、森下耕斎（文政八年・一八二五～明治二十九年・一八九六）の五名を挙げている。とくに、

九月晦日二又石翠亭にて翁忌とりこし、

秋をしむ夜を折からのしぐれ哉　嵐牛

の前書きに着目、「嵐牛の来遊を迎えた句会もあった」などと述べているが、「俳諧どめ連句一覧」を通覧すると、既述の①嘉永七年（一八三六）九月、於石翠亭興行、石翠・平台・嵐牛三吟を皮切りに、②安政二年四月、於帷子園（石翠亭）興行、嵐牛・石翠両吟、③安政三年（一八五六）二月、於帷子園興行、同上両吟、④同年十月、於石翠亭興行、同上両吟、⑤万延元年（一八六〇）夏、石翠亭興行

麦秋や雲よりうへの山日和　嵐牛

以下、石翠・鶴明・雨竹・耕斎五吟歌仙の計五巻が石翠亭で興行されている——二俣横町は、現在、二俣町二俣で、横町は小字になっている。インターネット情報によれば富裕層の住む屋敷町のようである——。最後の一巻は『そのまゝ』四編に、発句集であるのに例外的に収録されている。しかし、同集の五編（文久四年・一八六四序）や六編（明治四年・一八七一序）をチェックしていくと、若手新人の加入がないまま同地連中は高齢化し、五編では鶴明・雨竹・石翠・くに女の四名、六編では鶴明・雨竹の二人きりとなってしまう。

(7) 四天王の殿、水音

『近代静岡の先駆者』(静岡新聞社刊) より

はじめに

嵐牛門四天王の殿《しんがり》、水音《すいおん》（後号、湛水《たんすい》）は、天保十四年（一八四三）、城東郡丹野村《きとうぐんたんのむら》（現、小笠町）の素封家、三橋家の次男として生まれた。文久三年（一八六三）、周智郡平宇《ひらう》（現、袋井市下山梨）の豪農足立家に養子入りし、六代目を継ぎ、孫六を称する。以下、足立順司氏著『平宇足立家の歴史』（一九九一年、私家版）と嵐牛・水音の遺存資料に依拠しつつ、その人と作品を紹介する。

嵐牛に入門

嵐牛の『俳諧どめ』によると、足立家に入った文久三年（一八六三）の秋、**嵐牛**を招いて巻いた、

むし狩や茅萱《ちがや》の雨に濡て来る　水音

月の出てゐる松静なり　嵐牛

以下の両吟歌仙が初出作品で、四天王のなかでは俳歴はもっとも遅い。同じ折、分家（中店）の足立孫八、俳号**尺波**や来合わせた**其常・雨洗**の二人も嵐牛と両吟したり、全員で

秋風や狩倉《かりくら》済し山のあれ　嵐牛

くれそめてなほひゞく水あび　水音

月のいもふかす間を待かねて　其常

余所の日どりの暦見てやる　尺波

望人《のぞみて》の手入してゆく青瓢　雨洗

以下の五吟歌仙を巻いている。其常は名簿《みょうぶ》（入門短冊）によると、山名郡戸羽野村（現、袋井市富里）の人。俗名は溝口時三郎、安政七年（一八六〇）の入門。『俳諧どめ』では其常の初出は文

久元年（一八六一）秋で、雨洗と尺波は翌二年（一八六二）に嵐牛と両・三吟などを巻いており、名簿は提出してないようだが、其常の仲介で尺波・雨洗の両名も二年後、さらに一年遅れで水音が入門する。

年次集『そのまゝ』では文久四年（一八六四）の五編に、

尻嗅《か》いで牡《を》のつき行くや孕み鹿　　水音

など九句が入集、順調なスタートを切る。

「柿園日記」によると、慶応三年（一八六七）秋、卓池・梅室門の拾山（Ⅳ・⑷を参照）が水音亭に来遊、嵐牛は十月十六日から十一月七日まで平宇に出杖し、さっそく風交、

あらはるゝ岩にもおくや月の露　　拾山」

機嫌よく遊ぶあはれや秋の蝶　　嵐牛

の二句を立句《たてく》として水音・尺波を加えて四吟歌仙二巻を唱和、駆けつけた其常が二巻とも後半から加わっている。しかし、嵐牛は体調を崩し、満尾しないまま這々《ほうほう》の体《てい》で帰庵し、「風邪くら〱にて、日記」も怠る体《てい》たらくだった。右二巻は尺波浄書により嵐牛の『俳諧どめ』と尺波の『俳諧どめ』（足立順司氏蔵）に収められ、嵐牛本では三十二句と三十一句までだが、尺波本では三十六句満尾、三十五句となっており、「慶応三卯小春、於松園興行」と端書きす

るなど、異同がある。

水音は年に何度か汐井川原に師を訪ね、連句指導を受けたり、蔵書を借り出したりして精進、柿園門最後の年次集『其侭集《そのまま》　六編』（明治四年・一八七一）では二十九歳の若さで序を書く破格の厚遇をされ、

今朝ははや鳥の来てうく氷哉　　水音

のほか十二句が入集している。

†

水音の編著・遺作

さらに翌明治五年には『こうがむしふ（鴻雁集）』（同年秋の自序）を刊行、二條家花ノ本宗匠の芹舎《きんしや》、江戸三老の一人春湖という東西の大立者《おおだてもの》と文音で両吟した、

降るもの、雨にさだまる柳かな　　芹舎

日永のきしに来てくるゝ舟　　水音」

斧の音ちかくも聞て初桜　　春湖

岩間を落てぬるみ持つ水　　水音

以下の二歌仙と、師嵐牛と両吟した、

建穂寺《たきようじ》のかへるさ

顧《かへりみ》もとゞかぬころや花にかね　嵐牛

かすみを吹て寒き山風　水音

＊「建穂寺」は、静岡市葵区の古刹だが、延享四年（一七四七）の火災で一山全焼、八坊が再建されるが次第に衰微、明治の神仏分離で廃寺となった。

以下の歌仙を収め、小冊ながら充実した連句集となっている。

また、同年春から夏にかけ、江戸の鳩古坊木和が東遠に来遊、当時、見付の中心的存在だった杜水の五峰庵に来合わせた尾張の梅裡、三河の蓬宇、遠江の水音・古心らと歌仙十一巻を唱和、連衆らの発句十四章を添え、『何美人《なにびじん》』と題して刊行する。水音との両吟歌仙は、

可睡（斎）にて

花も最うはやきは散て山の雨　水音

歯朶青々と下くゞる雉　木和

以下で、巻末追加に嵐牛との両吟歌仙、

小夜中山

雉子立てなほうたがはし夜泣石　嵐牛

おぼろ静に西に見る月　木和

以下を収める。跋は二巻目の両吟の作者「遠江国大井川の西董平」で、「祖翁が七小町になぞらへ題して何美人」と書名を案出し、序者は「五峰庵に同宿の無名子」と名を秘匿するが水音であろう。

水音はこの頃、尺波とともに見付の杜水を誘って浜名湖に月見を楽しみ、自筆稿本『遠湖の月』を遺している。中本全四丁の仮綴で、共紙の楮紙半丁表に「遠湖の月／水音誌」と外題、奥付はない。まず、前夜の十四日は浜松に泊まり、翌日、入出《いりで》（湖西市《こさいし》）の卓池門筌露《せんろ》らに迎えられ、湖上に舟を浮かべて月見。正大寺畔に舟を繋ぎ、宴を催す。月がやや西に傾く頃、入出に戻って宿泊。翌日は、杜水や筌露らと別れて舟で舘山寺の景勝を堪能し、気賀《きが》（浜松市北区細江町）に上陸し帰途に就く。その間の吟嚢から、適宜、句を抜萃する――作者名のない句が水音の作――。

風はう（這）て月の湖更にけり

人声は灯《ひ》のあるかた欤月の湖《うみ》　尺波

湖の秋をあつめて舘山寺

いざよひの月は細江のながめかな

†

地租改正・道路開通に尽瘁

大庄屋だった水音は、廃藩置県後の明治六年には浜松県の第二大区十七小区長に任命され、地租改正に際し、小作人の租税軽減を主張して県官と対立、罷免される。明治九年には浜松県庁に出仕、民会御用係となり、「浜松県民会」（同県民の議決機関）設立に尽力する。浜松県が廃され静岡県に合併すると、翌十年、第十一大区区長、同十二年には周智郡長、同二十五年には衆議院議員（自由党、二期）などを歴任し、公務に身を削ることになる。

しかし、三十代半ば、明治十年頃までは俳諧を嗜む余裕はあり、嵐牛の没時には哀切と痛哭の情に溢れる「終焉之記」を綴り（『資料集』「柿園嵐牛悼控」）、自筆半切が資料館に伝わるが、保存状態がよくないのが惜しまれる。一周忌追善『山月集』（明治十年秋）には序と「悼之吟」巻頭に、師を喪った痛哭の情を吐露した

山の月むかしのかげに似てかなし　湛水

を寄せ、跋の古参知碩とともに存在感を示した。

†『嵐牛発句集』を共編

また、明治十三年三月、先師の『嵐牛発句集』を上梓するに当たっては、嵐牛の『句集草稿』初・二編に兵藤平台・松島十湖と三名が目を通し、水音は句頭に朱で◯をつけ、収録句を絞り込んだ。序は江戸三老の一人春湖に依頼し、編纂事務を中心的に担った平台が代表して記した。配本時の送り状の発信者は「柿園社徒」で、洋々・平台・湛水・知碩・十湖の発句各二章を添え、文音所は小築庵春湖と伊藤清一郎（洋々）両名の住所・氏名となっている。――本書口絵図版参照――

†秋葉三尺坊大権現を可睡斎に遷《うつ》す

足立家のある平宇は、東海道の袋井宿から分岐する秋葉街道沿いに位置する。明治六年、秋葉寺が廃寺となり、秋葉三尺坊大権現の御真体がすぐ近くの古刹可睡斎に遷《うつ》された。その中心人物が水音だったらしく、たたりで足立家に不審火が頻発、烏天狗が飛んで来て災いをなすというので、天狗が止まる大木を切り、その切株が残っている。水音には、

秋葉山

鹿の声われも霜ふむ山路かな（『其侭集 六編』）

の句があり、明治十四年、松園湛水（水音）評の「可睡斎三尺坊月並奉灯」（一月分と三月分、存）も催され、没後、境内に句碑も立てられている。確度の高い噂といえよう。

水音は晩年まで政治と関わり、郡会議員、山梨町長などを勤めつつ、明治三十六年には還暦賀『とふたふみ』（安間木潤編、同跋）、同三十九年には『反古ぐるま 初篇』（自序）の俳諧集を編み——ともに『袋井市史資料集』七（昭和五十八年刊）所収——、同四十四年七月二十七日、多くの業績を遺して波乱に満ちた生涯を閉じる。享年六十九であった。

【付記】

尺波の句墓

水音を俳諧に誘ったのは分家の足立孫八、俳号尺波だと思われるが、可睡斎奥の院へ登る参道坂上に、尺波の没後に建てられた、

花と雲かさなりあうて暮にけり　　足立尺波

の句碑がある。裏に、

中足立家三世／俳号尺波　市太郎

明治七年戌四月建之／同家四世孫八

と刻され、没後間もなく建てられたものであろう。

(8) 雪香と島田嚶々連

はじめに

幕末・維新期、俳諧師嵐牛の評判が高まるとともに、柿園評月並句合の参加者も次第に増えていった。その契機と目されるのが、雪香ら島田嚶々連の加入である。以下、新収の書簡や月並句合を材料に描出してみたい。

雪香の人となり

入手した書簡はほとんどが雪香宛だが、中に空香と連名宛名のものが交じる。紅林時次郎著『島田六合大津大長郷土史稿　其ノ弐』(昭和十年、私家版)を参照すると、その三六に「○秋野平八／○秋野橘太郎」という二人の略伝がある。

［平八］温厚にして博愛心強く、敬神嵩仏の念に厚かった。明治五年正月、島田宿副戸長となり、間もなく戸長となった。明治十一年十一月二日、畏くも、明治大帝御東幸の

砌り、此の邸を行在所に遊ばさる、光栄に浴した。
［**橘太郎**］俳人として知られ、雪香と号した。明治十九年十二月、島田銀行創立、自ら頭取と為り、金融・貯蓄の為めに貢献した功績は、蓋し大なるものである。高徳にして慈善に深く、世人「糀屋の旦那」と仰いだ。大正九年一月廿四日歿。年、七十五歳。

†

『島田郷土史』（昭和六年）によると、明治四年、廃藩置県となり、島田宿に支庁を設置、しかし同年中に廃止、四月に太政官布告により庄屋、名主、年寄を廃止して戸長、副戸長を置くことになる。

翌五年正月、駿河国を八十一区に分け、島田宿はその八十一区になる。最初の戸長は杉浦龍八郎、副戸長に秋野平八、塚本孫蔵、桑原穂三郎の三名がなった。しかし、間もなく、戸長の杉浦が発狂・変死し、秋野平八に替わり、秋野に替わって森定四郎が副戸長になる。

明治六年六月、内務省の通達により大小区制度が発布され、島田宿は第六大区第十小区に編入、天野久平が区長に就任した。

こうした行政の混乱に平八は振り回され、仮に平八が空香だったとしても俳諧どころでなく、空香の句が見えなくなったとしても不思議はない。

†島田の俳壇事情と嚶々連

当時の俳壇状況を知るため、【田中明旧蔵句合返草合本Ⅰ〜Ⅵ】六点に当ると、(Ⅲ)と(Ⅵ)の二点が藤枝・島田など西駿地区のものであった。

【田中明旧蔵句合返草合本Ⅲ】

田中明メモ「元治元年甲子(一八六四)／慶応二年丙寅(一八六六)／月並奉額句集／藤枝付近」

(三十五種の句合返草合本)

内　訳

(1)**柿園**(**嵐牛**)評月並(嘉永六年〜慶応三年)・**奉額句合**、二十二回分

(2)**時雨窓**(**卓道**)評月並句合、(慶応元年七月〜翌二年九月)四回分

(3)**鳳凰楼子**(**桐棲**)評奉灯・奉額句合、(慶応元年〜翌二年)五回分

(4)**松声園**(**月彦**)評奉灯句合、二回分

大半は慶応元年(一八六五)〜翌二年の発行で、とくに島田嚶々連が催した次の句合が注目される。

○丙寅(慶応二年)春二月／柿園嵐牛翁評／豊秋稲荷奉鐙《ママ》句抄／島田嚶々連

内題「有嘉園豊秋稲荷奉灯」(1) 口絵落款「藤原維則絵(印)」―後掲図版参照―
半紙本 摺付け表紙 全三丁
催主(会東)、嚶々連/会東雪香・一釜・友清・空香―各一句省略―
奥「**福** ヌ五々 空香/**禄** 五々三 蕉雨/**寿** 五々三 雪香」
軸 松原のある町中や春の月 柿園老樵
＊本文は、「尽詞奉灯之部」五十三句、「揮毫」十一句、「造化天工」四句。催主の連の名「嚶々」は、鳥が仲良く囀り合う意。奥に掲げる勝者「福」の最初の評価「ヌ」は、「抜(き)句」の略。点取りでは、評者が秀逸とする句の上五を点帖の巻末に抜き出して書くのが古来の定型。

【田中明旧蔵句合本Ⅵ】―延松旧蔵合本―

表紙に「慶応二丙寅年ヨリ/丁卯(三)年迄分/諸宗匠句集/環翠舎」、後ろ表紙に「駿州志太郡下青島邨/飯塚延松」と墨書。二十七回分の句合返草合本。

内 訳

(1)**柿園**(**嵐牛**)評、十二回分
(2)**時雨窓**(**卓道**)評、五回分

(3)**松声園**(月彦)評、七回分

(4)**鳳凰楼子**(桐棲)評、一回分のみ

中でも左の句合が注目される。

○「三宗匠評／千葉奉額ばせを忌**句合抜萃**　**島田嚶々連**(印)」(半紙三丁)

▽前半「**千葉山観音祠奉額　句員二千八百余章**」

柿園嵐牛翁評　雪月花・古美雄四句合

「揮毫之部」十二句、「造化天工之部」三句。

「古美雄」は武勇で知られる史上人物のことで、次の二句。

明智光秀 開ては日数ももたぬ桔梗かな　西圃

小松重盛 くねた樹を出ぬけて梅のほそゑ哉　カケ川知碩

勝者の成績は左の通り。

天 七三三 習静　**地** 七三三 東湖　**人** ヌヌ三 西圃

▽後半「**ばせを忌冬季三句合　句員二千五百余章**」

玉の屋瑩《みがく》**翁・時雨窓卓道翁・柿園嵐牛翁三評**

催主、嚶々連　雪香・習静・竹香・梅城・空香—各一句あり、略—、

＊柿園評のみ内訳を記すと、「揮毫之部」二十句、「造化天工之部」五句。

軸　日はとくに暮てゐるなり雪の上　　玉乃屋　瑩

〃　飛鷺の足に目の行雪見かな　　時雨窓卓道

〃　竹伏て庵に近しゆきの山　　柿園　嵐牛

刊記「慶応丙寅（二年）暮冬刻于有嘉園　川　光谷（印「和作」）」

刊記により雪香宅（有嘉園）に藤枝在の中新田《なかしんでん》から光谷を呼んで彫刻させたことが判る。(2)

なお、瑩・卓道評の成績に「○」とある評価は、雪門歴代宗匠が月並句合などに用いた点式に倣うもので、五点の一点増しの六点。

【雪香旧蔵句合返草合本】―筆者蔵―

雪香宛書簡群と前後して入手したもの。書誌と内訳を記す。

【書誌】天地を僅かに裁断した半紙本一冊、全百五十五丁。雪香自身による合綴で、黄色無地の元表紙左肩に朱の無地の題簽が貼られる（記入はない）。表紙裏に「秋野／蔵書」の蔵書印があり、前出と同じ句合も収録され、表題の「豊秋稲荷**奉鐙句抄**／**島田嚶々連**」とある下に「秋野／忠充」の朱印が捺され―後掲図版参照―、同上巻末の勝者を記した「**寿**　五々三　雪香」の左脇に「雪香」の朱印が捺される。

内　訳　—主要なもの以外は省略—

(1)柿園（嵐牛）評月並、慶応二年七月分〜同三年六月分、六回分
(2)時雨窓（卓道）評月並、慶応二年正月分〜同四年六月分、二十回分
(3)雪中庵（鳳洲）評月並、慶応三年二月分〜明治二年十一月分、十四回分
(4)金毘羅社奉灯月彦評月並、慶応三年二月分〜霜月分納会、八回分

など六十六点に及ぶ。評者が単独のものだけでなく、二名以上で評した寺社奉納句合の返草も多数含まれる。

†

時雨窓のトラブルと西駿連中の雪門離れ

西駿の島田も雪門の地盤で、『島田市史』（中巻）が地元の代表俳人に挙げる森冬羅（天保十四年・一八四三没）も、文政・天保期の五世雪中庵対山の『日暮帖』に句を寄せている。冬羅は秋野家と同じ大津通りの住という（塚本五郎氏遺稿(6)、「俳諧静岡」第九十七号）。

駿府の雪門拠点時雨窓から島田連中に働きかけがあったのは雪香旧蔵の合本に歴然としている。渡辺たかし「時雨窓の空庵と椎陰・鳳洲の不和及び草庵の売却（4）」（「俳諧静岡」第九十七号）によると、椎陰のあと雪中庵を継いで七世となった鳳洲は駿府に来て、雪中庵に

所有権のある時雨窓の売却をめぐって時雨窓卓道と対立、慶応四年（一八六八）六月、卓道を破門する。

こうしたトラブルの影響で駿遠の門人たちは雪門から離れ、「時雨窓評月並」も参加者が激減し、西駿では島田の雪香・砂白の二人だけが慶応四年の六月分まで出句を続ける。時雨窓を追われた卓道は、翌明治二年三月分から「空外庵評月並」として句合を再出発させるけれども、駿遠連中は全く影も形も見せなくなり、句員も半減したままであった。追い詰められて転身をはかったのか、卓道は明治六年（一八七三）、北番町の八雲神社内に養成学舎（後、成教舎と改称）と呼ぶ私塾を開校し、七年後の明治十三年に亡くなっている。享年は七十四であった。

†

西駿地区句合の評者たち

評者の一人、玉の屋瑩は島田の対岸遠州金谷の古老で、俗名住川藤蔵。田中藩の西郷完梁の門人で、前号を金波という。嵐牛の一歳下で、化政期から親交を重ねた間柄である。

金谷には同じ完梁門の完潮がいて、そこに興津から曙山が移住して加わる。掛川には鉄斎（蚊牛）が移住、海側相良にはやはり雪門の古老少風（前号蘭英）がいて、俳諧グループを形成する。それぞれ『歳日歳暮』や「雪中庵評月並三題句合」に「他邦老俳」として句を投じつつ、文政頃からは自身選評の月並句合を独自に発行しはじめる。ことに嵐牛と瑩は地元先輩たちの撰集や月並句合の顔馴染みで、親交ぶりは嵐牛が瑩ら金谷連中と催した小摺物（「柿園摺物集」四）や島田遊杖に瑩を誘うなど「柿園日記」（慶応三年二月四日）にもはっきり窺える。

西駿地区の合本に散見する句合の評者鳳凰楼子（桐棲）は、藤枝の田中藩主五代本多正温の四男。正福、主殿、煥斎、瑞翁、暢次郎と言う。慶応四年（一八六八）六月十五日の逝去――拙稿「薄雪庵と西駿田中藩の俳諧」（『東海近世』第三十二号所収）参照――。

残った主要評者の松声園月彦は、兵太夫《ひょうだゆう》（藤枝市）の人。八左衛門新田の開発者北堀八左衛門の九代目、俗名八蔵。明治十八年没。享年七十八（塚本五郎「北堀月彦の句碑」、『俳諧静岡』第九十五号）。月彦は地元の古老として奉納句合などの評者を屢々勤め、その息も初め司（つかさ）、のち雲眠と号して柿園に入門、俳諧に遊んだ。

雪香ら嚶々連が柿園評に惹かれ、入門に至ったきっかけは兄弟がともに句合で嵐牛から高く評価されたことに気をよくしたからであろうが、嚶々連の仲間たちは月並句合で点を争うだけでは飽き足らず、「座の文芸」である俳諧の真髄、連句の指導を親しく受け、その醍醐味を味わいたいと思ったからであろう。

「柿園門人録」を参照すると、「雪香　秋野吉之丞　駿河国志太郡島田宿　慶応二年丙寅初冬」とあり、雪香（当年20歳）は同じ島田連中の砂白（秋野寛一郎）・習静（山本貞蔵）・春田（藁品熊治郎）・竹香（虎岩専蔵）・梅城（梅島彦兵衛）・友清（清水龍蔵）と同時に入門、その年の「柿園日記」は伝わらないが、翌三年の日記には二月四日～廿四日（金谷の梅春・一湖、島田の雪香・習静・梅城・竹香・九如・塚本）、七月十八日～八月八日（梅城・習静・笠雷・雪香・砂白・清節ら）と二回、大津小路の秋野邸（有嘉園）を会場に嵐牛を招請し、仲間たちと指導を受けた様子が克明に記されている――翌四年は七月廿五日～八月十七日に島田へ出杖、やはり秋野家に留杖、『俳諧どめ』によると、習静・雪香・砂白の三名と両吟歌仙二巻ずつ、雪香・梅城と三吟歌仙一巻を詠んでいる。そのあと瀬戸、焼津の城腰、小川、与左衛門新田を遊歴、流翠・つかさ・竹渓・玉見・梅隣らと風交、指導し、九月三日、島田の秋野家に戻り、五日に柿園に漸く帰庵している――。

なお、「柿園門人録」に記される雪香の名「吉之丞」は元服時の名で、書簡群のなかに、「上祝歌　おかり屋／石間隠居」と記した包紙に、

戯歌にて祝のこゝろをよみてまゐらす

八十三翁豊里

前髪を春立まちてとりのとし　秋野みのりも大吉之丞　＊「酉」と「取る」の掛詞。

右、御他見御無用　穴かしこ

と書いた歌稿小切れが混入していて、元服（平均十二歳）直後の名であることが判明する。

犂春の来遊と『一不尽集』

犂春は、嵐牛・洋々の二代にわたり風交のあった漂泊俳人である。嵐牛書留『贈答文通控帳』によると松朗と号していた頃から摺物や俳書を贈られているが、慶応二年六月頃の記録に、「〇天蓼集（また、び）松朗」との記事があり、同集は播磨・淡路行脚集だが、巻頭に「松朗更犂春」とあって、その改号の時期が判明する。

吉田の蓬宇が諸家と風交した相手の通称や住所を書留めた『蓬宇連句帳　丙辰　九之冬』（安政三年・一八五六）の「人名録」には「松朗　京都西洞院松原上ル所　小川久兵衛」、『蓬宇連句帳　廿一編　冬』（明治元年・一八六八）の「百韻連衆通称」には「犂春　京都祇園社内梅之坊中北川氏」、京に一道居と呼ぶ庵を構えた後の住所は雷石編『明治俳諧五十鈴川集』（明治十六年刊）の巻末に「犂春　西京烏丸三条上ル町　一道居北川氏」とある。

『俳諧どめ』に当たると、文久四年（一八六四）夏、松朗の前号で来遊、歌仙二巻を両吟し、改号後の慶応四年（一八六八）四月廿三日、再来遊、廿五日まで風交、『俳諧どめ』によると、歌仙二巻、百韻二巻を両吟、ふじ満《まろ》を加えて三吟歌仙一巻を遺している。その間に犂春と雪香は、嵐牛に紹介され、互いに面識の間柄になっていたであろう。

二年後の明治三年（一八七〇）夏、三度《みたび》来遊、歌仙二巻を両吟する。そのあと犂春は東京に行き、年末に帰西する途中島田の秋野家に寄り、引き止められて越年、

我（が）有嘉園にとしを迎へて郊外にでれば、

はつ夢に見ねども見たりふじの山　　雪香

杖におく手にかゝる朝東風　　犂春

以下の歌仙を両吟する。雪香はその一巻を巻頭に飾り、諸家と両吟した連句や

建穂寺

かへり見もとゞかぬころや花にかね　　嵐牛

など駿河の名所を詠んだ諸家吟とともに小冊とし、「明治四孟春　嵐牛誌」の序（『資料集』所収）を請い、『二不尽集』を刊行する。

†

秋野平八、橘太郎と空香、雪香

因みに、「豊秋稲荷奉鐙《ママ》句抄／島田嚶々連」に参加している一人空香は、雪香と連名宛の書簡もあり、成績などからすると、雪香より年長者、すなわち父親らしく、「秋野平八」の古写真を販売する業者のインターネット情報には、

「◆秋野家

明治天皇は、東幸、還幸、再東幸の三度は上本陣村松九郎治で、明治十一年（一八七八）の時に秋野平八宅に泊まった。

以下の人物により、維新後から戦後まで島田の政治経済を担ってきた家柄であった。大津通りにある秋野家宅の前には、現在も明治天皇行幸の碑があり、邸内にはかつて明治天皇が休息した部屋が残る。

◆秋野平八

志太郡島田町大津通（現・島田市）にて酒造りをしており、維新後に戸長を務めた。

◆秋野橘太郎

秋野平八の長男。

明治十九年（一八八六）に資本金三五万円の島田銀行（のち西駿銀行、浜松銀行となり、現・静岡銀行）を創設し、県会議員、志太郡会議員として活躍した。秋野雪香の号で書や俳句をたしなむ文人としても知られた。

株式会社島田銀行頭取、島田軌道株式会社取締役、株式会社三十五銀行、株式会社島田貯蓄銀行各監査役　―下略―」などとある。

入手した書簡の内、公用のものは大方父親平左衛門宛で、⑴駿府の勘定方からの召喚状（連名の宛名で、その片方が「秋野平右衛門」と誤記）、⑵軍費上納の褒美として五代苗字御免を仰せ付ける「卯七月（慶応三年）」付、駿府代官中山誠一郎の「申渡」書（宛名は「名主格／組頭／秋野平左衛門」）の二通が混入する。当時、商売柄通称は糀屋平左衛門で、維新後、当主は平八を称したのであろう。秋野家には塚本家旧蔵の芭蕉らの墨蹟が収蔵され、島田市博物館に寄託されているが、永く未整理の状態で、収蔵目録の整備と公開の日が鶴首される。

注

(1) 書簡群には藤枝の漢学者で詩人の石野雲嶺の書簡が含まれ、謝霊運の賦に見える語句「園有嘉樹橘柚云々」から採って雪香宅を「有嘉園」と命名し、その扁額は伊勢の桃堂翁に揮毫してもらうのがよいと記している。
(2)同じ『田中藩叢書第五篇』(藤枝市郷土博物館、平成六年復刻)に収録される『花のさち』(文政十年奥)を編刊した中新田の印版師奥川歩月の男月渓と同一人物か。慶応三年には嵐牛評「一万句集抜萃」(藤枝在祢宜嶋村孤舟・松楽主催)を彫刻し、翌四年暮秋には「西駿中新田村氏神社永代奉額」(嵐牛撰)を同村の其雄とともに主催し、番付と勝句の摺物(半紙二丁)を発行し、巻末に光谷の句を載せている。慶応三年二月、島田出杖中に同地連中と催した春興摺物(「柿園摺物集　六」収録)には光谷の句も載っており、迅速に発行出来るように光谷を呼んで彫刻させたようである。

【付記】嵐牛に関係する雪香受信・発信の書簡は、拙稿「嵐牛書簡集補遺・その(2)／——雪香宛書簡群から——」(『東海近世』第二十七号、令和元年十二月)に翻刻・収録したので参照されたい。

参考図版

○豊秋稲荷奉鐙《ママ》句抄／島田嚶々連—雪香旧蔵合本より

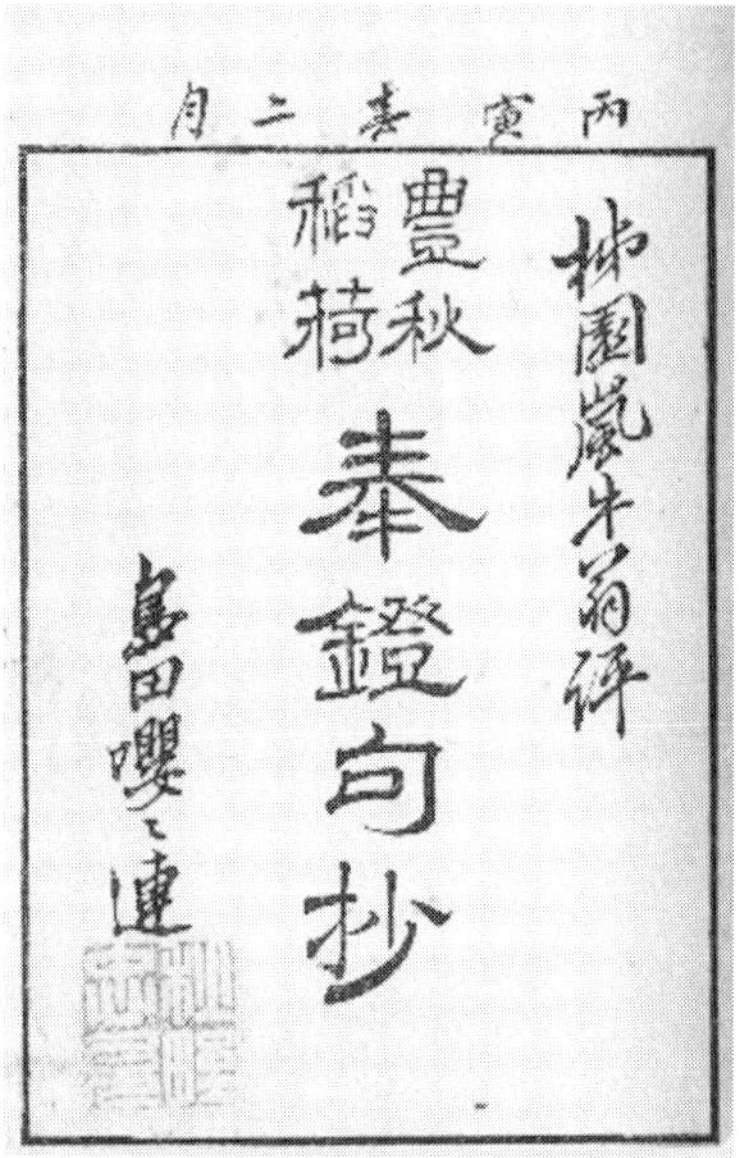
丙寅春二月
柿園嵐牛翁評
豊秋稲荷　奉燈句抄
島田嚶々連

表題（初丁表）

口絵（同　裏）

(9) 生前最後の交詠、十湖

人となり

松島吉平、十湖《じっこ》についてはご子孫松島勇平氏の「十湖関連年表」(『十湖発句集』平成三年、所収)によれば、十湖は嘉永二年(一八四九)、遠江国豊田郡中善地《なかぜんじ》村(現、浜松市東区豊西町)の松島藤吉・りうの間に長男として生まれた。六歳のとき寺入稚児となり、十一歳のとき小笠郡横須賀撰要寺で漢籍や仏典などを学ぶ。

《俳歴》

文久三年(一八六三)、十五歳のとき、郷里に近い大瀬(東区)の栩木《とちぎ》夷白に入門、翌元治元年(一八六四)、十六歳の十月、精々舎諸水評の「三句合」に、

竹折れた音にしりけり夜の雪　伯牛
ひらく迄待日の長し冬の梅　伯牛

が採録される。

翌慶応元年(一八六五)年四月、地元連中に誘われたのであろう、「**柿園評月並(句合)**」に投句、「揮毫(六点)之部」に初めて

玄鳥《つばくら》の上手にくゞるあやめかな　中ゼンジ伯牛

句が載り、八月分「尽詞（五点）之部」に、

尼寺は木魚のあとのきぬたかな　中ゼンジ伯牛更十湖

足音に孑孑《ぼうふら》どれもしづみけり　十湖

すゞしさやこゑはくれねど柳かげ　十湖

の三句、九月分「尽詞之部」にも、

朝さむや水に残りし月のかげ　中ゼンジ伯牛改十湖

が載っていて改号時期が判明する――伯牛は孔子の弟子、冉耕《ぜんこう》の字《あざな》――。以後も投句は続く。その頃には、近村の有賀豊秋に国学、小栗松靄《しょうあい》と岩水寺の高橋月査に漢詩文、さらに小田原の福山瀧助に報徳の道を学んだ。

「柿園日記」を見ると、慶応三年（一八六七）四月十三日に「十湖行返草、（中略）皆、見付文所子へ差向出《さしむけ》す」、同年九月四日に「松里（掛川住）来、月並巻掛、十湖来泊」とあって、夷白門にもかかわらず、十湖は地元連中の月並応募句稿を嵐牛に届けたり、逆に応募者への返草（句稿・勝句摺物の返送）を手伝っていたらしい。それだけでなく、同年十一月十八日の来泊時には、嵐牛から近刊俳書六巻を借り出し（『書籍貸借控』）、諸名家の近作にも眼を曝《さら》し、研鑽

おおさ怠らなかった。さらに翌四年（一八六八）三月、森で催された芭蕉翁追福の「花会《はなえ》」に嵐牛門人二十名余に交じって出席、見付の杜水の捌きで夜を徹して五十韻（連句）を満尾、刺激的な体験となった――遠州は、卓池晩年の風交・遊歴地で、嵐牛はもちろん夷白・杜水もその流れを汲んでいた――。

その年九月八日、明治と改元、同月十二日、師夷白が亡くなった（73）。十湖は別号の一つ年立庵を譲られ、翌二年の一周忌には遺子夷芢（いこう）の朝日園で追善正式俳諧、十湖の年立庵で追善句会をそれぞれ催す（夷芢編『桐の落葉』）。

†

夷白の没後、嵐牛門となる

夷白没後の二年七月、十湖はやや遠隔にもかかわらず嵐牛に、名簿《みようぶ》「松島吉平　当国豊田郡中善地村　明治二年己巳文月」を提出して正式に入門、

ちかき香のして見当らぬ菌《きのこ》哉　　嵐牛

篠そよ〳〵ときゆる月かげ　　十湖

以下の歌仙を両吟、親しく指導を仰ぐことになった。十湖だけでなく、翌八月、岩水寺の住職月査（前出、漢詩文の師）と同寺僧半酔、中瀬（浜北区）の雪山・可都良《かつら》ら十余名が一挙に

入門、さらに十湖に伴われて夷芢が来訪、亡父の狢川堂《かくせんどう》を継承するというので、もとめられて「狢川《むじながわ》」の句文を書いて与え（稿本『文章』）、歌仙も両吟している（『俳諧どめ』）。十湖の加入を契機に、柿園一門はいよいよ賑やかになった（「柿園門人録」参照）。

実行力抜群の十湖はそれだけでは飽き足らず、二年後の明治四年三月、十湖評の月並句合を開始、翌五年十一月には二十四歳にして「三才報徳社」を組織、社員に毎夜縄を数巻ずつ綯わせ、社長十湖がそれを集めて売り、貧困者の義捐金とした。翌六年、村の戸長となっている。

†

生前最後の交詠

明治七年（一八七四）九月、嵐牛は妻やすに先立たれ、

はじめて妻の墳《つか》にまうで、

朝寒や思ひまはせば苔の下（『句集草稿二編』）

と追懐吟を吐露、その喪失感には癒やし難いものがあった。『俳諧どめ』をめくってみても、病臥のためか七年の連句はなく、その年、十湖に別号の「白童子」の印を譲っている。

翌八年の春、続いて別号「買笑」を平宇《ひらう》の門人足立尺波に譲るが、その直後に尺波は急逝、

「世事のいよ〳〵たのみなきを深く感泣《かんきふ》」した。

その四月、十湖は長命村の富田一志（のちの知堂）を誘って来訪、嵐牛は病褥《びょうじょく》を祓《はら》って十余日間対応、途中から来合わせた掛川の高弟、兵藤平台（松夫）や駿府の山崎雨石も交え、

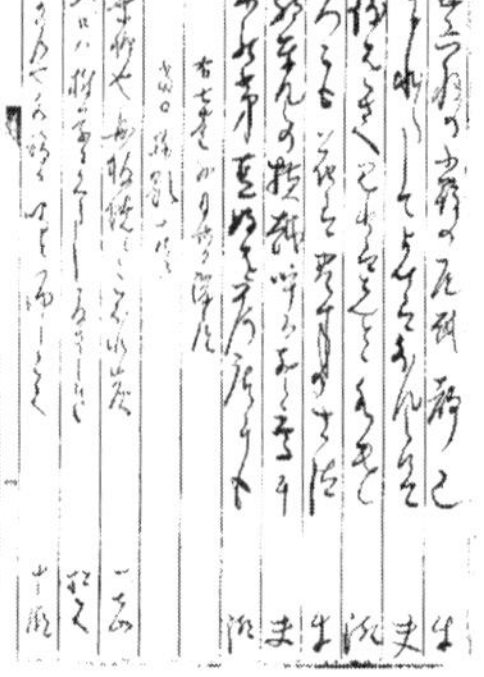

「右七巻卯月卅日満尾」
―『俳諧どめ』最後の交詠―

明治八年亥四月柿園に於て

川筋や若葉見船の笛つゞみ　嵐牛

重石《おもし》の世話のいらぬ早鮓　十湖

―下略、両吟歌仙―

以下、「其二」は十湖・嵐牛・一志の三吟、「其三」は一志・十湖・嵐牛の三吟、「其四」は平台・十湖・嵐牛の三吟、「其五」は嵐牛・一志・十湖の三吟、「其六」は雨石・十湖・一志・平台・嵐牛の五吟、「其七」は十湖・松夫（平台）・嵐牛の三吟、以上計歌仙七巻を満尾する。十湖は全巻に参加し、「生前最後の交詠」（水音「終焉之記」）を手中にし、一志は四巻に参加、嵐牛最後の門人にもなっている。

翌九年五月末、二人が師の臨終・野辺送りに駆けつけ、

悼柿園嵐牛大恩師

眼に耳にものみなかなし庵の夏―ほか五句―　十湖

悼柿園嵐牛恩師

ありたきは今一声ぞほとゝぎす―ほか四句―　知堂

と師恩を厚く謝したのは、指導期間の短かさ故に、却って僥倖と恩誼が身に沁みて感じられたからであろう。

†

【参考】十湖宛書簡（六月廿五日付、岩水郎月査発）

最後に、嵐牛の亡くなった一ヶ月後、洋々にもとめられて嵐牛像を描いた、岩水寺住職月査の十湖宛書簡（資料館蔵）を以下に収録する。

（封　表書）

中善地
松島十湖様
貴酬

岩水郎
月査
（黒印）（朱印）

（封　裏書）　緘　急発

（本文）

御紙面薫誦。愈無ニ御障一珍重之至ニ存候。扨、柿翁、去月廿八日没故之由、驚入存候。君

者其節、葬送之御儀之様子、又、中瀬方へ御紙面御差呈之由馴共《なれども》、夫者于レ今相届不レ申。尤も二又雨竹も、先日右之趣旨申越し、承知仕候。僕も一度弔ニ罷(り)越度存候得共、何分雑集難レ尽、猶亦、君来月一日頃、御越ニ相成儀、僕も御誘ひに預り候得共、三州へも用向有レ之候得者、何共決定仕兼候。柿(翁)賢息之求、翁之像相認メ可レ申候儀、昨今、仮張ニ掛、両三日中ニて出来、左ニ御承知可レ被レ下候。尚夫ニ今報告可レ申、且又後の事ニて候得共、此辺社中ニ而追善も相催し申度哉《や》ニ有レ之。何れ貴面之上、万々御示諭被レ(下)度候。玉句沢山被レ下、毎度感吟、則愚評別帋ニ。先者右貴酬迄。匆々頓首

六月廿五日　月査

甲子　拝

十湖先生

玉几下

＊別紙野句の末尾を掲出

柿園の訃を聞て

帍計《とらばか》りでもなし今日の涙雨

くづ折れて見分かぬ入梅《つゆ》の草木哉
月追ふて西に飛の《ニ行しや》れほとゝぎす
同　手向
数珠《じゆず》摺ればひそまる虫や墓詣
しつゝこき蝿も許すや魂祭り
　右詳細ニ御添削、偏ニ願上候。

月査山叟

十湖先生
　玉榻下《ぎよくとうか》

Ⅵ 竹里、墓参と『錦木』譲渡

(1) 詞友竹里、始発期の活動

資料館にはじめて参上、染筆帖『錦木』(後掲図版参照)を拝見した折、館主伊藤鋼一郎氏から、襲蔵資料の中で一番貴重なものだとご母堂から聞かされていた由を伺った。その理由は聞きそびれたけれども、著名俳人の書画墨蹟が多いこともあるが、ご先祖の嵐牛・洋々にゆかりの深い染筆帖だからであろうと漠然とおもいつつも、蒼虬序の冒頭に竹里が発起したものと明記されているのに、なぜ資料館(伊藤家)に伝わるのか疑問におもった。まずは、竹里の人となりと経歴を追うことで、その疑問を氷解させようとおもう。

竹里の俗名・家業は、『森町史通史編』(上巻、平成八年三月刊)第4編第九章第二節「俳諧を楽しんだ森町の人々」に、「竹里は名倉清七といい、たまり屋を営み片瀬村の名門である」と記される。

＊片瀬は遠江国周智郡片瀬村、現在、森町一宮《いちのみや》の小字で、地図を見ると天龍浜名湖鉄道

の遠江一宮駅のすぐ北に片瀬橋がある。

†

雲渓観完梁のグループに所属

片瀬がどのような俳諧圏内にあるのか承知していないが、東遠で当時成立した俳書をアトランダムにみていたところ、中新田（焼津市内）の歩月編『花のさち』（文政十年・一八二七刊）に、

たしかなる月夜になれば梅の散る　片瀬　竹里

が載っていることに気づいた。管見では最も早い時期のものとなる。同書に序を寄せる灯雪斎完梁はもと田中藩士で、江戸の雪中庵四世完来門。編者の歩月は、完梁に率いられる雲渓観《うんけいかん》連中の一人である。

完梁は文化元年（一八〇四）の完来編『旦暮帖』から同連中を率いて活躍、文化六年頃から田中藩をバックに「灯雪斎完梁評月次句合」の判者をはじめる。その一つ「灯雪斎評連月三題句合」（文政十一年九月分）に載る、

八月分遅来

稲刈や山へおさまる朝の雲　エンカタセ　竹里

の句が二番目に早い。

完梁は文政三年（一八二〇）、休暇を与えられ虫生《むしゆう》温泉（磐田市虫生）に一句ほどを湯治するが、ついでに秋葉権現から三州の鳳来寺や豊川稲荷、遠州に戻って（三）味方原、浜松、袋井から横須賀、御前崎、相良で秋葉帰りの雪中庵五世対山と合流、金谷まで同道、別れて掛川方面に戻り、山鼻連中を訪ね法多山《はたやま》観音（袋井市豊沢）、大頭龍《だいとうりゅう》権現（菊川市加茂）などに参拝、紀行集『葛の栞』を上梓した。その中に「秋興」と題して遠州・駿州連中の近詠発句を収録する。句の排列はほぼ歴訪順で、金谷で対山と別れ、山鼻は東寿ら三名、伊達方の亀兆、日坂の吐鳳・仏卵、塩井川原の露川（嵐牛前号）ら三名と続く――片瀬は虫生温泉行のルート沿いだったが、竹里は俳諧を始めたばかりなので、「秋興」にもれたのであろう――。

†

雪門の月並句合に投句

完梁自身は文政十一年（一八二八）に亡くなるけれども、その後も雪門の遠州への働きかけは続き、片瀬の竹里は、『雪中庵（対山）評月並三題句合』の文政十三年（一八三〇）八月分「六印」や天保二年（一八三一）正月分「翡翠ノ部」に、

降につけはるゝに夜寒増りけり　　竹里

などが採録され、対山編『日暮帖』天保四年版にも「遠江」の「カタセ」連二人目に、

雪の間を尋てはつむ薺《なづな》哉　　竹里

つごもりや常より隙な小百姓　　ヽ

の二句を寄せている。

地元の雪門老俳、相良の蘭英堂少風が立机し、『三節帖』（日暮帖）を出しはじめると嵐牛らに交じって、三節（歳旦・春興・歳暮）吟や「少風評月並句合」（三題～五題）に題詠句を寄せる。

(2) 蒼虬・卓池の風交とその余響

京都東山双林寺境内の芭蕉堂は、闌更が天明六年（一七八六）に造立したもので、三月十二日に芭蕉追善会を営み、手向けの連句・発句を『花供養』と題して毎春刊行、闌更が没した寛政十一年（一七九九）以降は二世の蒼虬《そうきゆう》が継承する。その天保五年（一八三四）版には、卓池ら八名に続いて、遠州原川の可月・呼卯とともに、

敷ものをふるはで戻るはな見哉　　カタセ　竹里

の句が見え、竹里はその頃までに奉納を始める。

天保五年（一八三四）冬頃から翌六年夏にかけ、蒼虬は江戸の抱儀に招かれて江戸に下り、『花供養』は休刊となる。六年秋、蒼虬は帰京する途中、吉田（豊橋）に引き留められ二十日間ほど滞在、岡崎から卓池らも駆け付けて風交し、唱和した連句九巻が次々と転写・伝播され、三・遠両州の俳壇に大反響を呼ぶ――既述、Ⅰの(4)「蒼虬の来遊と風交の反響」を参照――。吉田での風交を終えた卓池は、その秋、信州下伊那連中に招かれて、田鳳とともに薗原の名月を愛で、記念の『うづらぶえ』（内題「鶉笛集」）が刊行される。同書には竹里の句が見え、蒼虬・卓池の風交に感応し、早速卓池のもとに句稿を送ったらしい。また、蒼虬にもコンタクト、その来遊を機に染筆帖『錦木』を発起、蒼虬に序文と発句「花少しちるより萩のさかりかな」の染筆を請うている。句は吉田で蒼虬が三岳と両吟した歌仙の立句にもなっているので、両吟の直後の染筆であろう。

『資料集』収録の蒼虬書簡によると、帰京後、蒼虬（七十四歳）は旅の疲れもあって体調を崩し、六年に続けて天保七年も『花供養』は休刊となった。それ以降、蒼虬は体調不良と老齢のため、表だった俳諧活動はしていないけれども、系列下の刊行俳書に竹里と妻たつ女の句が見える。

†

蒼虬系俳書の竹里

天保六年八月、近江坂本の蔦雨《ちょうう》が祖父于当の七回忌の「追善之俳諧」を来迎寺で興行、于当遺吟に蔦雨が脇を付け、蒼虬の代理で朝陽が京から出座、第三を付け、以下五十名余の一順連句と諸家の追善吟、春躬・蔦雨・朝陽の三吟歌仙一折などを『浮巣集』と題し、天保六年九月、草伍の序を付して刊行した。その中に、遠江の可月・呼卵と並んで、

朝潮の乗たあとあり草の花　竹里

の句が見える。

翌七年仲秋、播州の六英が落髪賀集『揚《あげ》かざり』（天保七年仲秋、曽夢序）を上梓する。巻頭に蒼虬・六英・朝陽の三吟歌仙、巻末に六英・古谷・朝陽の三吟歌仙一折を据え、その間に蒼虬を初め諸国俳家の発句を収める。名目は六英の落髪賀だが、実質は蒼虬一門の年次集といってよい。遠州連の部に可月と並んで、

ひつじ穂の立枯《たちがれ》見ゆる氷かな　竹里

の句が収められる。六英は播州ツマヰ（現、兵庫県西脇市黒田庄町《くろだしょうちょう》津万井）の人で、六英追善集『霧の海』（「天保九戊仲秋」奥）を繙くと、巻首の「追善誹諧一順」は蔦雨・梅通・朝陽

らの脇起こし一順で、諸家の追善吟中に、

只一人散たあとまで花見かな　遠州 可月

年明て結句に寒き立居哉　、竹里

毎《つね》も此こゝろでいたし松の内　、たつ女

の三句が並び、巻軸は朝陽の句。

蒼虬門の朝陽は休刊続きの『花供養』を天保十年、十一年の両年復刊し―筆者未見―、その没後、息九起が天保十二年（一八四一）から継承・刊行し、翌十三年版に、

人先に見る曙や花のやま　片瀬 竹里

何なりと売ればうれるよ花ざかり　たつ女

と夫婦そろって入句する。蒼虬はその年（十三年）三月十三日、享年八十三（?）で卒し、四月十二日、門人梅通らが「初月忌／追善之俳諧」（五十韻）を興行、それを巻頭に収め、『夏かはづ』（天保十三年梅室序、同年六月梅通跋）を刊行する。五十韻の後に、

右三十四人者、親近之門人並其支流之徒也。各痛哭而、不レ能レ述二風詞一、仍以半百韻止。

との付言があり、その内、梅通・芳英・枝月・南渓・九起・うつを・世岐・偙美・九華・蔦雨の染筆が『錦木』にも見える。『夏かはづ』後半、諸国俳家の「文音追悼」の内、「遠州」は、

横雲のうへに立たるかすみかな　　竹里

以下、青江・可月・芦岸と計四名の近詠句が並ぶけれども、嵐牛の句が見えないのは意外である。

翌十四年三月十二日、九起が芭蕉百五十回忌の「正式俳諧」を洛東円山安養寺の寮で盛大に営み、『花供養』二冊を刊行、上巻の「正式俳諧」の後、諸国俳家奉納吟を収め、その「遠江」の部最初に、

春雨や旅の朝寝も京泊り　　片瀬竹里
黄鳥《うぐひす》や遠くはあれど藪つゞき　　たつ女

の二句が載せられ、軸句が

終《つひ》あさき山といはるゝ夏入《げいり》かな　　塩井嵐牛

となっている。竹里は句からすると、蒼虬の墓参を兼ねて夫婦揃って上京し、安養寺の遠忌俳諧興行にも陪席し、『錦木』に収録される蒼虬「親近之門人」たちに染筆を頼んだのかも知れない。

なお、翌日三月十三日は蒼虬の小祥忌で、芊丈が会主となり、芊々園で、蒼虬遺吟による脇起こしの「追善正式俳諧之連歌（歌仙）」が興行された。翌十五年（一八四四）は五ヶ月遅らせて

八月十三日、再び芊丈が「蒼虬翁大祥忌追善／俳諧之連哥」五十韻を興行、それぞれ連衆の手向吟と諸国俳家の四季混雑発句などとともに『をりそへ集』(見返し内題「蒼虬翁追善／俳諧折添集／淡海芊々園芊丈編」)を翌弘化二年(一八四五)春に上梓する。その後半、諸家吟春の部には遠江九名とともに、

寝ころんで聞まで鳴ぬ閑子鳥　嵐牛

冬の部には遠江四名とともに、

何もせではや昼に成る寒(さ)かな　竹里

がそれぞれ入句する。

蒼虬敬慕の念を持っていた二人は没後も暫くは継承者九起らと関係を維持し、やがて竹里は休俳し、嵐牛は芭蕉堂を継承する公成《きみなり》の『花供養』に句を寄せた(嵐牛筆録『贈答文通控帳』)。

†

卓池評「月次五題」と竹里

天保期に入ると月並句合はいよいよ盛行、各地老俳の多くが判者となって月並句合が次々と発刊される。暁台、士朗門の有力俳人、岡崎の卓池も請われて月並句合の判者となり、天

保五年（一八三四）の「午三月五題」（豊田市中央図書館所蔵）から丁摺（返草）を発行する——毎月「五題」は暁台の月並句合の方式を踏襲するもの。寺島徹「暁台の晩年と月並句合」（『連歌俳諧研究』第九十四号）参照——。筆者蔵の句合返草合本『都支古登集《つきごとしゅう》』（題簽墨書）には天保六年三月分〜十二月分、翌七年「申」の正月と四月分の卓池評「月次五題」の丁摺が含まれ、それによると、始発期は作者が尾州と三州に限られていた。

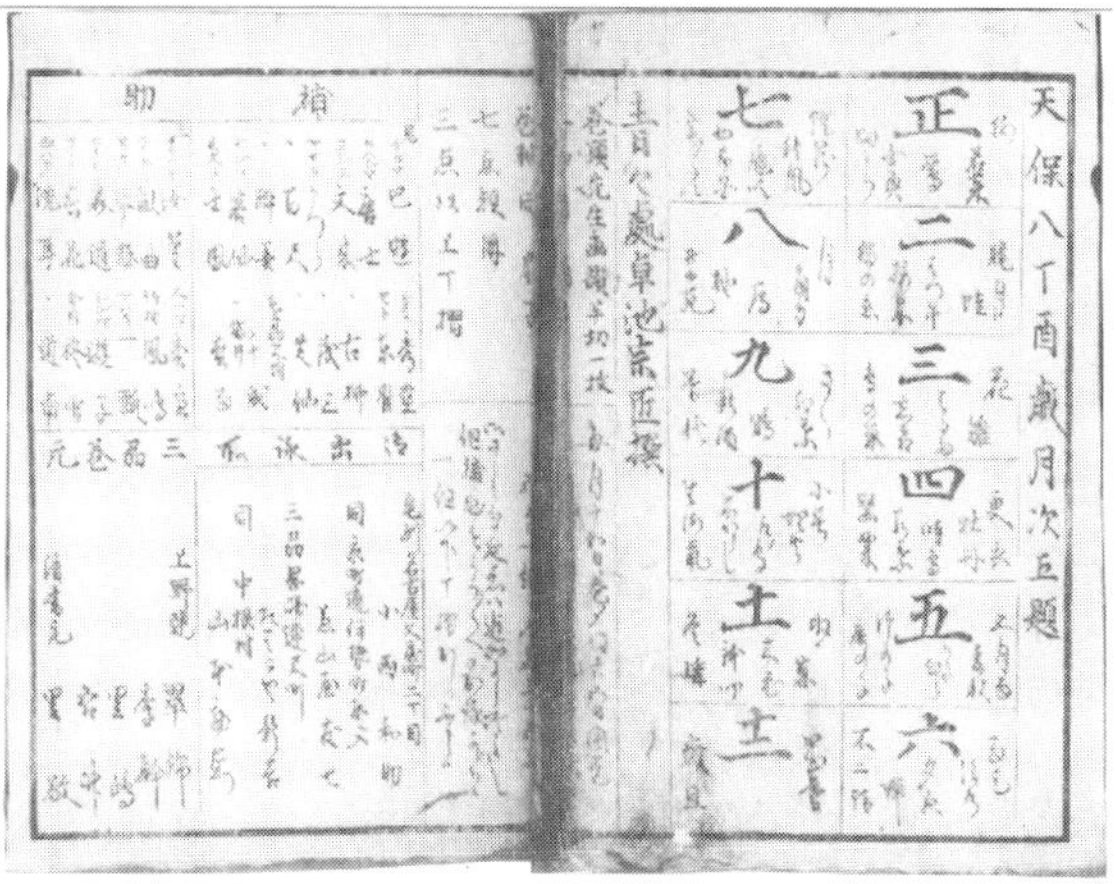

『天保八丁酉歳月次五題』巻首見開き
——早稲田大学図書館雲英文庫蔵——

　卓池門外の広範な作者層を対象にするのは天保八年（一八三七）からで、早大図書館雲英《きら》文庫蔵の『天保八丁酉歳月次五題』（半紙本、欠落あり）の巻首に綴じ込まれた見開き（チラシ兼用？）に、「天保八丁酉歳月次五題」と表題、「正〜十二」各月の五題を掲げ（「十二」は「歳暮」と「歳旦」）、判者名「青々処卓池宗匠撰」、景品「巻頭先生画賛半切一枚、巻軸同扇子、七点短冊、三点以上丁摺」。毎月十五日巻〆、同廿五日開巻、五句一組、入花三十五孔（文）。出詠補助は尾州十三名、遠州二名（見付・袋井）、三州十二名、出詠所は尾州名古屋二軒、三州は岡崎・中根村の二軒。三州巻元は上野連四名、清書元は里敬（上野下村新郷、現、豊田市上野町住）とある。

同文庫には完備した天保九年分もあり、巻首見開きを見ると、補助者に尾州半田一名と江戸二名が加わり、遠州は袋井の松雨が片瀬の竹里に替わり、出詠所に尾州知多郡半田と遠州見付宿の二軒を加え、遠州への版図拡大がハッキリする。

その間の「卓池評月次五題」で高点を得た竹里の句は、

天保八年分

◎音聞て覗きあてたる清水かな　竹里（六月分）

——下略三句——

さそはねど人の出揃ふ月見かな　竹里（八月分）

○絵馬堂のあたりは早きもみぢ哉　竹里（九月分）

年明て結句に寒き立居哉　竹里（十二月分）

＊原本は暁台の方式に倣って、○で区切って3グループに分類するのみだが、寺島徹稿「暁台の晩年と月並句合」（『連歌俳諧研究』第九十四号）によると、点印略称は「採蓮」の10点（仮の記号＝◎）、「桃李」の7点（同＝○）、「春草」の5点（同＝無印）の3分類。

の六句で、九年分は九句が採録される―引用省略―。

竹里が「卓池評月次五題」に投句をはじめたのは、蒼虬・卓池の風交が契機となって、卓池撰を受けてみようとおもったからであろう。丁度その頃、「卓池評月次五題」の遠州の補助者二名の内、袋井の松雨が事情があって補助者を降りることになり、その後任を補充するに当たり、今一人の補助者、見附の千成《ちなり》に口説かれ、後任となることを承知したのであろう。卓池とはさして親密でなかった筈で、卓池の書留『諸国人名録』(A本、『青々処卓池と三河俳壇』所収)に、「竹里　片瀬村　名倉清七　袋井在」との付記にそうした事情が推察される。

†

俳諧に淡白な竹里

吉田での蒼虬と卓池らの記念碑的な風交があって、その反響が三・遠両州の俳壇に伝播、竹里が蒼虬門にコンタクトを取ったことは既述の通りだが、卓池への関心も同様で、「卓池評月次五題」への投句もその一端と思われるのだが、嵐牛が岡崎の青々処に出掛け、直接連句の指導を受けたのとは異なり、竹里の連句への関心はさほどでなく、そのためか卓池との交流は稀薄で、対面指導をうけたり、同座した資料は管見に入らない。

例えば、天保十四年(一八四三)秋、嵐牛は岡崎の宝福寺で営まれた芭蕉百五十回忌の折には、早めに出掛けて同門の先輩らと連句指導を受け、法会当日には、師弟が銘々芭蕉翁の遺吟に脇を付けて、それら三十七組と「捻香」の手向吟二百十四句を『俳諧こぼれ炭集』(天保十四年石采序、弘化二年秋奥)と題して、社中編の追善集として刊行を見る。嵐牛は、

せつかれて年忘するきげん哉　(芭蕉)
かじけて花の多き臘梅　嵐牛

の脇句と、「捻香」の遠江の部二十三名の最初に、代表作

檋《かんじき》で峠くだるやまたひとり　遠江 嵐牛

が入集、遠州卓池門の筆頭と目されたのに比し、竹里は遠江の五句目に、

戸口まで来るや小春の田の明り　竹里

の句を載せるのみで、法会にも出席の形跡はない。

弘化三年(一八四六)八月十一日、師卓池が亡くなり、追善の『夕沢集』が青々処社中編で刊行され、それには、

我にたゞ暮せまりけり秋の空　嵐牛
うつかりと雲見て立ぬ秋のくれ　竹里

の句が収められるけれども、竹里の句は、卓池の指導を得ようと努めることもなく、いたず

らに歳月を浪費し師を喪うことになった己の迂闊さを自責したものであろう。

天保三大家の蒼虬は天保十三年（一八四二）、鳳朗は弘化二年（一八四五）に亡くなり、卓池も翌三年（一八四六）続いて亡くなる。梅室は健在（七十九歳）だが、その梅室も嘉永五年（一八五二）に帰泉、俳壇は嘉永から安政へと確実に世代交代が進む。

(3) 柿園墓参と『錦木』譲渡

竹里と嵐牛は互いにクロスするような軌跡で三・遠両州の俳壇で活動したが、嵐牛が家督を譲った嘉永五、六年頃から連句指導や月並句合の判者となって俳諧を専業化して行くのに比し、竹里は嘉永頃（一八五〇）には俳諧から遠ざかった。嵐牛が門人の要請により逐次刊行した柿園の年次集『そのまゝ』初編〜六編（安政三年〜明治四年）はもちろん、見付の杜水が出雲の曲川を迎えて嵐牛や烏谷・聴雨らと連句三巻を巻き、諸家の四季混雑句百章ほどを付載した小冊『あられ灰』（文久元年・一八六一奥、『資料集』所収）、その他幕末期に刊行された諸俳書にほとんどその名を見ない。嵐牛の慶応四年（一八六八）七月四日の日記に、「天気。かたせ老人、帰る」との記事が唐突な形で出て来て、前後に関連記事がないので何とも言えないけれ

（参考図版）

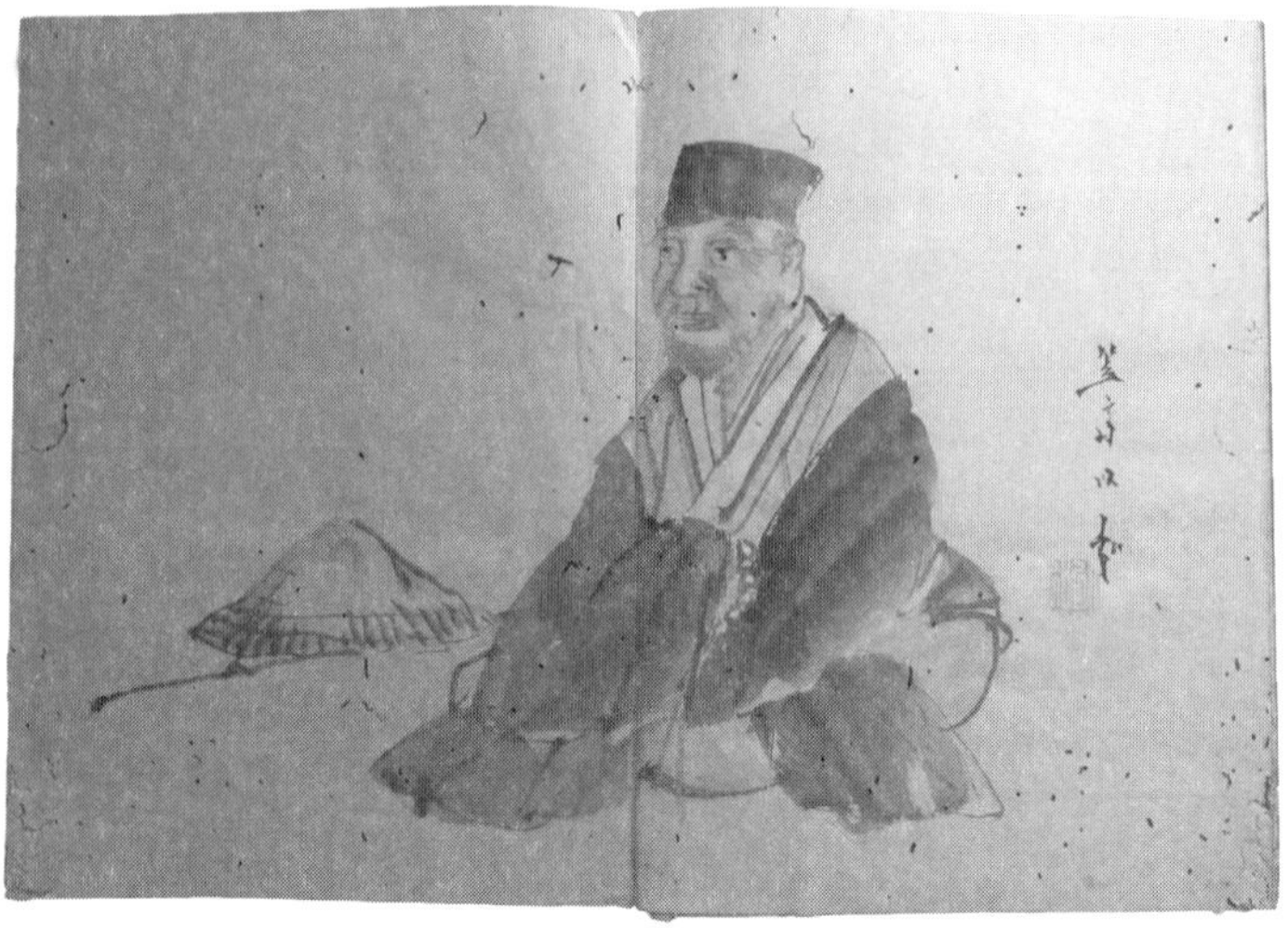

錦木　口絵　笠斎？

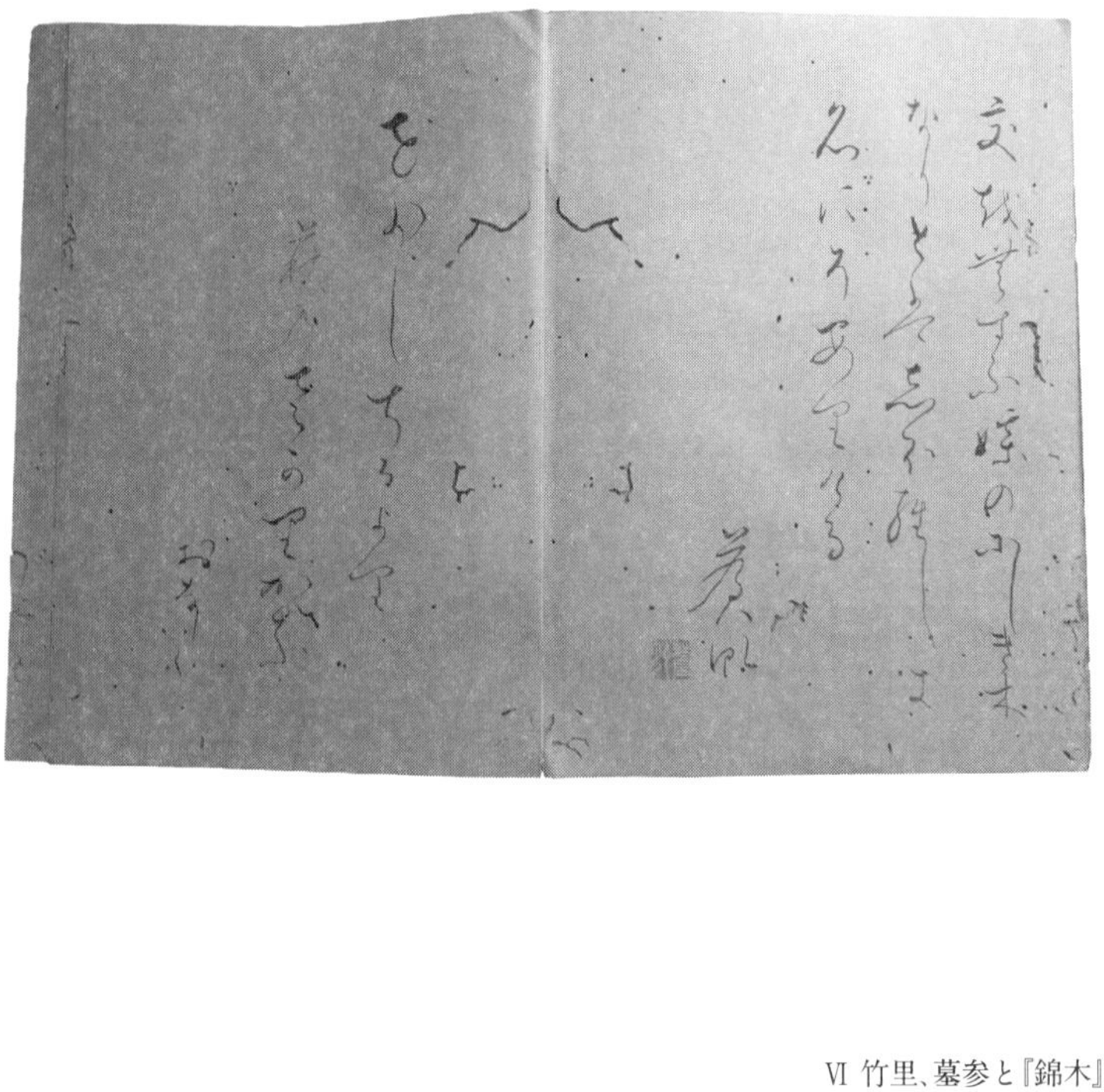

同上　①蒼虬序末

錦木　②巻首　卓池、よし野山踏句文

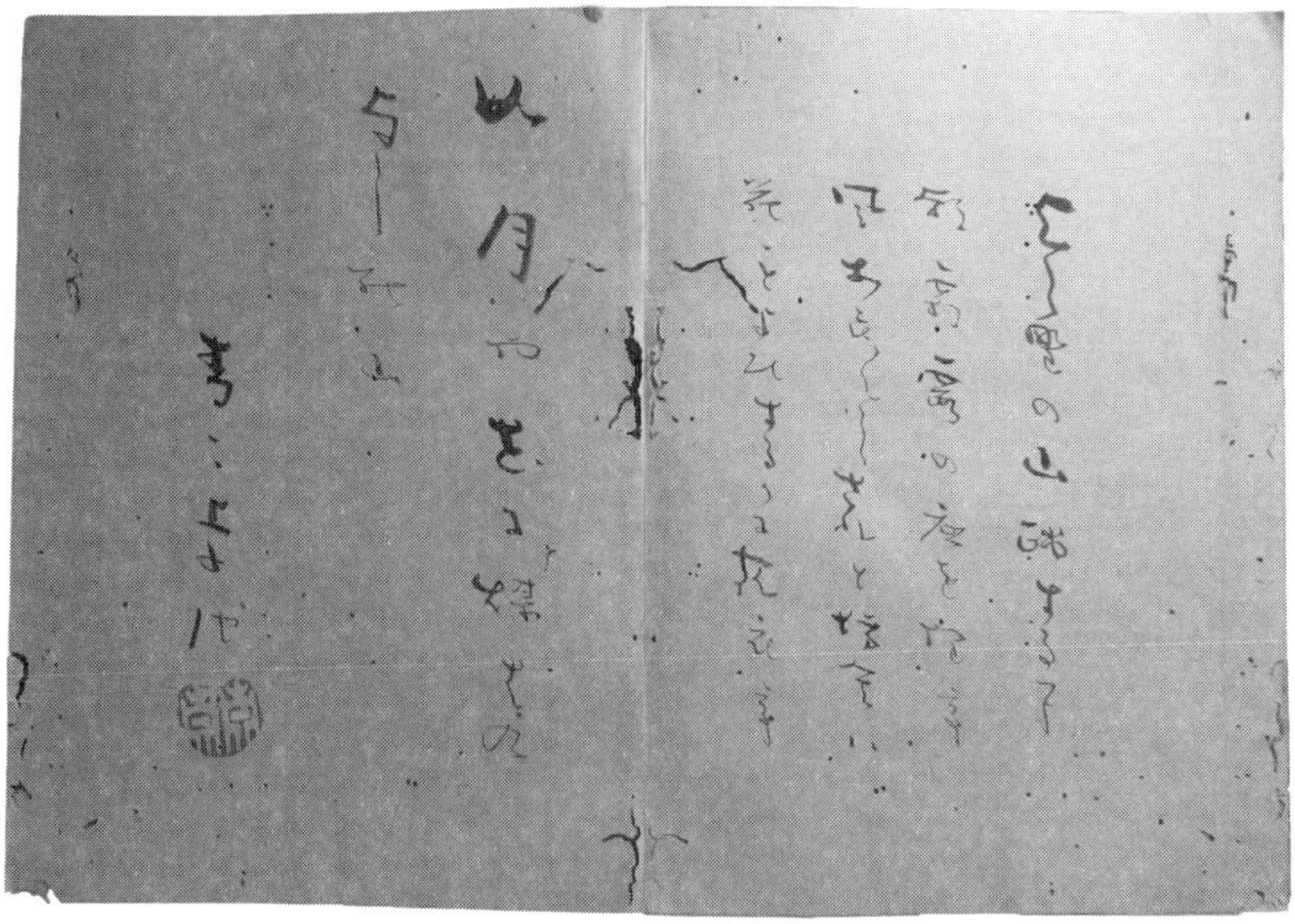

釈文①蒼虬序末

―前略―交をむすぶ媒のにしき木
なりとはしほらしき
名にぞありける　蒼虬（印「蒼虬」）
花少しちるより
萩のさかりかな　おなじく

釈文②卓池、よし野山踏句文

よし野の山踏するに
朝霜霞の底を埋て
風あらく〳〵し、されど坊舎ハ
花もよひするかに見えて
如月や花に媒はく
よしの山
青々卓池（印「青青」）

ども、嵐牛はこの年七十一歳、竹里だとすれば六十五歳前後か。俳諧を止めてしまったけれども、東海道沿いの汐井川原に何かの序《ついで》に立ち寄ったのかもしれない。

明治二年、卓池二十三回忌の『幾あきしふ』(波文編)が刊行され、嵐牛の追善句、

蟹沢や腸《はらわた》にしむあきの風　嵐牛

は見えても竹里の句は見えず、やはり二人の卓池との親密度にはかなりの相違があった。

明治九年五月二十八日、嵐牛逝去の訃報に接し、その新盆に竹里は妻を伴って汐井川原の柿園を訪れ、

柿園ぬしの名残ををしみて
耳ぞこに残る高音やほとゝぎす
新《初》盆をとぶらふ
みそはぎや不断はそれと言《知》ぬ花　なぐら氏 竹里改不秋
居士世(に)います時を思ひ出して
昼寝した跡をなでつゝ眼のくもり
初盆の手向
合す手になみだかくして墓参り　なぐら氏、母 たつ女

＊句の異同や作者名には、洋々の筆による書込みがある。

などと懐旧・追善の章句を手向けている（短冊及び『柿園嵐牛悼控』、『資料集』所収）。句から察するに、生前、面語の機会があったらしい。

息洋々筆録『俳諧どめ』（明治十年、十一年）の巻首に、

朝酒を＊はづしてゐるや菊畠　洋々

ほのめく笹にたへ〴〵の月　竹里コト不秋

＊「外す」で、避ける、遠慮する、の意。

以下の両吟歌仙が書き留められ、竹里が翌年秋にも再訪したことが判る。その折、竹里・嵐牛の二人がともに敬慕した蒼虬・卓池や嵐牛を含む諸家の染筆帖『錦木』と旧号「竹里」の印を、齢半百を迎えて作句を再開した洋々に形見の意味で託したのである。

同じ（十年）秋、月査の住持する岩水寺で嵐牛の「追善之俳諧」が興行され、諸家の手向吟や新年・四季吟を後半に付録して『山月集』と題し、同年秋湛水序、知碩跋を付し、「明治十一年九月、柿園社中蔵」（奥）で刊行される。それには、既掲

みそ萩や不断はそれとしらぬ花　竹里

あはす手に涙かくして墓参り　たつ女

の二句が収録され、嵐牛との俳縁に終止符が打たれる。

あとがき

加藤定彦先生にお会いし、嵐牛関係の文化遺産をどのように整理したらよいか、ご相談に乗って頂いた。その時懸案とされた『柿園嵐牛俳諧資料集』は平成三十年に無事刊行を見ました。

次の段階として期待されたのが、嵐牛を中心とする多くの仲間たちの評伝編で、今回刊行する本がこれに当たります。当時、「俳諧は座の文芸」といわれるように、連句が俳諧の基本で、連句は交互に相手の句に付けて行くので、連衆（仲間）が不可欠でした。そのような仲間たちとの関わりを中心に、嵐牛の事績をまとめたものです。

私事にわたりますが、私の人生における「仲間たち」は、第一に仕事の仲間でした。長年、建築設計の仕事に携わってきました。中規模以上の建築物を設計するには、意匠、構造、設備の三部門の職能者を必要とします。私は構造設計技能者として生きてきました。構造設計者は数が少なく重宝がられ、経済的にも安定した収入を得られました。しかし、他部門とのコンビネーションが大切で、仲間のおかげと感謝しています。

第二には趣味、音楽の仲間です。私は大学生時代、明治大学マンドリン倶楽部に籍を置き、四年間音楽浸けの毎日を送りました。マンドリン倶楽部は小編成のアンサンブルで、マンドリン、ギターはじめ多種の楽器を演奏する集合体です。それぞれの楽器の技能を持った人が集まり演奏することにより、素晴らしいハーモニーを作り、聞く人に感動を与え、好評を博すことができました。同期にはプロになった仲間も多く、充実した大学生時代を過ごすことができました。素晴らしい人生を送るには素晴らしい仲間が必要であることを、改めて痛感しています。

嵐牛は伊藤家の五代目で、私は十代目に当たります。嵐牛、洋々以降、俳諧を志す者は誰もおらず、俳諧に関する沢山の資料は蔵の中で長い間冬眠状態でした。父が八十八歳で他界したあと、経済的に余力が出てきた五十代半ば頃から、わからないなりに資料の整理を始め、多くの人の手助けをいただいて現在に至りました。近年はコロナ騒動で世の中が混乱し、その間は嵐牛俳諧資料館も休止しておりましたが、本書の刊行をきっかけに資料館をリニューアルし、再び資料を公開すべく準備をしております。

今回、嵐牛たちが柿園に集い、俳諧に興じた様子や、彼らを取り巻く時代状況を多くの資料に基づいて再現してくださいました。当時の俳諧や嵐牛に関心のある方のみならず、ひろく俳文芸を楽しんでおられる方々にも、『柿園嵐牛俳諧資料集』と『柿園嵐牛とその仲間たち』をご覧いただき、柿園の仲間入りをして頂けると嬉しく存じます。
最後になりますが、長年にわたってご指導をいただき、今回『柿園嵐牛とその仲間たち』をまとめてくださった加藤定彦先生のご労苦に深甚の謝意を表します。

令和六年春

嵐牛俳諧資料館

伊藤鋼一郎

●著者紹介

加藤定彦（かとう・さだひこ）

昭和22年（1947）名古屋市に生まれる。二松学舎大学修士課程修了。国文学研究資料館助手、立教大学専任講師、助教授、教授を経て、現在、名誉教授。日本近世文学・俳文学専攻。嵐牛友の会顧問。

編著『関東俳諧叢書』全32巻（外村展子と共編、青裳堂書店）、『柿園嵐牛俳諧資料集』（倉島利仁と共編、嵐牛俳諧資料館）、『近世俳諧資料集成』全5巻（雲英末雄・田中善信と共編、講談社）、『初期俳諧集』（新日本古典文学大系69、森川昭らと共著、岩波書店）、『連歌集・俳諧集』（新編日本古典文学全集61、暉峻康隆らと共訳、小学館）、『俳諧の近世史』（若草書房）、『関東俳壇史叢稿』（若草書房）ほか。

柿園嵐牛とその仲間たち

○

令和6年6月6日　初　版

著　者

加　藤　定　彦

編　集

西まさる編集事務所

発行人

松　岡　恭　子

発行所

新　葉　館　出　版

大阪市東成区玉津1丁目9-16 4F　〒537-0023

TEL06-4259-3777㈹　FAX06-4259-3888

http://shinyokan.jp/

印刷所

明誠企画株式会社

○

定価はカバーに表示してあります。

ISBN978-4-8237-1323-1